台灣の讀者の皆さんへのコメント

海を越えて旅したことのない私の書いた小説が、
海を越えて多くの讀者の皆樣のもとに屆いていることを、
心から嬉しく思っています。
この作品も、どうぞお樂しみいただけますように！

致親愛的台灣讀者

從未出國旅行的我，
這次很高興自己寫的小說能跨海與許多讀者見面，
希望這部作品能帶給您無上的閱讀樂趣。

宮部みゆき

終日 日暮らし

下

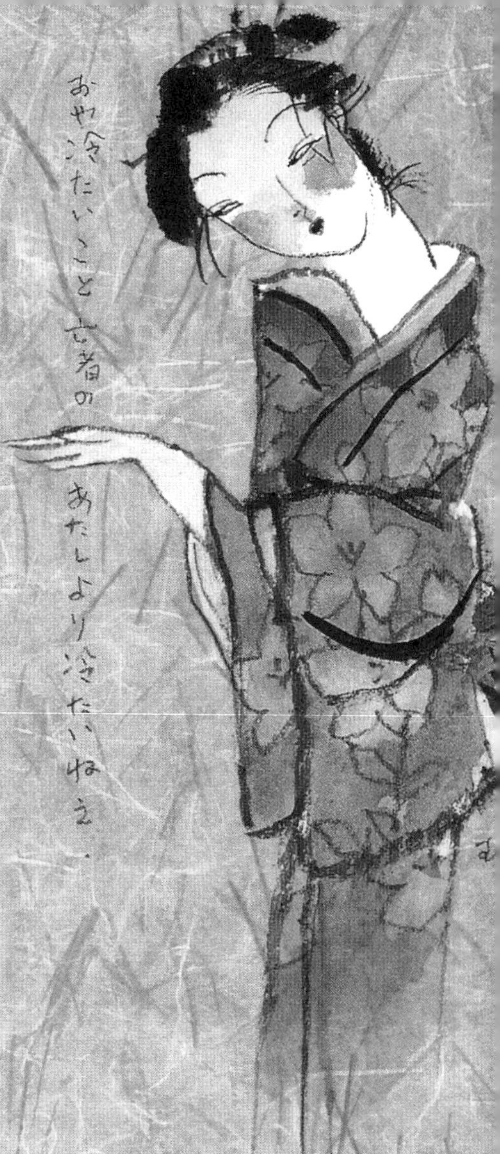

おや冷たいこと 芸者の
あたしより冷たいねえ

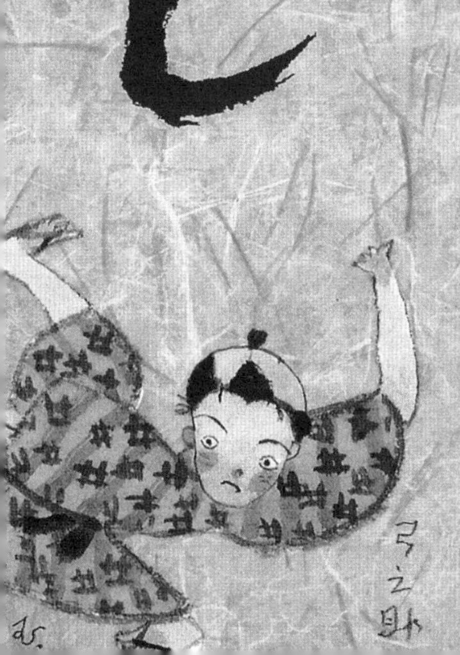

宮部美幸

林熊美 譯

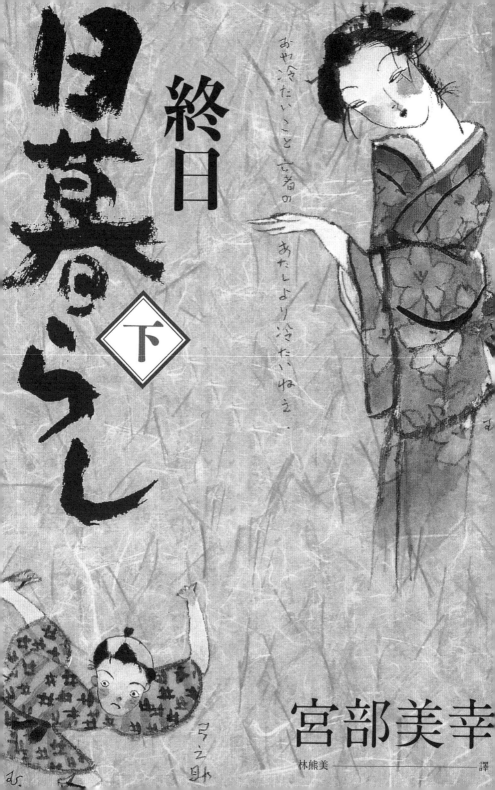

宮部美幸

作品集／27
MIYABE MIYUKI

終日（下）

Contents

終日

六

平四郎頭一次看見佐吉哭泣的樣子。

還來不及體貼他的心痛，便已爲那淚水中的肅穆感動，一句話都說不出口。

佐吉沒哭得很凶，眼淚也只流了幾滴。他低著頭，連忙以手背擦淚，雙手扶著榻榻米伏拜在地。

「讓大爺爲我擔這沒來由的心，眞是沒臉見大爺。」

「用不著向我道歉。」

本想柔聲回應的，但在心疼與難爲情下，平四郎說得生硬。

「抬起頭來吧！都這麼熟了，又不是得緊張兮兮打招呼的交情。」

是……佐吉以顫抖的喉音回答，坐直身子。頭垂著，將才這幾天便尖瘦了的下巴埋在衣襟裡。

「你沒穿植半的短褂啊。」

佐吉穿著輕便的家常和服。

「因爲給師傅添了麻煩，打算辭掉植半嗎？那可不行。半次郎師傅堅持要與你同行，是擔心你，並不是責怪你。把事情解釋清楚，師傅一定能諒解的。別妄下決定。」

平四郎教訓意味濃厚的話，令佐吉放在膝上的手緊握成拳。

「順便再提醒一句，阿惠那邊也是，你可不能跟她離緣。」

佐吉仍低著頭，眨巴著眼睛。平四郎咄咄逼人：

「還是怎麼著，你已經說了嗎？說我們分了吧？」

佐吉彷彿勻氣般吐吶了一、兩次後，小聲回道：

「是，我說了。」

「阿惠怎麼答的？」

佐吉又眨眼。

「她不肯吧！那當然了。」

「那是……當然的嗎？」

「這還用說。」

「可是我……」

平四郎沒有與他爭辯的意思，一直端坐著也很累人，便換個姿勢盤起腿，大大嘆了口氣。

「我說，佐吉。」

平四郎望著他的膝頭，開口道：

「表面上，這件事已經解決。正因如此，你才能從芋洗坡回來。這你總明白吧？」

佐吉默默點頭。
「湊屋想盡辦法將事情壓了下來。那天晚上，久兵衛翻來覆去講的就是這件事：絕不會把佐吉送官，只有這一點，我拿這顆老人頭保證。結果他眞的做到了。我看，葵恐怕是當病故處理吧。」
佐吉閉上眼睛。
「可反過來看，這代表湊屋相信是你殺了葵，對不？」
平四郎問這話並非要他回答，但仍凝視了弓起背、僵著身子的佐吉半晌。
「但，我們不是這樣。」
低著頭的佐吉，睜開眼睛，彷彿聽到了什麼意外的事。
「我們是想不通啊，佐吉，怎麼也想不通。所以既擔心又不安，一直伸長著脖子，就盼你回來告訴我們。」
聽到這些話，佐吉以一點都不像他的卑微態度，窺探似地從下方抬起眼。
「這麼說，大爺也認爲我……對我娘下手了。」
平四郎還沒開口，他便以發笑般的口吻緊接著道：
「這倒也是，當然的嘛。不管怎麼看，我就是很可疑，還在陳屍現場被捕，受到懷疑也無話可說。這是一定的。」
他以變調的聲音笑了起來。平四郎手肘撐在膝上，再用手撐住下巴，咬牙看著佐吉獨自發笑。
「佐吉，懷疑和不安是兩回事。」
佐吉的笑聲戛然而止，眼裡浮現挖苦的神色。

「怎麼個不同法？」

「阿惠沒說相同的話嗎？說了吧！那孩子——不該喊你老婆孩子才是——還不夠世故，不會像我這般長篇大論，只會苦口婆心地勸解再三，但心情應該是一樣的。」

佐吉緊閉的嘴角下垂。平四郎心想，這人如此頑固執拗的表情，也是第一次見到。

「我和阿惠，順便告訴你，還有弓之助，」平四郎平靜地繼續說道，「都認爲萬一你對葵下手，也情有可原。」

就此而言，確實是懷疑你——平四郎這句話，讓佐吉的肩膀微微一震。

「所以才會不安。但另一方面，也相信萬一眞是如此，你一定會誠實告訴我們。即便不敢告訴芋洗坡的人，不敢告訴湊屋總右衛門與久兵衛，也一定會告訴我們。我們深深地、堅定地相信。」

爲了將言語化爲形體，平四郎也手握成拳。

「或你只是遭到牽連，並未向葵下手，這也極有可能。若是這樣，你一定也會老實對我們坦白。這點，我們同樣深信，也才會一直等著，等到能與你面對面單獨談。阿惠想必也如此吧。」

佐吉舉起手，用力擦著眼周。眼眶是紅的。

「如果要講好聽話，我和阿惠劈頭就會說：佐吉，我們相信你。無論如何，你都不可能殺人——應該便會這麼說了吧。」

平四郎緩緩搖頭。

「但是啊，那是假的。阿惠、我還有弓之助都知道，葵和湊屋騙了你這麼多年，有多令你震驚、傷了你多深、折磨得你有多苦，我們都知道，也猜想得到，所以我們說不出好聽的話，像什麼

『你絕不會殺人』這種一派樂天的話。因爲那人是葵——換成湊屋總右衛門也一樣——我們不得不認爲，若事出萬一，過度的憤怒和悲傷使你失手殺人，也情有可原。」

講到這裡，平四郎加強語氣。

「可是，這並不表示我們不相信你，絕不是這樣。阿惠、我和弓之助都相信，你一定會說出實情。萬一，你在芋洗坡的大宅與葵見面時，發生了不幸的衝突，確實可能失手殺了葵。但我相信，你絕不會對我們撒謊隱瞞這件事。」

這樣你還是不服氣嗎？平四郎平靜地問。

「我們是不是該誇大一點？是不是該一開始便堅稱佐吉不會殺人？不這樣就不算相信你嗎？」

平四郎的話一結束，房間靜了下來。平四郎接不下去，只是看著佐吉。

突然，佐吉伸手按住臉，發出噗哧一聲，好像洩了氣。平四郎一時以爲佐吉在嘲笑他自己的處境，但很快就放下心，因爲佐吉正強忍著不哭。

「阿、阿惠……」

佐吉自手底下發出呻吟般的聲音。

「阿惠怎麼了？」

「和大爺說了一樣的話。」

「我想也是，嗯。」

「可是，我……」佐吉泣不成聲般地顫抖著，「我說，妳既然不相信我，就分手吧。」

和小孩子吵架沒兩樣。聽到這裡，平四郎微微一笑。

「佐吉，那是你們對『相信』這個字的理解不一樣。現在你明白了吧？」

佐吉不住地點頭。

「不過也難怪啦。男人就是會稍微把氣出在老婆身上，想撒撒嬌。」

彷彿肩膀痠痛消除了般，平四郎覺得整個背都輕鬆了，舌頭也滑溜起來。

「撒、撒嬌嗎？」

佐吉帶著仍酸澀的哭聲，驚訝地問。

「是啊。佐吉，想想，若阿惠說『我相信你，無論發生什麼事，你都不可能殺人』，你還是會生氣吧？會想反駁，妳憑什麼講這種話？妳相信我什麼！不要信口胡謅了。」

無論如何，阿惠都得傷一次心才能了事吧。所謂的愛妻就是這樣，嗯。

佐吉像以眼睛咀嚼平四郎話中的意涵般，頻頻眨眼。那雙眼眸深處，定是浮現了回到大島家中時與阿惠的對話，及當時阿惠的神情。

他終於將手放下，但平四郎一直等到他拋去剛才的頑固、重新坐好，才問道：「佐吉，你對葵下手了嗎？」

他抬起頭，看著平四郎的雙眼，篤定地答道：「沒有。我，沒有殺葵夫人。」

佐吉表示，他進房時，葵已倒下，脖子被手巾勒住。大驚之餘，他戰戰兢兢地想伸手觸摸屍身時，便遭到那宅裡的女傭阿六質問。其餘的，便如眾人所知。

平四郎全身爲之一鬆，總算放下了心中的大石。

「知道了。我相信你的話，殺死葵的凶手另有其人。」

他伸手夾起小碟子裡的一小塊羊羹，放進嘴裡，起勁大嚼。

「很好吃的，你也嚐嚐。」

佐吉也露出了慣常的微笑，雖然只是淡淡一抹。

「這麼一來可有得忙了。」

「忙？」

「是啊，當然囉！」平四郎喝了一大口茶。「得找出眞正的凶手。總不能就這樣算了吧？難道你不想知道是誰，又爲什麼殺了葵嗎？」

佐吉瘦削的臉頰浮現出與先前截然不同的、分明的線條。

「想。」

他的喉結動了動。

「那麼，就找出凶手。由我們來找，不然還有誰？」

「可是，大爺，這對湊屋和芋洗坡那邊，都很難交代吧？」

平四郎拔了根鼻毛。「這方面我會打點的，包在我身上。」

天色已晚，雖覺不妥，平四郎仍喚來小平次，吩咐他到河合屋喊弓之助過來。

「要他來聽寫。」

「聽寫什麼？」

「整件事至今的脈絡。因爲我還不清楚詳細情形，要從頭理一遍。沉痛是必然的，但只能請你將事情通通回想出來。」

佐吉以堅定的神情點頭。在一旁看著的小平次，自緣廊問平四郎：

「大爺，既然如此，是不是也通知本所元町一聲，比較好辦事？」

平四郎睜大了眼。小平次說的是政五郎。

「話是沒錯。」

他轉動眼珠看了看小平次圓滾滾的臉。

「不過我倒吃了一驚，沒想到你會有這番提議。你不是向來討厭我用岡引嗎？」

小平次一臉若無其事，說道：「那也得看是什麼情況。」

「那好，就這麼辦。你先到河合屋，然後——不，先到本所元町，把政五郎帶來，河合屋那邊就請政五郎的手下跑一趟吧。」

「大爺，恕我冒昧，突然有岡引的手下上門，河合屋會受驚的。這時候，還是由識得少爺的小平次我上河合屋，再請河合屋派人到本所元町吧。政五郎兄能單獨走夜路，但總不能讓河合屋的少爺單獨坐轎子。話雖如此，要是河合屋又派人跟著，反倒麻煩。」

啊？平四郎聽得一頭霧水。

「都行，你覺得怎麼好就怎麼辦吧！」

「是，知道了。」

小平次仍一派若無其事地應道，忽地抬起頭，向佐吉一笑，臉更圓了。

「佐吉兄，歡迎回來。」

佐吉還不及回話，他便匆匆出門了。

「他那也是在難爲情哪。」平四郎笑道。「歡迎回來，是嗎？眞是句好話。這倒也是，你現在才眞正回來了。小平次眞會說話。」

佐吉溼了眼眶，朝小平次消失的方向行了一禮。

等候弓之助時，平四郎要細君爲佐吉備飯。他極力謙辭，平四郎一定要他進食。佐吉再三行禮後，一動筷，便像在外頭玩了整天回到家的孩子，專心吃了起來。

「原來我這麼餓，連我自己都沒發現。」

「就是啊。」

政五郎先到了。看表情，就知道他很清楚自己爲何被喊來，因而顯得極爲愉快。

平四郎一說「我們來找凶手」，那張臉便更加燦然生輝。

「也許是我多事，但我叫了一個年輕人候在外頭，要不要現在就遣他到大島，向阿惠通報一下大致的情形？」

「哦，眞是周到啊！這麼做，阿惠心情也會好些吧！」

政五郎向佐吉微笑，說道：

「但佐吉，今晚無論多遲，你都一定要回大島，知道嗎？」

佐吉紅著臉應了。政五郎故作不見他的臉紅。

「不過，大爺，您是否該認眞考慮正式收弓之助少爺爲養子了？這麼一來，便不必每回有事都得到河合屋去請。」

平四郎拉長下巴。「可以啊，只是那小子還會尿床。有沒有什麼好方法能治？」

「當他是個大人，就會變成大人了。」

「我早當他是大人了啊。大額頭會尿床嗎？」

「不，完全不會。」

「叫他向大額頭學學好了。」

「不如在迎為養子時，順便訂親事。」

這等大事政五郎竟隨口便說。

「幫弓之助訂親？」

「要找哪家姑娘都不成問題吧。」

「你有女兒嗎？」

「老早就送出門了。」

「真可惜。」

聊到這裡想起一事。平四郎「哦」一聲，捶一下手，說阿豐的親事有眉目。政五郎大為高興。

談得融洽時，有人哇哇吵鬧著靠近。那不是別人，正是弓之助。那可不是在學蜂群，而是他的哭聲。

「哇！」

弓之助一奔進房，便摟住佐吉不放，接著的「嗚哇」是從丹田發出來的。

「太好了！太好了啊，佐吉兄！」

平四郎愉快地欣賞這幕好一會兒。待弓之助的大哭漸歇，轉為抽噎時，才緩緩問道：

「喂，弓之助。」

「是，姨爹。」
「鋪蓋乾了沒？」
阿藤告訴佐吉「葵早就死了」，是在湊屋於鐵瓶雜院所在地新築的大宅庭院裡，正值藤花盛開時節。
「四月中，那天下著雨。」
佐吉宛如說著夢中見聞般，以略微朦朧的語氣開始敘述。
「不知大爺曉不曉得，起初，湊屋裡都稱那座大宅為『新宅』。並非有人提議，只因那確實是新的，便理所當然地這麼叫了。但，千駄谷那邊也有名為『新宅』的地方，且眾所周知。於是當湊屋的人無意間提起『新宅』，來往的商賈中，便不時有湊屋在千駄谷也置了住房的誤會。所以，新屋便漸漸地改叫『藤宅』了。」
也就是「阿藤的大宅」，那是阿藤百般要求下建造的宅邸。平四郎這麼一問，佐吉點頭。
「是的。不過夫人……阿藤夫人說，既然叫這個名字，就眞的做成有藤花盛開的藤宅，於是便在早已完工的庭院中，再加種藤樹。」
佐吉如何以花木匠的身分為阿藤所用，平四郎在芋洗坡見到久兵衛時，曾大略聽聞。這樣一提，佐吉用力點頭。
「夫人說，你是我們的人，以後由你來看管我們的庭院。」
「我聽到的也是如此。」

「當時，我好高興。」

佐吉望向遠方道。

「夫人說『我們的人』，我便想，阿藤夫人原諒我了，不然就是認同我了。」

「你也太老實了。」平四郎忍不住道。佐吉看了平四郎一眼，似乎很不好意思地摸摸鼻子。

「哎，算了，抱歉打斷你的話。所以你就開始常跑藤宅了？」

四月中旬已是藤花花期。阿藤無論如何都想在今年看到藤花，改種的工程便得加緊進行。半次郎師傅和佐吉都加倍用心做事。

「我們從別處找來了長得很好的藤枝，攀在庭院裡的樹上。」

反正已沒空地可種，也無法搭設藤架。這麼做藤樹究竟能不能札根，佐吉十分擔心。但或許是阿藤迫切的期望使然，攀附庭樹的藤枝開出壯觀的花朵，在綠意中綻放出瑰麗的色彩。

「藤是很強韌的。」

政五郎不經意地說，但平四郎感覺這話別有含意。政五郎想說「阿藤是個強勢的人」吧。

「那藤樹原先所在的庭院，是半次郎師傅常年出入、用心照顧的地方，我很早便見過這株藤樹。光一串藤花就有成人的前臂這麼長，確實了得。盛開時，整座藤架都爲花所淹沒，只見那兒籠罩著一片淡紫色的雲。移植到藤宅後，花朵的大小和模樣仍毫不遜色，只是顏色稍微改變，多了一點紅。」

藤花本應是如夢似幻的淡紫色，顏色變深，丰姿也有所不同。

「這種情況雖不常有，但並非異事。庭院裡的樹木也是活的，風土變了，色彩姿態略有改變也不足爲奇。半次郎師傅說，大概是藤宅邸所在地金氣較重，花色才會偏濃，但色調分明的藤花氣勢豪華，也相當不錯。」

講著，佐吉脖子微微一縮。

「師傅還說，湊屋夫人的性子強，反應在花色上了。當然，是背著阿藤夫人說的。」

政五郎點頭，平四郎哼哼笑，文案前的弓之助則是眼望敘述著的佐吉，手仍靈巧地運著筆。

「然後……藤花盛開時節，我去照顧花木時，阿藤夫人來到院子裡。」

佐吉講話的速度放慢了。

「夫人說這藤花的顏色眞少見，我便把金氣如何如何等事講了一遍，還補了句，今年顏色雖是如此，明年可能會有變化，夫人若不喜歡，也能藉施肥來調整。結果阿藤夫人……」

將虛握的手抵在嘴邊，佐吉停頓了。沒人催他開口。

「夫人說，無論做什麼，這藤花都一定會變紅，所以不用管它。那表情非常害怕，我就……」

「嗯，嗯，」平四郎搶先幫他接了下去，「就覺得奇怪。」

「是。」佐吉垂下雙肩。「我還來不及問爲什麼，阿藤夫人突然換了語氣，厲聲說……」

——不過佐吉，你也長大了呢。聽你剛才那番話，完全是個老練的花木匠了嘛。

聽那口吻，不像在誇獎，倒像在罵人。即使如此，佐吉還是規規矩矩行一禮，謝謝夫人誇獎。

阿藤直勾勾地盯著他，一轉身走回緣廊的上階處。然後順帶一提似地，背對著他補上了一句話。

——阿葵地下有知，看到你這麼能幹，一定很高興。

「葵地下有知。」

弓之助邊複誦邊寫下句子。佐吉眼見自己的話一一成爲文字後，面向平四郎。

「當下我一時會意不過來。但是，慢了一拍，我就明白我聽到了一件大事，明知無禮，還是追著阿藤夫人，拉住夫人一連串地問：您這話是什麼意思？我娘死了嗎？是什麼時候的事？」

阿藤沒回答。只稍稍轉身，側臉微微冷笑，便進了房間。

「如此，我實在不便脫鞋闖進去問了。」

只能任綿綿細雨打溼了臉，不知如何是好。

「我沒辦法就這樣算了。第二天、第三天，我都到藤宅去。但是，阿藤夫人不肯見我。託女傭通報，也說夫人身子不舒服，臥床休息。」

或許是當時的懊惱又回來了，佐吉坐立難安地搖動起半個身子。

「我什麼都想過了。我娘是眞的死了嗎？發生了什麼事？一定是死得不光彩，湊屋老爺和阿藤夫人都不忍心告訴我，才隱瞞到現在。」

這回換政五郎大嘆一口氣，雙手交抱胸前，說道：「你眞的很老實。」

「是……是嗎？」

政五郎無言地點頭，但立刻微微一笑。「不，我可沒有責備的意思。這無好壞可言，佐吉就是這麼一個人。」

噢……佐吉含糊地附和一聲，縮起了背。

「所以你終於忍不住，直接去找湊屋談判？」

平四郎一催，佐吉的身子縮得更小了。

「現在回想起來，我竟那樣與老爺談判，實在不成體統。」

聽佐吉面陳一切，懇求告知眞相，湊屋總右衛門總算開口了。

——葵死了，就像阿藤說的。

——葵離開湊屋不久就死了。由於種種苦衷，雖然對不起你，但無法告訴你屍骨葬在哪裡。詳細的情形，如今也不必告訴你，徒然擾亂你的心境。你就向西方淨土朝拜，為母親禱祝吧。

弓之助再次邊複誦邊寫下總右衛門這段話，平四郎輕輕摸他的頭。

「你的心情我了解，可也別這麼氣。」

「我沒生氣呀，姨爹。」

「你的字生氣了。」

弓之助嘟起嘴看著自己的字跡，辯道：

「是筆在生氣。」

「對不起，讓少爺聽到這種事。」

佐吉一道歉，弓之助就更不高興了。「佐吉兄為什麼要道歉？怎麼這麼老實？」

平四郎這回不再摸，而是輕輕按住他的頭。「要向大人說教，等你治好了尿床再來。」

弓之助嘛起下唇。「我討厭講這種話的姨爹。」

他彆扭的表情美得令人哆嗦，平四郎不由得看呆了。要讓這孩子繼承井筒家畢竟有困難吧？乾脆讓他到大奧當侍童如何？

「少爺，不能生氣喔。」政五郎打圓場。「大爺是在逗著少爺玩。我也經常逗大額頭，大人都是這樣的。」

弓之助總算縮回下唇，似乎是聽到大額頭的名字，回過神了。

「其實，這時候應該要大額頭來才對。用不著寫，他全記得住。」

「他最近忙著自己的工作哪。」政五郎笑盈盈地說。

「至於是做些什麼，不久就會告訴少爺了吧。少爺肯和那孩子做朋友，他非常高興。」

弓之助的臉上終於出現笑容。心裡高興就寫在臉上，這點還是充滿稚氣。

「那，你聽了湊屋的解釋就滿意了嗎？」平四郎問佐吉，將話題拉回來。

「這怎麼可能讓人心服？虧你嚥得下這口氣。」

「是嚥不下。」

彷彿那是什麼要不得的事般，佐吉的肩縮得更厲害了。

「之後心裡反而更不平靜了。我娘什麼時候死的？怎麼會死？苦衷是什麼樣的苦衷……」

會有這些疑問是理所當然的。

「我便想，莫非老爺話裡還有謊言？葵離開湊屋不久就死了——那個『不久』是不是不能相信？換句話說，我娘根本沒有離開湊屋，是不是失蹤那時就已經死了？老爺和藤夫人爲了隱瞞，才說葵是私奔的？」

佐吉從一開始提到葵時，便是「葵」或「娘」交錯。本人似乎沒有發覺，但這正是他心情的寫照吧。葵是佐吉思念孺慕的母親，同時也擁有他所不知的種種面貌，是個神祕的女人。

「還有，阿藤夫人對我露出的，那個意味深長的冷笑。」

佐吉凝望著半空中某處，額上微微出汗，繼續說出難以啓齒的話。
「我很清楚阿藤夫人討厭我娘，做了那種事，也難怪別人討厭她。然後……所以……」
一干人不作聲，等佐吉把話說完。阿藤對葵不僅是討厭，而是痛恨，且至今依然。平四郎如此認爲。
「我不由得想，會不會是阿藤夫人害死了我娘。」
佐吉終於說出來了。政五郎以慰勞的眼神補充一句：
「你這個念頭，絕非胡思亂想。」
「這個念頭在腦海裡揮之不去，所以你又找湊屋談了？」
佐吉連忙搖頭。「沒有馬上便去。我一直壓在心裡，不，我自以爲壓下來了，直到夏天將盡，仍煩惱得一塌糊塗，也因此讓阿惠白操心。」
他看看平四郎，又看看弓之助後，說道：
「那個，有一次明明沒事，我卻上門拜訪。那天天氣又濕又熱，少爺剛好也在。」
確實有這麼回事。佐吉來通知官九郎已死、爲牠堆墳的消息，卻有些心不在焉，垂頭喪氣。
「那時候，其實我想找大爺商量腦袋裡的那個念頭，可是終究開不了口。」
當時平四郎萬萬沒有想到。「我一心以爲你一定是和阿惠吵架了。」
「我也是。」弓之助也這麼說。
「眞的嗎？我臉上是那種表情嗎？」
「表情也是，不過我想也差不多開始會吵架了。」

「對呀。後來我便上門打擾，去探官九郎的墓……」弓之助說道。
「是啊，嗯。」佐吉點頭。
「阿惠姊一臉吃醋的樣子，我就更相信一定是和佐吉兄吵架了。」
「吃醋的表情是嗎？」佐吉喃喃地說。
「弓之助，那是什麼樣的表情？」
見平四郎不懷好意地笑著問，弓之助又不滿地別過臉。
「姨爹若是又要逗我，我可不回答。」
佐吉像是再次欣賞起弓之助那張熟悉的美麗臉蛋般，仔細打量。
「不過，少爺說的一點都沒錯。」
接著，便難爲情地將與阿惠間的爭吵大致敘述了一遍。
「阿惠說，當時少爺對她講的話，神準得簡直像變戲法。她還以爲少爺有神力呢，至今似乎仍這麼想。」
弓之助倒不是害羞，反而出了神，偏著頭想：是這樣嗎？我那時說了些什麼？
「但是，你跟阿惠這麼一吵，和好後更下定決心，要再找湊屋談談是吧？」政五郎問道。
「是的。向阿惠坦白後，心情大爲開朗，有她的鼓勵，我也拿出勇氣。可是，不光這樣。」
佐吉有所顧忌地環視眾人。
「我想大爺和頭子都不知道，半次郎師傅也叮囑我絕不能洩露此事。」
佐吉與阿惠和好後，過了十天左右，阿藤在藤宅邸上吊。

「半次郎正好在場？」

「是的。阿藤夫人將腰帶的繫帶掛上藤蔓攀附的樹枝，師傅發覺了，連忙跑過去將夫人抱下來。」

平四郎心想，明知半次郎在才上吊，那麼阿藤並不是眞心想死，而是希望有人看到自己這等醜態。希望有人看到，而將自己無法主動表白的內幕揭露出來。

這種想法是牽強附會嗎？

「得知這件事後，我內心更加煎熬，不，應該是說，我對阿藤夫人的懷疑更深了。我開始想，夫人打啞謎般地講這藤花無論如何都會變紅，會不會就是她雙手沾滿了鮮血的意思。」

沒錯。阿藤的眞意恐怕正是如此。

「我終究無法繼續沉默下去，又再次求見老爺。」

阿藤引起的騷動，不僅影響了佐吉，勢必也在湊屋總右衛門心中造成相當大的裂縫，也才會對拚命追問的佐吉，透露眞實的眞相。

告訴他——葵還活著。

「當時他連芋洗坡那大宅的事也告訴你了？」

「是的，但只說在『芋洗坡附近』。而且老爺還交代我，千萬不可單獨前去會面。老爺說，葵也需要有心理準備，得和她好好討論，選定與你碰面的日期。在那之前，要我忍耐。」

這簡直要人命。湊屋總右衛門完全不懂人之常情，至少看不出他絲毫體諒佐吉心境。

「但是，你等不下去吧？」

政五郎彷彿在爲平四郎代言，如此問道。

「我原本準備等。可是，後來一連多日老爺都沒有消息。」

到芋洗坡附近打聽，也許能知道葵的住處。在一絲希望的催促之下，佐吉出門了。那便是前天的那次訪造。

「我並不打算冒昧登門拜訪。」說著，佐吉垂下頭。「只要知道我娘住在什麼地方，現在是什麼樣子，遠遠看一眼就好。不提別的，我連我娘的長相都不太記得了，也怕她認不得我這個兒子。所以，我眞的只想打聽出房子的所在，假裝路過，隔著牆看一眼就回來的。」

不出所料，向附近種菜的老人一問，馬上便打探出「長相漂亮的太太租了大房子一個人住」。佐吉整個人像是昏了頭，儘管心情莫名沉重、腳步遲緩，也好幾次想回頭，卻仍朝著老人指點的所在，爬上芋洗坡。

「來到近處……」

佐吉鼻尖又冒出了汗水，他以指頭夾也似地拭掉。

「修剪得宜的樹籬後頭，傳來孩子們的笑聲，似乎是小女孩的聲音。沒看見人影，或許是在屋子後面吧。」

說到小女孩，久兵衛曾提起，那屋子裡唯一的女傭，有兩個年幼的女兒。

「是女傭的孩子吧。」平四郎說道。

「哦，原來如此。那名叫阿六的人有孩子啊。」

當時自然無從得知。那歡樂的歌聲，令佐吉不禁感到天旋地轉。

「我心想，莫非……那是我娘的孩子，也說不定是孫子。」

或許在佐吉聽起來，那唱著歌的，是葵棄佐吉不顧後，抓住的另一段幸福人生。

「院裡不見人影，偷偷從那裡進屋太也失禮了。看得到有著寬敞緣廊的房間，簾子是捲起來的，多寶格裡有小花瓶，衣架上掛著和服。那是桔梗圖案的和服。我怎麼會記得這種小事呢？啊，對了，是因心想那是秋天的衣物。對了，當時還有薰香的味道，很香。」

有人在嗎？分離近二十年的母子，竟只想得出這句招呼的話。佐吉出聲喊，自廊下往房裡望。

「結果，小方几旁有人橫躺在那裡。如果是午睡，模樣也太奇怪了。現在回想起來，當時我眞是有欠考慮，心臟噗通噗通猛跳，腦筋也無法有條理的思考，卻立刻闖了進去。」

於是便發現了脖子上纏著手巾，已氣絕身亡的葵。

平四郎雙手交抱在胸前。政五郎也是同樣的姿勢，額上出現深深的皺紋。弓之助停下手，握著筆看著佐吉。佐吉彷彿了回到葵的屍身旁，獨自恍神。

「你那時眞的是第一次去芋洗坡的大宅？」

這個問題花了一點時間才傳進佐吉耳裡。

「咦？啊？」

平四郎重問一遍。佐吉望著平四郎的眼眸，用力點頭。

「我發誓沒說謊，那時是第一次去。」

然後，由於不知平四郎會如何接話，他畏怯地縮起身子。

平四郎開口了。「眞可憐，結果你終究沒和你娘說上半句話。」

聽平四郎這麼一提，佐吉才發現似乎眞是如此，睜大了眼睛。

「是啊……」

宿舍的小庭院中，秋蟲「嘁嘁嘁」地鳴叫。彷彿受蟲鳴催動般，夜風悄悄襲來。

「我明白了。」

平四郎啪的一聲拍了膝蓋。

「好，該從哪裡著手？」

七

井筒平四郎爬著芋洗坡。

他才剛結束與缽卷八助頭子在坡口自身番的談判。

爲了要見八助頭子服侍的定町迴同心佐伯錠之介，前往請託居中安排。想商量的是，平四郎要重新偵查葵的命案，保證絕不會爲難佐伯或八助，也不會製造麻煩，且當順利查出眞兇時，這份功勞完全歸給佐伯大爺，希望能允許平四郎等人四處辦案。

雖說轄區不同，但既同爲奉行所公役，平四郎大可直接找佐伯談。然而這麼一來，便將八助排斥在外。在此案中得罪芋洗坡的任何人都不利於偵辦，所以平四郎盡可能小心行事。

分明只有好處沒壞處，八助頭子卻面露難色，於是平四郎懇切分析。

表面上葵是因病而死，一切已塵埃落定，遺體也莊嚴下葬了。

「我們並不是要翻案，只想知道事實眞相而已，因爲佐吉對天發誓，他絕對沒有殺害葵。」

八助頭子硬是百般推託。

「事實眞相啊。萬一……我想應該不至於，但萬一找到眞兇，還是要把人抓住吧？這麼一來，我和佐伯大爺不就遭殃了。」

「所以我才說，找出眞兇後，不是由我來抓，而是全權交給佐伯大爺和頭子你。這樣的話，要怎麼編理由都行吧？好比，原以爲是病死，但缽卷八助實在想不通，便繼續調查。」

這麼巧的事，地方上的人會相信嗎？八助質疑。

「不然，不要光看我們到處辦案，稍微幫個忙吧？用不著頭子親自出馬，借杢太郎一用即可。」

對平四郎等人而言，有當地岡引的手下幫忙，辦事只會更方便。

這倒是無妨，八助頭子動搖了。

「湊屋那邊怎麼辦？」

「哦，那邊也沒問題，不會來囉嗦的，我保證。」

不必擔心惹惱了湊屋，會來你這兒要回紅包——這句話都到了嘴邊，平四郎還是忍住了。

「是嗎……」

「是啊。」

「假使，那眞凶又是湊屋裡的人呢？」

「其實啊，大爺。」八助調整了坐姿，說道：

「我呢，也覺得那個叫佐吉的沒殺人，只是湊屋一心要當成是他下的手。我想過，搞不好湊屋也知道凶手不是佐吉，非但知道，心裡還很清楚可能是誰下的手，爲了包庇那人，才急著想把整件事情壓下來。」

平四郎吃了一驚。這是全新的見解，湊屋曉得誰是殺死葵的眞兇，卻刻意隱瞞？這是新的論調，至今他想都沒想過，甚至沒從弓之助嘴裡聽過。

「原來如此……」

平四郎毫不掩飾地表示佩服，大爲讚嘆。原來八助這麼多年的岡引也不是白當的。

「可是啊，頭子，即便是這樣，也不必擔心湊屋又來壓案子，您只要答應他們的條件就行了。」

「井筒大爺眞的不介意嗎？」

不介意，平四郎用力點頭，腦海裡不斷閃現阿藤的面孔。對，這回的事情可能是那女人幹的。這麼一想，所有的榫頭似乎都嘰嘎有聲地一一對上了。

若說在湊屋總右衛門拆掉鐵瓶雜院、蓋起藤宅期間，阿藤透過某種形式得知了眞相，也不無可能。對阿藤而言，那是自己所「殺死」的葵的葬身之地。而這事一直折磨著好勝要強的她。所以，總右衛門撤走鐵瓶雜院，依阿藤所願建起藤宅，讓她住在那裡，爲葵守墓。藉以安撫阿藤，並相信多年來的欺瞞能因此更爲踏實。

然而，湊屋總右衛門和久兵衛，甚至連平四郎和弓之助都忘了，阿藤有阿藤的心。總右衛門採取了行動，阿藤的過去也奮起而行。阿藤耳聰目明，總右衛門若無其事地拆掉鐵瓶雜院、蓋起新的藤宅，進行這一連串的工程，她必定都看在眼裡，當然也不會錯過久兵衛的臉色。

要是在這當中，他們的一舉一動、隻字片語及別有含意的眼神，讓阿藤發現葵其實還活著呢？

這是平四郎等人的盲點。不知不覺中，他們與隱瞞阿藤眞相、欺騙阿藤的湊屋同調，一味從這一方看事情，沒想過到對岸觀景。

崖岸不同，所見風光自然不同。

那麼阿藤在藤宅突然上吊，便有別的解釋。平四郎等人一直認爲那是出於阿藤的悔恨，然而是否可視爲抗議之舉？阿藤得知眞相，明白自己長久不但受騙，還爲此獨自受苦，便絕望得想尋死？

然而，阿藤沒死，半次郎師傅救了她。恢復冷靜的阿藤內心思量，爲什麼我非死不可？眞正該死的壞女人，是那個死皮賴臉苟延殘喘的葵才對！

平四郎爲自己的想像打了個冷顫，感覺後頸的毛都豎起來了。

假如阿藤刻意說些打啞謎般的話，擾亂佐吉的心，是爲往後所做的布局，好讓佐吉背上殺害葵的嫌疑……

不行、不行，想太多了。還沒有任何確切的證據，多想這孩子夢境般的情節又有什麼用。

不過，這個見解開闢了一條新的道路。

在與缽卷八助商談前，平四郎認爲只須以一句話威脅湊屋總右衛門即可。

「你要是敢阻礙我們尋找眞凶，我就把眞相告訴阿藤。將葵直到最近都在你的寵愛及接濟下過得無比幸福的事，一五一十全抖出來。」

但此刻找到更有效的做法了。

「在芋洗坡殺了葵，讓佐吉頂罪的，可能就是阿藤。」

「你也心知肚明，才會設法掩蓋不是嗎？」

若凶手眞是阿藤，而總右衛門知情且加以遮掩，那麼這件事便就此結束。但一定要總右衛門向佐吉下跪道歉，無論如何都要他道歉。

然而，若總右衛門毫不知情，只是一心認爲佐吉殺了人，那麼他非但不會阻止平四郎等人，甚至會主動幫忙找出葵遭到殺害的眞相才對。

佐吉沒殺人，是別人幹的。阿藤有十足的可能。如何，你也想知道眞相吧？平四郎簡直能看見自己向湊屋總右衛門發悍的模樣。

「總、總而言之，」平四郎乾咳著連忙繼續說，「無論如何，佐伯大爺和你們都不會吃虧。湊屋那邊也一樣，我可以拿性命擔保。」

「大爺眞是一意孤行啊。」

八助嘆了口氣，好不容易才應道：「那麼，我立刻找佐伯大爺商量。」雖皺著眉，卻眼露喜色。那也是當然，不但先前已嚐過甜頭，搞不好還有更香甜的在後頭，或許還能記上一筆功勞。

平四郎心想，不知湊屋給了這老狐狸多少紅包。但這思緒一閃即逝，一離開自身番，腦袋便又塞滿了阿藤的事。

這可不行，得讓腦子清醒點。總之，得從頭調查起。平四郎一面這樣告訴自己，一面爬上芋洗坡，大大喘了口氣。

葵居住的大宅就在眼前。儘管女主人已亡故，建築卻不會有所改變。只不過上次夜裡趕來時，斜放在門前的捲簾收起來了。不知何處在焚燒落葉，飄來了幾許輕煙。

本來應該先與佐伯談定，說服湊屋，打點好一切後再行動，但這麼一拖，少了原應服侍的主人，女傭便會離開此地。這是平四郎擔憂的。這個名叫阿六的女傭，在葵身邊伺候她的起居，還帶著孩子生活在同一個屋簷下，葵的屍體及一旁的佐吉也是她最先發現的。無論如何，平四郎都希望能趁她還在此地時與她談談。況且，若這屋子空下來，待租期間要入內調查，便必須一一取得房東與管理人的同意，實在麻煩。

老舊的木門關著，一推便輕易打開了，但門上的格子縫隙中有蜘蛛用心織起的羅網。平四郎扯著嗓子爲自己通報。

這屋子感覺上相當開闊。先前來訪時屋內已非夏日隔間，此刻伸長脖子墊腳往裡望，也只見緊閉的唐紙門與格子門。即便如此，仍顯得空盪盪的。

地方太大了。葵在這裡，難道不曾感到寂寞或危險嗎？

像這樣，只要有心，任誰都能潛入屋內。悄悄進來，靠近葵的房間，迅速勒死她，再悄悄離去，一點都不難。

平四郎喊了好幾次，仍是無人回應。

佐吉提過，他是從緣廊繞到葵的房間。平四郎準備照做，才踏出一步，便有個女人從屋外繞過建築物右手邊冒出來。她與平四郎遇個正著，彈開般地連忙後退。

「哦，妳就是阿六吧？」

她的臉蛋和身材嬌小，看來極爲伶俐。袖子以紅束帶綁起。

「請、請問是哪位？」

儘管她勇敢反問，身子卻有所防備，跟著睜大了眼，說道：

「啊，是前幾天的……」

平四郎笑了。阿六記得他的長相。

「上次冒昧硬闖，眞不好意思。不過，幸虧如此，才得以拜見葵夫人的遺容。」

他不經意一看，阿六右手上拿著一束粗繩。

「妳在收拾行李？」

「是、是的。」阿六點點頭，把粗繩往身後藏。

「找到新頭家了嗎？」

本要點頭的阿六，有些爲難地轉動眼珠。平四郎從她那不善說謊的困窘神情中猜出，定是久兵衛交代過，無論那個馬臉大爺來問什麼話，都不可理會。

「是湊屋幫的忙吧？」

想必說中了，只見阿六像小姑娘般扭捏，平四郎不禁覺得可憐。

「幸好趕在妳搬走前來了。妳正忙著，我還上門打擾，實在過意不去。不過我無論如何就是想和妳談談，很多事想問妳，也有很多事要告訴妳。」

阿六看似要辯白，才張嘴，平四郎便揮手制止她。

「久兵衛和缽卷頭子一定不准妳多提夫人的事吧？那當然了。換成我是久兵衛，也會這麼做。但阿六，妳很喜歡葵夫人吧？」

沒來由地被這麼一問，阿六眼裡蒙上警戒與懷疑的陰影。

「妳和葵夫人很合得來吧？否則，在這空曠寂寥的大宅裡，怎麼住得下去呢！悶也悶死了。聽說妳的孩子也一塊兒住在這裡？能放心讓孩子們住下，還相處融洽，可見她也很喜歡妳們。」

一口氣不停地說完這些，平四郎的語氣嚴厲起來：

「殺死葵夫人的，不是佐吉。眞正的凶手還逍遙法外。」

阿六急促地吸了口氣，聽起來像乾澀的笛聲。

「我們就是氣不過這點，想查出眞相，沒別的意思。話雖如此，妳大概沒辦法馬上相信。」

平四郎刻意伸長下巴，做出逗趣的表情，搔搔後頸。

「總之，妳願不願意先聽我把話從頭說一遍？」

「請問……是什麼話？」

阿六上勾了。儘管是意料中的事，平四郎還是鬆了口氣。

「葵夫人傳——這麼說太誇張，但意思也差不多。阿六，久兵衛曾告訴妳，那個叫佐吉的是葵的兒子嗎？」

啪沙一聲。阿六太過吃驚，手上的粗繩掉了地。

「兒子？葵夫人的親生孩子？」

「對，沒錯。十八年前分手的孩子。不，其實也用不著矯飾。佐吉啊，是被葵拋棄的兒子。」

阿六連落地的粗繩都忘了撿，雙手撫著臉頰。「啊啊，果然」呻吟般的聲音自指縫中傳出。

「果然？妳看出了什麼嗎？或者，是久兵衛說的？」

「不，久兵衛爺只說那個叫佐吉的男子是湊屋的親戚，因某些緣故對葵夫人懷有舊恨，並沒有細說原由，也說那不是我該管的事。」

原來如此，果眞像久兵衛的作風。想必是擺出過去當管理人時責罵住戶的口吻，以十足的威嚴警告阿六吧。

「可是……我暗自想過。完全是我胡亂猜測，對夫人實在過意不去，可又忍不住會去想。」

「葵曾說過什麼讓妳猜疑的話嗎？」

阿六迫不及待般用力點頭，力道大得連身子幾乎都跟著動了。接著似乎又爲自己魯莽的舉動感到羞恥，定住了身子。想必是認爲不管基於何種理由，都不該輕率說出有關葵夫人的事情。那張小巧的臉蛋上，清楚浮現出感懷逝去的葵的溫情，沒有絲毫刻意炫耀之意。

平四郎更加安心了。看樣子，這阿六很可靠。好一個能幹而誠懇的女傭啊！

平四郎走近阿六，幫她拾起掉落在腳邊的粗繩，說道：「既然如此，應該可以耽誤妳一點時間吧。若妳怕違背了久兵衛的吩咐，爲將來感到不安，那麼妳大可放心。無論妳向我們說了什麼，都不用怕遭到湊屋的呵責，絕對不會。爲什麼我敢打這個包票，妳聽完就明白。對了，在那之前，能不能給我一杯水？然後，可否借葵房間的緣廊一坐？因爲這事兒說來話長。」

阿六不僅忠心耿耿，也相當聰慧。湊屋總右衛門與葵的關係、阿藤犯下的「殺葵」一案、鐵瓶雜院一事，乃至今日之事，一連串講起來不但長，且錯綜複雜。但阿六除了偶爾問清人名、確認年數外，對平四郎說的一切都能毫不含糊地跟上。

「喏，相當精采的一生吧！」

平四郎靜靜朝阿六一笑。阿六聽到一半就濕了眼眶，現在正拿袖子擦眼角，眼尾泛紅。

「就算要找出殺害葵的凶手，這些事也不能隨便說出去，這點我當然知道。但妳親眼目睹葵如何走過人生的最後一程，和她愉快地生活在同一個屋簷下，知道我們——甚至連身爲兒子的佐吉——都不知道的面貌。想贏得妳的信任，我們也必須把手上的牌全攤開。」

只不過，難免會讓妳有些痛苦吧，平四郎加了一句。

「我終究無緣在葵生前見到她，也沒聽過她的說法，因此無論如何都會偏著佐吉一些。若對妳懷念的葵夫人有什麼責怪的言語，還請妳見諒。」

阿六簌簌有聲地吸了吸鼻子，抿緊嘴像要忍住不哭，過了好一會兒，才垂著眼，以略微沙啞的嗓音應道：「夫人……也沒有忘記佐吉這個人。」

平四郎直勾勾地盯著阿六。

「我剛才說『果然』，是一時的感觸，並沒有什麼深刻的緣由，因爲夫人沒向我提過往事。」

「是嗎？沒提過啊。」

阿六仍以袖口按住眼角，抬起頭。

「在發生這種事前，我連夫人的老爺是築地的湊屋都不知道。我把那當成是不能過問的事。即使如此，也沒什麼不方便。夫人向來對我們很好，再慈祥體貼不過了。」

淚水又湧上來，被袖子吸乾。

「只有一次，夫人說過這樣的話：阿六，我是幽靈喔，而且是個拋棄孩子的母親，比盜子魔更壞。那語氣像是在責怪自己。」

平四郎在內心琢磨這幾句話，想像葵的表情——讓那張死去的臉恢復生氣，那兩片嘴唇張開，自嘲地吐露這些話。拋棄孩子的母親。

這樣看來，葵內心是有傷痛的？

「我想，夫人也覺得對不起那個叫佐吉的兒子。一直都是。」

「是啊。既然妳這麼想，一定是如此吧。」

阿六頻頻點頭，小聲喃喃再三：可憐的葵夫人，多麼苦難的人生啊！似乎不是在對平四郎說，倒像正用心思量。

「我想這名叫佐吉的兒子，一定也飽嘗寂寞辛酸。若對夫人心懷怨恨，也不能怪他。可是夫人也好可憐，兩人都好可憐。」

阿六靜靜啜泣。

不知哪兒來的鳥鳴叫著。即使地處江戶，這一帶仍相當安靜。想必是林立的武家宅邸各自築起的牆，圍住了寬闊的土地，吞沒了町屋人們生活的喧囂吧。

平四郎仰望著牆後的天空，等阿六止住哭泣。不久，阿六似乎把袖子都哭濕了，向平四郎行了一禮，說「對不起，失態了」。

「沒關係。突然聽了這些話，妳一定很吃驚吧。」

不過，妳剛才提盜子魔是什麼啊？平四郎一問，阿六的眼睛亮了起來。

「哦，對了，不好好說清楚，大爺是不會知道的。不過，您在這一帶沒聽過嗎？他們都說這屋子有盜子魔出沒。」

講到這兒，平四郎拍了下膝頭。

「缽卷頭子的手下講過，坡上的大宅是間鬼屋，有盜子魔。」

當時杢太郎還忠告平四郎，千萬不能帶弓之助過去。正因如此，弓之助（當晚是弓太郎）才得以進入番屋。

是啊，盜子魔眞的來了呢！阿六說。

「只不過，那盜子魔不是棲息在這屋裡，是跟著我來的，而夫人趕走了妖魔。」

阿六自緣廊站起來。

「我的故事也很長。雖不如夫人，但也挺複雜的。所以先爲您奉杯茶吧，天冷了。」

聽她這麼一提，平四郎才發覺身體確實因秋天的涼意冷了起來。來杯熱茶雖好，但他不想讓阿六分心。

「不，不用了，再給我一杯水就好。這裡的水眞好，比深川賣的好喝。是井水吧？」

阿六盈盈一笑。「是的，後面有口井。夫人也這麼說，雖住過不少地方，但這裡的水最好喝。」

這似乎又引發了她的淚水，只見她連忙拭淚。

「夫人鍾愛的茶還剩一點。平常都是特地向同一家店訂的，還叫我一塊兒喝。若在平常，那種價位的茶我是絕對喝不起的。儘管萬分奢侈，但我也老實不客氣地跟著夫人一起喝。希望大爺也嚐嚐，這樣或許您也能了解夫人是多麼寬厚的人，連對我這樣的下女也這麼好。」

那就不便推辭了，平四郎站起身。

「那麼，我也隨妳到灶下吧！去喝妳說的茶。」

兩人繞到正面，脫了鞋進屋。灶下在葵房間的另一側。經過時，平四郎瞥見出入口旁的小房間裡，有兩件看似阿六的行李，與一只打開的木箱堆在一起。

再晚一步她就不在此處了，幸好及時趕上。

阿六在灶下勤快地備茶，一面和平四郎聊著許多事。每取出托盤、茶杯、盤碟便給平四郎看，說這是夫人喜愛的，這又是從哪個盆市的古董鋪找到的有田燒，深深引以為傲。

不久後奉上的茶，確實如阿六所言，是兼具深度與甘味的好茶。平四郎仔細品嚐，一稱讚好喝，阿六便拍手露出笑容。

「夫人相當懂茶，教了我很多。聽說在京城做生意時，也賣過茶。」

原來葵離開過江戶啊，沒想到還曾經商。原來她不是只靠總右衛門包養。

「夫人收了店，結束生意，搬到這裡來，是因為身體不好。說自己上了年紀了，在這裡過著悠閒平靜的日子，也算是靜養吧。在那之前，日子似乎過得挺忙碌熱鬧。」

阿六說她絕不會主動探問主人家種種，這些都是從葵偶然興起提到的話裡聽出來的吧。即使如此，平四郎仍是首次聽聞。

阿六泡茶時，在一只葵常用的茶杯裡倒入香氣濃厚的第一泡，放在托盤上，置於灶下一角，那裡悄悄供著一餐飯食。接著端正跪好，朝那裡雙手合十一拜後，才喝一小口自己的茶，總算講起盜子魔的故事。

平四郎聽得入神，差點忘了要品味高級茶。

「確實如妳所說，是葵趕走了盜子魔。」

那個叫孫八的男人，想從阿六身邊搶走孩子及阿六的人生。他那陰險的眼神和貪婪的嘴角，光聽便覺得歷歷在目。以心計與人力物力將這棘手的惡鬼趕跑，是葵的功勞，手法委實高明。

然而──

「那孫八後來怎麼樣，妳知道嗎？」

「您指是他爲戲法和幻術所騙，從這裡逃走之後吧？」阿六搖搖頭。「詳情我不清楚。」

葵對阿六說了「其餘的，本地的岡引會好好善後吧」。平四郎一聽，便坐正。

「那指的就是缽卷八助了。這麼一來，葵與久兵衛是將這事告訴那位頭子，一切安排妥當後，才設計出這齣大戲。」

「我想是的。」

缽卷八助善後的嗎？那麼應該不會有遺漏。應該不會，但……

見平四郎深思，阿六臉上的不安之色越來越濃。

「大爺，其實……」

她忽地傾身靠過來，壓低聲音道：

「這時候也不知該不該說這些。」

「不要緊，妳儘管說吧。」

「幻術機關順利運作時，我一心只感到痛快，直想大呼萬歲，一點兒也不在意孫八會如何。但是，隨著日子過去，不知怎地我心裡愈來愈不踏實，會想著那個人到底怎麼樣了。因爲夫人和久兵衛爺都只說再也不必擔心，就不多提了。」

「嗯嗯。」

這樣的心境是正常的。阿六一副難以啓齒的模樣，平四郎便應聲附和，表示催促。

「所以，我雖沒那個意思，卻似乎不時拿出來問夫人。」

結果葵以略帶教訓意味的口吻這麼說：

——阿六，我告訴妳，孫八肯定永遠不會再來煩妳了。

——只是，他並沒有死，那男人還活著。我也才不想告訴妳那人的詳細消息。

「夫人說，若我知道他的情形，我會……怎麼講才好呢？」

平四郎伸出援手。「會心生憐憫嗎？」

「是的。是啊，夫人說我會覺得他可憐、好像做得太過火了，對不起他。」

「好了傷疤忘了痛，阿六必定會出現這樣的心緒」，葵是這麼說的。而更糟的是，可能會興起想去看一眼的念頭，這是很危險的。

——阿六，妳這個人就是心軟，才會被那個男人纏上。那種鼠輩便是專門占好心人的便宜。

「原來如此。」平四郎輕輕一拍膝蓋，對阿六笑笑。「我也與葵夫人有同感。妳是不是眞有過那種想法？」

阿六猛搖頭，彷彿想把緊黏在頭髮上的東西用力甩掉。

「不不不，我怎麼會！一丁點兒都沒有！」

這可難說了，平四郎暗自擔心。値得慶幸的是，循規蹈距的人們在這世上占絕大多數，他們無論遭到何等殘酷的對待，都無法還予對方同樣殘酷的報復。縱使像阿六這般有貴人相助，順利討回公道，事後仍會爲此感到內疚。

「也罷。不過，葵推測妳丈夫的死亡也是孫八所害，這我倒是挺好奇的。既是八助幫忙善後，自然該從孫八嘴裡問出來了吧？葵沒告訴妳查出什麼嗎？」

阿六的雙肩垂落。

「哦，那件事……我也很在意，卻什麼都不知道。孫八心神大亂，整個人都不正常了。」

接著阿六突然一抿嘴，看著平四郎。

「大爺，我實在笨得很，夫人明明如此再三叮嚀，那時我還是突然想到一件事。我想，夫人會遭遇那種事，會不會是孫八報復？於是……」

「妳去問過久兵衛了？」

「是的。」

「那老頭子怎麼說？」

「狠狠罵了我一頓，說我杞人憂天，這次的事與孫八無關，叫我不要胡思亂想。」

或許是回想起當時的情景，阿六縮起脖子，彷彿久兵衛就在面前。

「也難怪妳會這麼想，連我剛才也起過這個念頭。」

「大爺也是嗎？」

「嗯。不過，既然久兵衛如此確切保證，應該就不必懷疑孫八了。要是孫八有那麼一點嫌疑，不用妳提醒，久兵衛便第一個急死了。」

哦，您說的有道理。阿六眼裡雖帶著不安，仍點頭稱是。

「保險起見，我會向久兵衛和八助把事情問清楚的。知道後也會告訴妳。只是，阿六。」

平四郎加重語氣，阿六立即轉向他。

「我也要和葵一樣勸妳，就算知道孫八的現況，也不要接近他，別去理會。我光聽妳講，就明白那男的是罪有應得，妳一點都不必感到內疚。」

阿六老實行了一禮。

於是，就平四郎而言，雖不能說十足，卻也有八分將孫八擺在一旁了。他倒是認為，葵曾經商、一句話便能使喚詭異而高明的幻術戲班等事，更加重要。葵這些作為自然是以湊屋總右衛門為後盾，但即便如此，葵並未一味躲在總右衛門身後，她本身同樣擁有相當的力量能夠驅使他人。這是一項重大發現。

殺害葵的凶手，莫非便潛藏在這些關聯中的某處？

可疑的不止佐吉一人。當然頭號嫌犯是阿藤，但在平四郎等人所不知的「葵的世界」裡，或許還躲藏了其他妖魔鬼怪。

「對了，阿六，得請妳想起一些難過的事。妳發現葵與佐吉時，他們分別在哪裡、又是什麼模樣？葵在地上是怎麼個倒法？妳在屋內何處，是從哪裡到葵的房間？當時屋內還有什麼人？謝謝妳的好茶，接下來能不能麻煩妳，完全照當天的情形重來一遍？」

這也是平四郎略過其他程序，急著來芋洗坡的原因。他想趁阿六記憶還未消退前問出來。

阿六說她當天在後院晾衣服，井也在那裡。她領頭為平四郎帶路。

與葵房間面對的庭院相比，後院更饒富野趣。說穿了，就是沒有修整。但砍掉了雜草叢，種了一圈茶花做爲籬笆。還有雜樹林及一處竹林，彷彿從中鑽出一條縫隙般，有條平緩的下坡路，通往廣闊的菜園，能看見包著阿姊頭巾（註）的農婦正勤快地工作。

井口約有三尺寬，平四郎朝裡一望，相當深。

「聽說以前這屋子的隔壁還有一戶大宅，兩戶共用這口井。但那邊的大宅起火燒毀後就沒再重建，現在只有我們這裡在用。」

火災據說是約十年前發生的，阿六當然一無所知。以前是鄰宅的地方，如今看來已成爲菜園的一部分。

屋子面向後院處也有一道緣廊，但不像葵房間的那般精緻，與其說是窄廊，更像是工作房的木頭地板直接平鋪出來。

「我正忙著晾衣服，我那兩個孩子，阿道和阿幸也在緣廊上玩皮球。」

皮球是久兵衛買的。老管理人也順道教了孩子們皮球歌。

「那時候，久兵衛已不住這兒了吧？」

「是的。解決孫八那件事後，便回湊屋了。」

宗次郎還在川崎的別墅裡養病，久兵衛無法久居此地。況且待在江戶，不巧便可能遇上之前鐵瓶雜院的住戶。

不過，事到如今，即使與以前的住戶如阿德等人碰個正著，也不難解釋。只要使出三寸不爛之

註：女性手巾的纏法之一，多用於勞動時防塵。

舌，要當場開脫想必易如反掌。但久兵衛對於哄騙欺瞞眾人一事內心有愧，想盡可能避免陷入那樣的窘境也是人之常情。這點平四郎倒能體諒。

「當天，佐吉說在屋子正面聽到孩子們的歌聲，想來就是皮球歌了。」

「啊，這樣嗎？」阿六說著，沉痛地皺眉。找著當年拋棄自己的母親家，卻從中傳來年幼孩童歡樂的歌聲。阿六想必是體察到佐吉當時的感受了。由此更見阿六的聰慧，平四郎很欣賞她。

「我到夫人房裡，並不是有什麼事，只是衣服晾乾收好了，想問問夫人有沒有事情要吩咐。啊，對對對！」

阿六將手輕輕一拍。

「夫人鬧傷風。」

「這倒是第一次聽說。」

「不到臥床休息的程度，只是，我想起來了，好像是出事前三天吧，夫人說喉嚨痛，聲音也有點兒啞。您瞧這一帶，四周都是草叢林木農田的，早晚比鬧區裡涼得多。夫人便是這樣傷風的。」

再加上身體原本就弱，病就更不容易好了。阿六說著。

「夫人覺得請醫生看診未免太大驚小怪，便買了藥回來煎，一天服三次。對，我心想差不多該服藥了，才……」

兩人前往葵的房間。在後院曬衣處脫了鞋，上了緣廊，阿六領著平四郎穿過寬闊的大宅屋內。平四郎一面跟著阿六走，一面數著有多少房間。每間房都打掃得乾乾淨淨，但空無一物的房間也很多。女主人加女傭一名，連同女傭帶來的兩個孩子，這樣一戶人家用得到的地方想必有限。

平四郎講出心中想法，阿六答道：

「是的，夫人說，不用的房間可以把榻榻米掀起來，但那感覺實在荒涼，我便向夫人提，反正打掃也不費事，就維持原狀吧。」

「但是，每天光是開關擋雨滑門便得耗上半天了吧？」

阿六總算露出爲母親一面，驕傲地微笑。「我都要孩子幫忙，兩個孩子有事做也很高興。」

阿六與孩子們分配到的房間，是與灶下相鄰的六席房。

「發生孫八那件事時，爲了加強防範，夫人讓我們住她隔壁房。不過，後來用不著再爲那件事擔心，我們又回到原來的房間了。」

那便是夫人的房間，阿六說著正準備過去，平四郎制止了她。

從走廊通往葵房間的唐紙門開著。

「當天，唐紙門也開著嗎？」

阿六以指尖抵住額頭想了想。

「不知道……」

「白天妳在屋內做事時，常開著嗎？還是常關著？」

「不一定……」

「視日照而定嗎？」

「是啊。夏天會除掉隔間，不管唐紙門還是格子門都會拆下來，到了冬天就全關上了。那天是怎麼樣呢？」

阿六緩緩地，彷彿是以足尖搜索記憶般靠近唐紙門。平四郎默默看著她。

「我想……是開著的。」

她停下腳步，望著房間說。

「嗯，是開著的。因爲我來到這裡，看到通往緣廊的格子門是打開的。」

阿六坐在唐紙門後，出聲叫夫人。沒聽到回應，心想是在解手嗎，便將頭往裡面一探——

「在那裡，」阿六臉頰繃緊，向房內角落一指。「夫人就倒臥在那裡。」

房內已收拾完畢，空空如也，唯有榻榻米沐浴在秋陽下。

「哪邊？妳站到那個位置上去。」

在平四郎的催促下，阿六不安地踏入房內。

「這邊有張小方几，是夫人寫信時用的，冬天會在旁邊擺上火盆。但那天，由於這裡朝南，陽光照得暖和，便只放了小方几而已。不，那個，夫人有時會抽菸，所以也端了菸草盆出來。」

「放在哪裡？」

阿六彎身，指出就在小方几前。

「雖說是菸草盆，卻不光是個盆子，製作很精巧。有放菸草的地方，有小小的炭缽、菸管架，還有一個這樣的提把，能提著走，下面則做成抽屜。」

阿六手比著一個約一尺大小的箱子。

「喉嚨痛時夫人不抽菸，因此有一陣子沒點炭火，但那天夫人好多了，早飯後便抽了一些。對，所以炭火也點著了。中午之前我還添了火。看火原是我分內的工作。」

阿六說，夫人嫌點起長火盆，鎮日對著火盆坐，實在很像被包養的小老婆，不喜歡這麼做。

「講起來，就那麼一次，夫人稱自己是『小老婆』。」

阿六談著菸草盆，扯開了話題，平四郎把她拉回來。

「那，葵是以什麼模樣倒下來的？不好意思，麻煩妳做出相同的樣子。」

阿六難免有些不知所措，但仍倒在榻榻米上，伸長了手腳。

腳尖朝著庭院、頭朝著走廊，臉則面向平四郎，左側朝下。

「夫人眼睛是張開的。」

阿六倒在平四郎腳邊說。「一看到夫人睜得大大的眼睛，我當場腿都軟了。」

「是嗎？可以了，謝謝。」

阿六立即起身，臉部糾成一團，閃過隨時都會哭出來的神情，但隨即喘著氣，勇敢地鎮定下來。

「妳當下便知道夫人死了？」

「是的，一眼就知道了。」

阿六表示，葵的脖子上緊緊纏著手巾，一看就知道是遭勒死的。

說完，阿六突然臉色發青。

「我什麼都不懂，把手巾解下來了。」

「解下來？是妳解下那條手巾的？」

阿六應聲「是的」，發起抖來。

「夫人很難過的樣子——，儘管知道夫人已經死了，我還是無法忍受，連連喊著『夫人、夫人』，只顧著要幫夫人解開。上面沒有打結，一下子就解下來了。」
「是什麼樣的手巾？」
「夫人一早便圍在頸子上，是印染的格紋手巾。」
這是阿六的建議，圍上手巾疼痛的喉嚨才不會受涼。
「是怎麼個圍法？妳圍給我看看。」
阿六連忙取來手巾，折成細長條，先掛在後頸，在前方交叉，剩餘的部分便分別垂在左右肩後。
「沒有打結吧。」
「沒有。有時會將手巾塞進領口，但夫人說那樣太擠了。」
平四郎思忖：有人繞到面向小方几的葵身後，拉住那條手巾的兩端，用力一扯。殺人恐怕便是如此進行的。
如此一來，光憑這點便知佐吉不可能是凶手。佐吉絕對辦不到。
那可是十八年來母子首次意外重逢。在那種狀況下，佐吉不可能會繞到葵身後，總不可能演變成「娘，十八年不見了，我來爲您捶捶背」的情形吧。
或者，葵並沒有面對小方几，而是因某些原由面朝緣廊，背對唐紙門。此時有人悄悄接近，從背後抓住手巾一絞。葵一聲尖叫，稍加抵抗，隨即氣絕身亡。於是，凶手爲防止有人從庭院一覽無遺，將葵的屍身由緣廊拉到小方几後頭才逃逸……
「那個叫佐吉的人，」正全心思索的平四郎，在阿六的話聲中回過神，「就坐倒在那裡。」阿六指著房內一角。

「在倒下的夫人腳邊。一看便知他嚇癱了，整張臉又青又腫。」

是這個樣子嗎？平四郎坐倒在阿六指示的地方。對對對，就是這樣——阿六點點頭，但又突然像有哪裡不妥般，皺起眉頭。

「好難呀，大爺。那明明是想忘都忘不了的情景，但這時要說，卻又記不清了。我進到房裡，一看見夫人便嚇壞了，趕忙解開手巾，然後才看到佐吉，是這樣嗎？或者，我一開始就看到佐吉，但見到倒下的夫人，大吃一驚，沒空理會他？實在分不清哪個先哪個後。」

阿六似乎正爲力不從心而焦急。平四郎癱坐在榻榻米上，安慰阿六。

「這不能怪妳。遇到這種時候，任誰都是如此，因爲當場一次看到、聽到的東西太多，事後再回想，便分不清先後順序了。」

阿六撫著額頭，歪著臉。

「或我一進房間便發覺佐吉也在，心想原來夫人有訪客，才瞥見夫人。順序也可能這樣。」

「妳記不記得自己曾『呀』或『哇』地出聲驚叫？」

「也許叫了。我記得我連聲喊著『夫人、夫人』。啊，還有，」阿六喉嚨發出咕嘟聲響，「我好像大聲問佐吉『你是什麼人，你對夫人做了什麼』。」

平四郎身子一震。

「佐吉怎麼回答？」

「什麼都沒說。我想，他沒開口，只是慢慢搖頭，一直不停搖頭。嗯，的確是這樣沒錯。」

阿六於是奔出房間，直接從房門口跑到外面。

「我心想得通知番屋才行，但走到一半突然驚覺，孩子還在家裡。我不能留她們兩個和賊子在一起。嗯，大爺，我當時大概把佐吉當成盜賊了。」

事出突然，當下也只能這麼想吧。

「我不能只顧著自己逃，心想先大聲呼救再說，便喊：救命、救命！快向番屋通報！有賊，有賊闖進來了！」

大宅前那條路行人不多，但正巧有個背著包袱、商人打扮的男子經過。他大吃一驚，但似乎立即明白事態緊急，奔下坡去。阿六見狀，才返回屋內。

「現在想起來，應該有更好的做法才對，但當時我整個人都慌了。我趕到後院，阿道和阿幸還在緣廊下玩，於是我二話不說，一手抱起一個，又直奔屋外。接著要孩子們跑到番屋。」

或許是聽到阿六大聲呼救，這附近大宅及民宅商家的人們，也開始聚集到葵居住的宅邸前。其中也有爲武家宅邸看守辻番的年輕武士，阿六這才放下心來。

「有人問我賊子逃走了沒，我答還在裡面，就坐倒在地。趕來的眾人進了屋，但接下來的事我就不知道了。不久，來了兩個番屋的人，立刻帶走了佐吉。像這樣一左一右，從腋下架住他。」

接著，缽卷八助頭子也喘著氣趕到，開始主持場面。阿六揪住頭子的袖子追問：夫人呢、夫人呢？夫人還是去世了嗎？是啊，可憐哪，斷氣了。

「聽到這裡，我哭了出來。時間可能不長，但卻是放聲大哭，眾人想必都不知如何是好。」

平四郎盤腿而坐，摸著下巴。由於回想起當時的情景，阿六臉色有些泛白，一屁股坐在地上，撫著胸似地調整氣息。眞是我見猶憐。

辻番是武家宅邸為自衛而共同設置的監視小屋，也就是武家的自身番，因此是不會理會一般民間紛爭的。連那裡的人都來了，可見阿六求助的叫聲多麼淒厲。佐吉沒被倉促趕來的武士一刀砍死，眞是萬幸。若當時他稍加抵抗或試圖逃跑，可就危險了。

「謝謝妳，我都知道了。妳好些了嗎？」

阿六堅強地點點頭。「好些了，不好意思。」

聽到阿六呼救聲而來的街坊當中，應該有人進了葵的房間，看到人在房裡的佐吉，也許曾和他說話。若是如此，平四郎也想知道說了些什麼。問八助應該就曉得了。憑他再怎麼圓滑世故，畢竟是老練的岡引，想必不會輕忽這部分，定會將話問清楚。

阿六深深嘆口氣，洩了氣般無精打采地坐好。可怕又痛苦的記憶再鮮明，也都過去了，事情既已發生便無可挽回，這才讓人傷感吧。

八助頭子待阿六止住啼哭，便將她帶回屋裡，命她查看是否丟失了什麼値錢的物品。阿六照做了。但她說，當時見葵的屍身仍倒在地上便激動不已，實在沒把握有好好檢查。

「原本錢就是夫人掌管的……久兵衛爺在的時候另當別論……所以我實在幫不上什麼忙。」

「沒關係，按規矩是該那麼做。」

看在缽卷八助眼裡，這是樁輕而易舉的命案。再怎麼說，一副臉上寫著「我是凶手」的男子，就在被勒死的女人屍身腳邊，嚇得腿軟。

眞是得來全不費工夫。

平四郎「唔」的一聲伸了懶腰。阿六略帶倦容地看著他。

「葵夫人有訪客，」平四郎瞇眼望著小方几原本所在之處問：「而妳不知道，這種情形發生過嗎？就是說妳忙著做事時有人來了，葵沒喊妳奉茶備菸，自行招待，而妳也沒發覺，客人便走了。」

阿六想了想。

「和服鋪的人。」

「有過嗎？這類事情。」

「是的，不過那真的只是來跑腿的小學徒。」

「但妳沒發覺，夫人也沒特地喊妳。」

「是的……是事後才告訴我的。」

那麼，其他客人來訪時，同樣的情形也可能發生。

無論如何，事情已清楚了。

凶手與葵相熟，是能進這個房間、找藉口輕易繞到葵身後的人。

或者，凶手相當熟悉這座大宅的構造，窺探過狀況，發現趁葵望著庭院時，便能從走廊這邊悄悄潛入。無論何者，都不會是佐吉。這名凶手知道大宅裡人丁稀少，白天門戶敞開，只要避開阿六的耳目，便可輕易接近並潛入葵的居室，光憑這點就不可能是佐吉。

「妳解下手巾時，葵夫人的身體還是暖的嗎？」

阿六失去血色的臉頰上多了道淚痕。

「是的，還是溫暖的。」

剛遇害不久。若阿六早來那麼一步，也許會在走廊那側的唐紙門撞見逃離的凶手。

「阿六，妳們在這房裡會焚香嗎？」

阿六仍掛著淚痕的臉愣住了。

「焚香嗎？不會。」

「從來沒有過？」

「是的，我們連香爐都沒有。不過夫人會用香袋。」

這麼一來，佐吉聞到的香味，是來自葵掛在衣架上的和服嗎？

「那天，這房裡的衣架上，是不是掛著桔梗圖案的和服？」

阿六隨即想起，確實如此。剛縫製的新和服，挑掉繃線掛了起來。

「若沒出事，夫人原本隔天要穿那件衣服出門的。」

和老爺一起，阿六失神地低語。

平四郎沒理會感傷的阿六，繼續問房裡有無怪事，葵的模樣是否有異，當天或前一天是否有來客。阿六老實準備回答：「怪事……」又差點哭出來。

「好，阿六，抱歉要再多花妳一點時間，不過就當是爲了夫人。接下來，請仔細回想那陣子的事情，不管發現了什麼，都寫下來。妳會寫字吧？」

「平假名的話，勉強還能應付。」

「好。還有，把進出這屋子的人全寫下來。什麼時候有誰來過，只要妳記得的、想得出來的，一個不漏地記下來。湊屋、久兵衛，還有那個每天都來的小學徒就不用說了，無論是爲什麼事上門的，凡是來過的都要寫。辦得到吧？我會再來，在那之前，妳好好翻出腦子裡的記憶。」

「可是我……」

平四郎「哦」了一聲。「對了，妳接下來要到哪兒做事？」

阿六一臉過意不去。「久兵衛爺替我找的，所以是請湊屋當保人。」

「要離開江戶嗎？」

「不不不，是在神田多町的一家小飯館，我要搬到附近的雜院。這回得出門上工，但久兵衛爺說，雜院的主婦很多，留孩子在家裡也不必擔心。」

「那眞是好極了。」平四郎爲她高興，之後才發覺：

「提到孩子，妳那兩個孩子現在上哪兒去了？」

「這後面，沿路上去有座叫法春院的寺廟，到那裡上學了。哎呀，現在是什麼時刻了？鐘響過了嗎？我一點兒都沒留心。我想差不多該回來了。」

接著阿六似乎有些顧慮，問道：

「我怕孫八怕得不得了那時，不敢讓孩子們上法春院，出入這裡的賣菜大叔好意幫忙接送。那位大叔也得寫嗎？」

「嗯，要寫。只是寫下來而已，所以一個都別漏。」

再三叮囑時，正面傳來八刻（下午兩點）的報時鐘聲，阿六說那便是法春院的鐘。

平四郎瞪著秋陽清朗地照進空無一人也空無一物的房內，緊鎖眉頭了好半晌。

八

從剛才，阿德便像扭抹布般擰著雙手。

「妳還眞靈活啊。」平四郎說道。「不會弄壞手臂嗎？」

他是打算消遣幾句，但看來阿德聽而不聞。在堆了行李的手拉車旁走來走去，再三確認：

「我說，彥兄，這樣眞的就行了嗎？沒少了什麼吧？」

彥一則老神在在，笑著安撫阿德。

「老闆娘，用不著這麼擔心。這樣便準備萬全，再來只要帶著老闆娘和我的手藝去就行了。」

彥一捲起袖子，往瘦弱的上臂啪地一拍。

平四郎雙手揣在懷裡，站在手拉車後頭。見阿德繞了一圈回來，便不再調侃她，鼓勵地說道：

「好了，妳先定定心，喝杯水再出發吧。這點時間總還有吧？」

聽了平四郎這句話，並肩站在滷菜鋪門口的阿桑與阿紋，不約而同地應了「是，水！」便拉起衣襬，競相往屋裡走。兩人旋即回來，一看，各自端著一杯水。

「老闆娘，水。」

兩人又異口同聲地說，對望了一眼。

「妳幹什麼？」

「阿桑姊自己呢？」

「老闆娘的茶杯是這個。」

被阿桑凶巴巴地白了一眼，阿紋低頭看捧在手裡的茶杯。

「我的……這個是客人用的。」

「哼！迷糊蛋。」

阿桑毫不留情地罵完，一臉得意地將茶杯遞給阿德。阿德朝她手臂啪地打了一下。聲音清脆，力道更是絕妙，阿桑手中的茶杯並未掉落。

「妳們怎麼老愛吵架？湊在一起就妳鬥我、我鬥妳的。阿桑，妳好歹也算姊姊，爲這種小事欺負阿紋，有什麼好高興的！」

平四郎和彥一大笑。阿桑嘟起了嘴，有阿德撐腰的阿紋臉上掛著得意的笑容。

「妳也一樣，俐落一點！」

阿德一吼，阿紋立刻站得直挺挺的。

「眞的，大爺，一點都不好笑。今天可得留這兩個孩子看店啊，我擔心得要命，胃都快穿孔了。」

「抱歉哪。」平四郎仍笑著說道，「都怪我拜託妳這種麻煩事。」

「哪兒的話！」彥一大大搖頭，與阿紋一樣挺直身子，向平四郎深深行了一禮。

「多虧了大爺，老闆娘的新生意才能有好的開始，感謝大爺都來不及了。」

平四郎請阿德幫忙做一桌好菜，宴請定町迴同心佐伯。

爲了挑選與佐伯談事兒的地方，平四郎大傷腦筋。在芋洗坡的自身番會面雖是捷徑，卻是深入敵營。再說，此人似乎比八助更難應付。不如先籌辦一桌豪華宴席讓對方盡興，然後趁機將事情談妥。當然，也少不了酒。

兩人要談的話不便傳入他人耳裡，無法在一般酒肆飯館進行。話雖如此，要在餐館訂廂房，平四郎卻心有餘而力不足。平四郎希望能在佐伯的地盤東查西訪，爲檯面上以「病死」了結的事故翻案。而要對方答應這種無禮之舉，按規矩得包紅包，若再加上要價不斐的筵席，平四郎肯定會餓死。典當細君的衣物固然不失爲一個辦法，但如此一來，即使籌得出錢，平四郎依然會餓死。因爲怒火中燒的細君必定不肯好好爲夫君做飯，說不定還會離家出走。

然而，這回捨不得花錢的話，被視爲「鐵公雞」將大大不妙。因平四郎不僅要請佐伯對己方追查貞兇的行動視而不見，還想從佐伯嘴裡問出許多事，非討對方歡心不可。

平四郎想破了頭仍無頭緒，便找弓之助商量。這美得驚人的孩子不當一回事地說道：「需要多少，由河合屋來設法吧。」

平四郎與弓之助的父親，即染料盤商河合屋的老闆，是連襟。

「既然是親戚，這時候便該互相幫忙呀，姨爹。」

平四郎大爲感動：好個豪爽大方的外甥啊！但，河合屋老闆雖有經商之才卻好色貪花、長相如鬼面獸首，令人無法相信與弓之助是父子，平四郎實在不想欠他人情。

「我也有我的面子要顧啊。」

他抓著後頭如此辯解，於是弓之助想了一會兒，說道：

「那麼，麻煩阿德姨如何？」

「向船屋租屋形船。」

屋形船上的酒菜是自備的。客人可委託喜愛的外燴鋪，船屋也能代爲安排。

「請阿德姨幫忙，不必花大錢就能辦出一桌可口佳肴了吧？酒的話，既然是在船裡喝，帶多少喝完就算了。一開始便依我們的預算準備好，即便佐伯大爺是酒國英豪，也不必擔心他會喝個沒完沒了。如此盡心款待後，船一回船屋，送上伴手小點心再告別，不就好了嗎？在對方說『還沒喝夠、再喝一家』前，先讓轎子候在一旁請他上轎。」

「弓之助。」平四郎叫他。

「什麼事？」

「能摸摸你的頭嗎？」

弓之助乖乖把頭伸出來，平四郎摸了好一陣子。

平四郎立即向阿德提這件事，阿德卻突然畏縮起來。話還沒聽完就退怯，眞是性急。

當然，爲何要討佐伯某人的歡心，箇中原因不能告訴阿德。但平四郎表示無論如何都必須懷柔對方，爲此需要佳肴與美酒。才說沒兩句，阿德便愈來愈是畏縮。

「不行不行，大爺，不行啦！這麼重要的一桌菜，我怎麼做得來啊！」

「妳一定可以的。」

「不行！」

但幫手早在一旁，便是彥一。

「有什麼關係呢，老闆娘，妳就答應下來吧！」

彥一拍拍胸口，說道：

「詳細的步驟，我會從頭一一告訴妳。當然，我也會好好幫忙。我不是一直說嗎？這鋪子只當小菜館實在可惜，勸老闆娘做外燴。這不正是天大的好機會？而且井筒大爺都開金口要妳幫忙了，要是拒絕，豈不有傷老闆娘的面子。」

「可是小菜館才剛開始……」

阿德接手阿峰不告而別所留下來的鋪子，開始將只有一口鍋子的滷菜鋪擴展爲小菜館。除了招牌滷菜，涼拌、油炸、燒烤等等，每日推出五、六種不同的菜色，風評極佳。

「雖說是外燴，但一樣都是做吃食。老闆娘的口味沒問題的。啊，對了！」

彥一整張臉突然亮起來，將手拍得好響。

「上菜時，其實器皿也是味道之一，食器會讓菜色更美味。」

阿德鬆了口氣般嘆道：「那就更不用說了，我們沒有那麼好的器皿。」

「所以我去借啊，向石和屋借。」

彥一是名廚師，在木挽町一家叫石和屋的餐館工作。由於店家遭火災波及焚毀，重建期間彥一無事可做。

「向那邊老闆娘說明情由，應該肯免費出借。餐館之間互借器皿原本就不稀奇。館子裡不能總是用同樣的器皿，又無法經常買來替換，有交情的鋪子便會互通有無。」

原來如此。平四郎說著拍了下膝蓋，好不容易將想問彥一能不能摸他頭的話壓下來，但還是忍不住說了句：「你後腦看起來倒像發出佛光哩！」

於是，這一天來臨了。花時間的滷菜和需要事先料理的東西，一早便在店裡灶下準備好了。做好的東西放進漆盒，以大包袱巾包好。油炸和生魚片，則等阿德與彥一到達船屋，借用當地灶下，在開船前處理好。手拉車裡裝的是一套必備的用具，及自石和屋借來的各色器皿。

選定的船屋，是位於向島吾妻橋畔的「川仙」。今晚雖有其他客人，所幸都是帶餐盒上船，因此灶下可專供阿德與彥一使用。

「那麼……我們過去了。」

阿德邊將手臂鬆了又擰、擰了又鬆，邊對阿桑和阿紋說。

「老在這裡磨蹭，會來不及準備的。魚大概已經送到那邊了吧。」

彥一再次向平四郎行了一禮，說聲「那麼，大爺，我們先走了，回頭見。」彥一今晚也要上屋形船，親自爲客人上菜。

「好，拜託你們了。阿德，期待妳的好菜啊！」

阿德整個人緊張得不得了，也沒回答，臉都僵了。

「別看她那樣，其實單純得很，是不是？」

目送兩人拉車而去，平四郎回頭對阿桑和阿紋說。

「老闆娘，」阿紋以稚嫩的聲音回道，「昨晚好像睡不著。」

阿桑立刻頂了句：「這妳怎麼知道？妳明明就呼呼大睡。」

「因爲我半夜起來上廁所呀！」

「聽妳吹牛。我昨天也睡不著，妳要是起來，我早發現了。」

見這兩個小姑娘妳一言我一語地吵，平四郎說道：「妳們不用去看著鍋子嗎？」

兩人赫然驚醒，又推又擠地奔回鋪子裡。

「鍋子別燒焦了，找錢別找錯了，要好好看店，別吵架啊！」

阿桑與阿紋歌唱般同聲答「是——」。

那是個「很長」的人物。

這人物指的是同心佐伯錠之介，年紀比平四郎大上幾歲吧。

總之身材很長，而且很瘦。頭長下巴長脖子長，手腳也長，連手指都是長的。

平四郎那張馬臉也是長的，但這人不光是輪廓，每個部位都長，長得很周到。眉眼鼻子，全細細長長。當然，人中也是長的。嘴唇薄薄的，雖是橫向，也是長的，仔細一看耳垂也長長垂著。

孩子常會拖著棒子，在硬梆梆的地面上亂塗畫人臉。佐伯那張臉若要以一句話形容，就是那樣。眞是一張好認好記的臉。

而且，寡言少語。

眼睛經常半開半閉，看來像是睡著了。

傍晚，平四郎抵達川仙時，佐伯已先到了。老闆娘出來，告知相約的大爺說要到河邊晃晃。平四郎連忙趕去，只見棧橋上方的土堤，茂密的芒草叢裡，突出了一顆絲瓜形狀的頭。在暮色天空下，秋蟲初鳴的叫聲中，雙手揣在懷裡動也不動。

「那位大爺很早就來了，一直那個樣子。」川仙的老闆娘說。

連聲招呼也無從打起。

平四郎不知如何開口，正朝那邊望，只見佐伯半睜著眼轉過頭，自芒草中站起來。這一站，整個上身便驟然出現。

「井筒大爺。」他說道。

「噢。」平四郎應得彆腳。

接著，佐伯錠之介走出芒草叢，經過平四郎身邊，逕往棧橋而去。

走經平四郎時，說了聲「船」。

有如井字形木板連接成的棧橋邊，泊著川仙的船。船夫走出船屋，向兩人行了一禮。

「要出發了嗎？」

平四郎還不及回話，佐伯已走進船內。

現在，兩人正在屋形船中相向而坐。

河水輕輕拍打船身。船幾乎沒有晃動，靜靜行駛。格子門是關上的，看不見景色的流動，有時甚至感覺船幾乎是靜止的。

這晚是十六，但不巧天上多雲，每當月娘自雲間露臉或隱沒，格子門便隨之又亮又暗。

平四郎話很多。有求於人的是己方，說話是當然的，但這種場面，並非一開口便進入主題，往往從閒話家常開始。然而，佐伯一個字都不說，只好由平四郎說了。

一上菜，佐伯便漠然動筷。一敬酒，仍是漠然喝酒。

半開著眼睛，沉默不語。

平四郎猛冒汗。

因有求於人而設宴款待，這回是破天荒頭一遭，平四郎不知其中的規矩，但心裡也有所準備。佐伯事先應已從岡引八助那裡得知這場筵席要談些什麼，即使他端架子吊胃口、明嘲暗諷，平四郎也只有認命的份。

不料竟如此沉默。他在肚子裡暗罵缽卷頭八助。「佐伯大爺難得開金口講上一個字，相當難相處」，好歹也能提上這麼一句，不是嗎！

自船尾進出船艙上菜的彥一，也察覺平四郎的無助，不時瞟過視線。他應該也相當緊張，不知菜色如何，口味是否足以懷柔佐伯大人。

然而，佐伯卻什麼也不說。

平四郎終於耐不住性子，當菜色正好出完一半時，問道：

「不合您的胃口嗎？」

平四郎弓起背，視線由下而上，顯得好似在窺探，連自己都覺得沒出息。

彥一正擺著湯碗。聽平四郎這一問，他頓了頓手。

佐伯抬起眼。半張的眼即使全開，仍細如一線。

柳葉般的嘴唇微張。佐伯面向彥一，說道：

「石和屋。」

平四郎很吃驚，彥一則睜大了眼睛。在桌上擺好碗盤後，雙膝併攏而坐。

「原來您是石和屋的貴客。」

佐伯露出淺笑，輕輕搖頭，說道：「碗。」

意思似乎是對碗有印象，東西確實是借自石和屋。

「味道……」佐伯望向屋形船的天花板，想了一會兒，說道：「較濃。」

彥一惶恐回道：「大爺說得一點也沒錯。」然後向平四郎說明：

「石和屋用的是淡醬油，但老闆娘——阿德姊慣用濃醬油。」

佐伯打開剛上桌的碗蓋，說「名月碗」。

平四郎也看了自己的碗。裡面是煮菜。對半切的煮蛋與麩，栗子與香菇。上面整齊擺放著三葉菜的菜莖，增添色彩。

「是的，正如您所說。」彥一似乎全身都跟著點頭，「蛋黃看起來有如滿月，這樣的搭配便稱爲名月碗，是秋季的菜色。」

平四郎相當佩服。「原來佐伯大爺精通飲食之道。」

佐伯的嘴角浮現如地藏菩薩般慈悲的笑容。

「每回視而不見便有好東西吃，如此而已。」

他說了句話。整個句子聽下來，便聽得出是相當有味道的好嗓音。

「哈哈……眞教人羨慕啊！」

佐伯仍掛著笑臉，什麼都沒應。

「那是芋洗坡一帶的風氣吧！不，應該算是佐伯大爺的人德嗎？我可一次都沒經歷過。」

平四郎講完，發覺這話聽來有酸味時已經太遲，但佐伯呵呵笑了。

「井筒大爺。」

「是。」

「一切我都明白了。」

「是。」

平四郎也學彥一，雙膝併攏坐好。

「所以，我就不客氣了。」佐伯說著便拿起筷子。

平四郎與彥一同氣連聲般行了一禮。

「但要找凶手恐怕很難。」

佐伯一口口咬著栗子說。

「您這麼想？」

佐伯點頭。「因此，我想當成是那人也好。」

「佐吉。」

佐伯再次點頭，伸手要拿一只淨白的大酒杯，平四郎連忙將酒斟滿。盛酒的不是小酒瓶，而是與大酒杯成套的酒瓶，足足可裝二合酒，但幾乎全空了。平四郎只喝了幾口，是佐伯獨自喝完的，而且絲毫沒有醉意，連眼角都不見泛紅。

「對，佐吉。」

「他是個花木匠。不好意思，您說當成是那人也好，表示佐伯大爺也認爲佐吉不是凶手嗎？」

佐伯不答，默默喝酒。過了一會兒才回道：

「比起我，湊屋才難吧。」

「您是指？」

「多半是湊屋包庇。」

平四郎吃著蛋，大膽問道：

「爲何您會這麼想？」

佐伯細嚼蛋後呑下，然後張開嘴。平四郎很緊張。

佐伯朝彥一一笑。

「好吃。」

「謝、謝謝稱讚！」彥一伏拜在地。平四郎心想，他那張朝下的臉一定在笑。

「請問，您爲何會那麼想？」

佐伯面向平四郎，又露出眼睛半睜半閉的地藏微笑。

「多半都是這樣的。」

「那，讓他帶了什麼當伴手？」

「栗子點心。」

「茶巾絞。」

彥一與阿德各自回答。

「裡面包水煮銀杏。菜裡不是有甜栗子嗎？那菜沒辦法只做兩份，剩下我就做成栗子泥了。」

船上也出了烤鯛魚這道菜。佐伯只吃了一半，剩下的也包起來了。

三人正在川仙的灶下。彥一與阿德已收拾完畢，將該帶的東西全裝上手拉車。平四郎偷空在這裡吃湯泡飯，因爲在船上幾乎什麼都沒動。剩下的菜阿德幫他打包了。

「眞是個怪人。」平四郎說道。「到底是黑心黑肚腸，還是無思無慮無欲無求，完全看不出來。早知他那麼好講話，就不必花這麼多心思了。」

「這可難說，大爺。也許是這番招待讓他開心了，才好講話的。」

彥一看來很高興。下船之際，佐伯要平四郎介紹這家外燴鋪。平四郎當然歡歡喜喜地告訴了他，還請他有機會多關照。

「都無妨吧。這下就能毫無顧忌地行動了。」

佐伯錠之介來時與去時，臉色完全相同。看來他多半是那種喝多少酒都面不改色的人。

或許屋形船和外燴宴席都是白花錢。但另一方面，平四郎卻覺得長了一番特別而有趣的見識：原來小官差也有許多種。

翌晨，平四郎洗過澡，請梳髮人到家，正在剃頭時，弓之助來了。

「姨爹早。」

「哦，來得眞早。昨晚沒尿床啊？」

弓之助一張臉羞得通紅。梳髮的男子嘻嘻笑了。這人名叫淺次郎，從父親那一代便是出入八丁堀宿舍的梳髮人，不僅爲平四郎服務，也常出入其他同心處，是組裡的熟面孔，但見到弓之助倒是第一次。

「少爺早安。」淺次郎滑順地使著剃刀，一面打招呼。

「初次與少爺見面，小的名叫淺次郎。」

弓之助也有禮地鞠了一躬，在緣廊輕輕坐下。

「弓之助少爺就是大爺引以為傲的外甥囉。」

「我幾時引以為傲了？」

「常聽夫人提起，說大爺遲早會迎少爺回來繼承家門。」

出入宿舍的梳髮人，同時也是帶回街頭消息的重要情報來源。但在井筒家卻反過來了。真多嘴！平四郎在肚子裡暗罵細君。

「果然如夫人說的，多麼可愛的少爺呀！梳起小銀杏一定很好看。」

所謂的小銀杏，指的是同心獨特的髮髻，一般認為帥氣威風，亦有人心存嚮往，在平四郎這張馬臉上卻神采盡失。但他說得對，梳在弓之助頭上應該很好看。

受到稱讚的弓之助，則是盯著淺次郎高超的手藝出神。

「河合屋的父親也會叫梳髮人到家裡，但同一個人卻來不到兩個月。」

這就教人驚訝了。

「父親怨言很多。來了親切多話的，便罵光顧說話不做事；來了沉默寡言的，便罵一早就悶不吭聲，死氣沉沉。然後，無論哪位梳髮師傅，他都直說差勁差勁。」

「誰教你爹本來就長得不好。不過，我也沒資格講別人。」

平四郎笑得晃動肩膀，但仍不影響淺次郎做事。淺次郎行雲流水般的手藝，梳起散開的頭髮。

「你這麼早來，是想知道昨晚的經過嗎？」

「是的。」弓之助點點頭，卻瞄了淺次郎一眼，似乎有些在意。

「什麼事傳進淺次郎耳裡都不必擔心。剛才我們正在談佐伯大爺呢。」

淺次郎一臉柔和的表情點點頭。

「淺次郎師傅也進出佐伯大人家嗎？」

「很遺憾，沒這個緣分。佐伯大人據說是由夫人親手梳頭。」

「哦……」弓之助露出憧憬的眼神。「那夫妻感情一定很好了。」

「這可難說，搞不好只是捨不得花這筆錢罷了。」

「姨爹之前和佐伯大爺沒有來往吧？」

「嗯。一般都說住在宿舍裡的同心，像親戚一樣相處融洽，不過，這也只是一部分人吧！像我這種懶人，就不懂得和人來往。」

佐伯錠之介似乎也是這類人，總是單獨行動、經常不回宿舍，謠傳他在別處租屋。這些是剛聽淺次郎說的，而淺次郎也是從同行那裡聽來的。

「佐伯話很少，是個很奇特的人。」

「那阿德姨做的菜呢？」

「好極了。阿德幹得好啊！」

弓之助非常高興，滿臉微笑。這回換淺次郎對那笑容看得癡了，不由得停了手。

「啊啊，眞是張好臉蛋。少爺，將來一定要讓小的爲您梳小銀杏。」

夾雜著火熱的氣息，淺次郎軟語呢喃地這麼說。

淺次郎一回去，弓之助便感嘆般地吐了口氣。

「那梳髮師傅的膚色比女人還白呢！」

「順便告訴你，他性子也偏女人。弓之助，不久的將來他就會來追求你了。」

弓之助嗚哇大叫一聲，按住再度變紅的臉。「請不要取笑我，姨爹一早人就很壞。」

「人壞，要不要順便吃個對牙齒壞的東西？昨晚剩的，阿德做的茶巾絞，栗子餡的喔！」

那是平四郎猜想弓之助會來，特意留下的。喚細君端來，弓之助大喜。

「太好吃了。就我一個人享用眞是過意不去，也想給大額頭嚐嚐哪。」

「這樣的話，下次拜託阿德就行了。不過，你和大額頭好像很合得來啊。」

弓之助嘴裡還含著茶巾絞便點頭。「是。不過我們可沒只顧著玩！我最近在幫忙大額頭。」

「大額頭在做什麼？」

到處打聽。

「啥？政五郎要他調查什麼嗎？」

「不是的……」

弓之說著，眼裡閃現一絲調皮的光芒。

「講起來，是姨爹讓大額頭鼓起這份幹勁的。」

「我嗎？」平四郎指指著自己的鼻頭。他可沒這個印象，不過——

「說到這兒，先前見到政五郎，他提到大額頭正認眞做自己的工作。」

「嗯，是的。」弓之助挺起胸膛。「今年夏天肖像扇子的那個案子，姨爹還記得嗎？」

那是平四郎爲了治好苦夏的毛病而大喝蜆仔湯期間的事。淺草觀音寺門前町一家名爲「祥文堂」的扇子鋪，有個叫秀明的畫師，以肖像扇子大獲好評，卻在深川蛤町的船屋遭人刺殺。

「發生那件案子時，大額頭得了心病、精神不振，對不對？我聽說是姨爹治好的。」

治好病的不是平四郎，是大額頭自己。但有人這麼抬舉，聽來倒也舒服。

「他記得舊時的案子，成了查出殺害秀明凶手的主要線索。」

而正是這件事鼓舞了大額頭。

「姨爹稱讚大額頭，說是他的功勞，又說他是政五郎頭子的好手下，大額頭得到姨爹這番鼓勵，有了自信，便想更加勤奮做事。」

過去，大額頭聽政五郎的頭子茂七大頭子提起往事或昔年的案子，向來是聽一件記一件，鐵瓶雜院出事當時，收藏在他那大額頭裡的舊事，也幫了平四郎不少忙。

「大額頭想到，難得上天賜了他好記性，那麼，不要只聽茂七大頭子的往事，也要多聽其他人的故事，多記在腦子裡。大頭子和政五郎頭子都贊成，到處爲他引介。所以大額頭自夏天以來，便勤跑各處，去見肯話當年的各方人士。」

平四郎大爲佩服，也不禁高興起來。

「這眞是個好主意。」

「我也這麼認爲。大額頭悟出這正是他的立身之道，是他餬口的本事。多聽過去的事，能隨時背誦出來的話，也能幫忙辦案。就算個頭小、沒力氣，一樣也能跟著岡引當個有用的手下。姨爹，您說是不是？」

「是啊，那當然了。」

「江戶這麼大，卻找不到第二個像大額頭這樣的人。」

在此之前，大額頭即使聽茂七大頭子說話，也是依大頭子當初回想的次序，直接就這麼記起來（即使如此，能在必要時想出必要的事，正是大額頭的厲害之處），今後則要依事情發生的年份或內容，仔細整理再加以記憶。

「我就是幫這部分的忙。」弓之助說道。「姨爹也知道，大額頭什麼都不必寫，就能把事情全記起來。但記的愈多，也愈困難吧！因爲想起事情得花更多時間。」

的確，大額頭在述說腦中記憶的事時，若遭中途打斷便會茫然失措，得從頭來過。

「所以，詳細的內容就交給大額頭，從誰那裡聽到什麼、又是何時發生的事，把這些寫下來，算是目錄吧，就由我來做。」

看了弓之助做的目錄，大額頭要背誦出事情時，便可省下翻找整個腦袋一遍的工夫。

「換句話說，故事在大額頭的腦袋裡，目次則由你來做，是這個意思嗎？」

「是的，正是如此。」

弓之助顯得相當開心。這對他而言，也是件做起來相當起勁的事吧。

「岡引有很多種，並不是每個人都樂意將往事告訴我們。有些人看到大額頭的模樣，便一心瞧不起，也有人會找他麻煩。這時就輪到我出場了。」

弓之助習有防身術，還曾將大人摔暈過。

「這麼說，你是負責編目次兼保鑣了。」

「我沒那麼厲害。」弓之助秀氣地害羞了。「再說，到目前爲止，也少有不愉快的時候。不止這樣，所到之處，大家都稱讚我們年紀小、讓人敬佩，給我們點心吃。」

「可別吃出蛀牙來。」平四郎笑了。所到之處都備受寵愛，想必是弓之助那張美麗的臉蛋，及好友大額頭那純樸又忠厚老實的模樣，打動了眾人的心吧。

「總之，我們現在正一一拜訪眾岡引頭子們，將來還想擴大範圍，到滅火隊、木戶番、自身番的老前輩那裡拜訪。尤其是滅火隊的案子，如果能匯集起來並加以歸納整理，知道江戶城哪裡會發生什麼樣的火災，又容易往哪裡延燒，對今後的防火事宜應該有所助益。」

這回弓之助不是因害羞臉紅，而是說著說著，驕傲與幹勁便染紅了雙頰。

「好好幹，你們兩個都很有出息。」

「可是，姨爹，」弓之助挺直背脊，一臉認眞，「我和大額頭都想幫姨爹的忙。芋洗坡的那件事也一樣。有沒有我們幫得上忙的地方呢？」

平四郎手揣在懷裡，看著小外甥那張美麗非凡的臉。一直盯著，那張臉便愈來愈難爲情了。葵遇害的事，大大傷了弓之助的心。平四郎知道他夜裡被可怕的夢魘住，嚇出了一大泡尿。

「我很感激你們的心意，可是啊，我想這案子對你和大額頭來說，太殘酷了。」

「爲什麼呢？要說殘酷，鐵瓶雜院那時也很殘酷。但我覺得和不清不楚時比起來，了解整件事的來龍去脈，心情輕鬆得多。」

「唔……」平四郎沉吟。弓之助的心情他很明白。

「昨晚啊……」平四郎說道。

弓之助應聲「是」，在緣廊端正坐好。

「佐伯大人提到找出殺害葵的眞兇，最難應付的恐怕是湊屋，因爲多半是湊屋在包庇眞兇。」

「所以讓佐吉頂罪，但又不忍送他進牢，才想盡辦法把事情壓下來，是這樣嗎？」

「對。」

平四郎沙沙有聲地搔搔下巴。早晨的秋風對剛剃過的月代頭來說太冷了。

「就連不知內情的外人來看，都能理所當然地做出這番推論。」

「阿藤夫人以爲已死的葵夫人其實還活著，湊屋爲了隱瞞此事花了不少心思。阿藤夫人雖爲湊屋蒙在鼓裡不知情，但將殺害葵夫人之事深藏內心又太累，便向佐吉兄吐露。吃驚的佐吉兄找湊屋談判，問出其實葵夫人還健在，跑到芋洗坡的大宅去。這些事佐伯大人知道嗎？」

「這麼大串的事，虧你能一口氣說出來啊。」

「會喘呢。那，佐伯大人知道嗎？」

「不知道，我沒說那麼多，只說葵、湊屋和佐吉之間的關係錯綜複雜而已。要讓他明白可疑的不止佐吉一人，透露這些就夠了。」

「既然如此，佐伯大人一定是懷疑阿藤夫人了。因爲這能當做正妻和小妾反目來看。」

從弓之助嘴裡聽到「小妾」這樣直截了當的字眼，有種說不出的詭異和犀利。

「姨爹，我和大額頭到處聽人講古，感覺人們殺人都不是出於什麼特異的理由。絕大多數的爭執都是爲了錢或感情。女人相爭，最後其中一方殺了另一方，這種案子眞是不勝枚舉。要不是汙了自己的手，要不就是將別人牽連進來，讓居中的人無端受累。種種案子情節雖異，但抽絲剝繭後，其實都是同樣的案子。這類情形眞的很多，所以佐伯大人才會這麼輕易地推論出來吧。愈是經驗豐富的官差愈是如此。」

「我說啊，弓之助。」

平四郎望著前一刻還盛著阿德做的兩個茶巾絞的樹葉狀小碟，開口了。

「我啊，開始懷疑阿藤是不是知道眞正的眞相。」

接著，他便將自己在見過八助後、爬芋洗坡時想到的疑點告訴弓之助。阿藤是否曉得葵還活著，爲了要在眞正殺死葵後，將罪過嫁禍給佐吉，才故意向佐吉透露往事——

「當然，就算佐吉眞上了當，湊屋也不會袖手旁觀。眼前就把案子壓下來了，表面上沒有任何人遭殃。但佐吉以爲總算能與葵相見，沒想到出現在面前的竟是她的屍體。湊屋總右衛門也失去了多年來小心翼翼藏匿的葵。」

阿藤定是額手稱快。

「完全合情合理。我想，也許事情正如佐伯大爺所料。」

若眞是如此，費心費力尋找凶手也是枉然。只要逼問湊屋總右衛門，令他吐實，一切便可就此了結。平四郎不希望再讓弓之助或大額頭插手。阿藤、湊屋與葵之間的恩怨糾葛，光鐵瓶雜院那時已鬧夠了。那是大人不堪入目、醜惡無比的愛恨情仇的最後下場。

弓之助也一樣盯著那樹葉狀的小碟子。看在旁人眼裡，就像是兩人訝異著「是誰吃掉了這裡的點心？」的景象吧。

「要釐清這疑點，除了問湊屋，沒別的辦法了。」弓之助說道。「然而，姑且不論湊屋會不會講實話，這件事是可以確認的。」

弓之助可愛地嘆了口氣。仔細一看，他嘴邊還沾著茶巾絞的碎屑。

「喏，姨爹，不如讓一切歸零，重頭想過吧？」

「你是指？」

平四郎揚起眉毛，看著弓之助。

「別推測凶手這個『人』，我們來看『事情』，真正發生的事情。姨爹到芋洗坡的大宅，見過服侍葵夫人的女傭了吧？」

「是啊，一個叫阿六的女子。」

於是平四郎將從阿六那裡聽到的告訴弓之助。

當時葵傷風，喉嚨圍著手巾，凶器便是那條手巾。佐吉提過「像香一樣的氣味」，但葵沒有焚香的習慣，而葵又因傷風暫不抽菸，卻拿出菸草盆擺在房裡……

平四郎也說了，那偌大宅裡只住葵、阿六與阿六的孩子，大人小孩才四個人，屋內門戶不嚴，任誰都能隨意潛入，佐吉便是一例。直到佐吉被發現在葵房裡嚇得腿軟，阿六都不知道有人來。

「所以我想過，」平四郎說道，「無論凶手是誰，肯定相當了解那屋裡的狀況。」

「是啊，我也這麼想。」

弓之助盈盈一笑。

「阿藤夫人了解嗎?她有辦法摸清芋洗坡大宅的情形嗎?」

「有吧,派人去查就行了。」

「什麼樣的人?」

「他們店裡多的是夥計。」

「背著湊屋老闆,只聽命於阿藤夫人,還不會多問、守口如瓶的夥計嗎?現在的阿藤夫人,有這種心腹嗎?」

這可問倒平四郎了。阿藤每天從早到晚都待在藤宅裡。自移居該處後,她連湊屋老闆娘的角色都放棄了。

「湊屋確實有肯爲主人上刀山下油鍋的夥計,久兵衛爺便是其中之一,那位俊掌櫃多半也是。但,這兩人都是總右衛門這邊的人吧。」

「嗯……」

「就算要花錢僱人,阿藤夫人可是大商家的老闆娘,一直過著安分的日子,以她的身分,肯定無法輕易找到那種爲錢什麼危險勾當都肯幹的人。」

聽弓之助這麼一說倒也是,但——

「也許阿藤是自己去查的啊!好比悄悄跑了趟芋洗坡那大屋。」

「是啊,有可能。但,先把這擱在旁邊,看『事情』不看『人』。」

平四郎不知弓之助葫蘆裡究竟賣什麼藥,只好照做。

「菸草盆擺在房裡,這倒是件值得玩味的事。」

弓之助若有所思地說道。
「是會抽菸的客人來了，葵夫人敬的菸嗎……」
「可是，阿六說葵從沒在她不知情的狀況下，單獨招待來訪客人。」
「也許那時有什麼特別的原因。」
當時的客人不希望阿六知道有人來見葵，或者，葵不想讓阿六知道。
「既然這樣，阿藤不就更可疑嗎？葵透露過一些自己的往事和來歷，卻不曾向阿六明說。」
「有可能。但，也僅止於可能而已啊，姨爹。」弓之助斬釘截鐵地回道。「對不起，沒先講清楚。可是姨爹，我想說的是，我覺得葵夫人遇害時的房間和葵夫人屍身的模樣，實在太乾淨了。」
太乾淨？平四郎不明白弓之助的意思。
「葵夫人是被手巾勒死的。那條手巾原本便圍在葵夫人脖子上。房內收拾得整整齊齊，因此佐吉兄在看到屍身前並未發現異狀。衣架上掛著和服，沒有絲毫淩亂。阿六也沒聽到談話聲或其他聲響。而佐吉兄最先看到葵夫人的屍身時，像『拉長著身體躺著』。」
弓之助一一細數後，抬起眼。
「這不就表示，凶手行凶是臨時起意的嗎？用了現成的葵夫人手巾，也是由於事出突然，不是嗎？突然得連葵夫人本人也不明白發生了什麼事。我想，在凶手以手巾勒住葵夫人的脖子前，房間裡是一片平靜安詳。」
平四郎也這麼認爲，但同時也有「那又如何」的感覺。
「不管是阿藤夫人還是任何人，若凶手對葵夫人懷有深仇大恨，會這麼做嗎？」弓之助熱切地傾身向前。「打個比方，如果我是阿藤夫人，在結束葵夫人的性命前，不當著她的面一吐心中積怨，一定不痛快。想必會吵吵嚷嚷，鬧得滿屋皆知，阿六肯定也會察覺。別的不提，葵夫人也會大聲求援吧！」

平四郎想反駁，卻無話可說，只好張大鼻孔哼了一聲。

「也不會平白放過屍體，一定會又踢又踩的吧。全新的桔梗圖案和服？多可恨！一定又撕又剪，亂扔一氣。」

平四郎終於反駁了。「那種難堪的場面，搞不好早在另一天發生過了。」

「您是指阿藤夫人算準阿六不在的時候，見過葵夫人了嗎？」

「嗯，也不一定是阿藤，某個和葵有仇的人。」

「以前如果發生過這種事，阿六肯定會發覺吧？從葵夫人的態度看得出來。而且真要發生過，葵夫人不可能不告訴總右衛門。」

有道理。嗯，弓之助說的對。

「就是啊。退一步來想這複雜的經緯，只看發生的『事情』，這案子實在不像是與葵夫人有深仇大恨的人下的手。是的話，未免太不帶感情了。」

「所以啊，是有深仇大恨的人……」不見得是阿藤喔，平四郎故意做出可怕的表情強調。「偏人下的手呢？那就不需要帶什麼感情了吧。」

弓之助嘿嘿嘿地笑了。「若是殺手，我想不會用葵夫人的手巾，應該用事先準備好的傢伙。」

平四郎一撇嘴。「帶是帶了，但發覺葵的手巾可用，便收起傢伙呢？」

「先不管這個，剛才我也說過，阿藤夫人沒有能找尋替身殺手的管道。若有其他人，而這個我們現在還想不起、全然不知的人物，除了對葵夫人懷有深仇大恨，還必須有錢有門路僱用殺手。唯有在這種情況下，姨爹，您的想法才講得通。」

平四郎有些鬧意氣，尋思後說道：「葵在躲到芋洗坡前，似乎曾到處做生意，也許是那時結的仇家。」

「那種『仇家』，湊屋會寧願要佐吉背黑鍋也不惜包庇嗎？」

「那麼，結論便是湊屋沒包庇任何人，壓根兒就相信是佐吉殺了葵。」

繞了一圈又回到原點，平四郎說出來的話變得亂七八糟。

弓之助嘴裡頻喊「姨爹姨爹」，爬到平四郎身邊，輕巧地往他背後一繞，為他按摩起肩膀。

「姨爹把思緒搞混了，也難怪，我也一樣。湊屋、阿藤夫人、葵夫人和佐吉兄之間充滿了過去的謊言和祕密，盤根錯結，會衍生什麼意外都不奇怪，我們都被那些事情蒙住眼睛了。」

弓之助歌唱般地說著，邊按摩平四郎的肩背。技術相當不錯，很舒服。

「蒙住了眼睛啊……」

「是的。若拿走這些東西，也許這個案子意外地簡單。我是這麼認為的。」

簡單——平四郎實在無法相信，無論如何都沒辦法。但弓之助的話語似乎也漸漸滲進心裡。

要是葵的命案與她的過往完全無關，另有起因呢？

「我也想到芋洗坡的大宅看看，可以請姨爹帶我去嗎？」

「哦，好啊。」答應後，平四郎往膝頭一拍。「我正想問能不能麻煩你呢。」

弓之助停下按摩平四郎肩膀的手。
「我嗎？」
「是啊。我想借用那大宅與湊屋總右衛門碰面。無論如何，想將這團亂稍微理出個頭緒，得從總右衛門那兒問出不少事才行。」
對了對了，還要問葵為了趕跑纏著阿六不放的孫八，所使喚的那個幻術戲班，也想知道孫八後來怎麼了。無論何者，都不會是葵一人的手筆，肯定動用了總右衛門的關係和力量。
平四郎說出這些事後，弓之助的眼睛睜得圓滾滾。
「哇啊，蒙住眼睛的東西又變多了。」
不過，我覺得那些應該沒什麼相關，立刻又以孩子氣的表情加了這句話。
「我也這麼認為，只是問個心安。」
「難道是演了一齣精采幻術大戲，葵夫人卻不肯付錢，劇班的人一氣之下便對葵夫人下手？」
平四郎輕輕推了弓之助的頭。「才說呢，你又多編一個來蒙眼啊？」
弓之助呵呵笑著閃躲。
「所幸那裡現在是座空屋，拜託管理人就行了。我們要在葵死去的房裡與湊屋總右衛門碰面。」
「這回不用準備屋形船嗎？」
「我幹嘛請湊屋吃飯？」
弓之助放聲笑了。「說的也是。」
「我這就寫信，你能不能幫忙送信到明石町的『勝元』？我和久兵衛講好透過勝元來通消息。」

「好，樂意之至！」

「細節就託久兵衛安排，由不得他不願意。」

起勁地說完，平四郎卻又改變主意了。

「還是算了。」

「啊？」

「信的內容我來想，你來寫。我的字有欠威嚴。」

弓之助立刻面向書案。

九

躂、躂躂躂、躂、躂。

輕快的腳步聲傳來。

躂、躂躂躂、躂、躂。

不止一人，是兩人。

「好，大額頭，換這邊喔！」

有人愉快地說，接著腳步聲又響起。

躂、躂躂躂、躂、躂。

芋洗坡的出租大宅長廊下，弓之助與大額頭三太郎正拿著抹布擦地。大宅外，政五郎的年輕手下正嘩啦啦地灑著水，清洗大門。葵使用的房間，另有兩個手下在拍打榻榻米，撢灰去塵。一張張威武凶猛的臉上，清一色繫著阿姊頭巾。

平四郎人在庭院裡。他問過有沒有可幫忙的，卻被回了句「不礙事就是幫最大的忙」，因此無所事事。

指揮年輕人與孩子們的，是政五郎的老婆。爲此，今日蕎麥麵鋪歇業一天。

「打掃的事請交給內人，她定會自告奮勇。」

政五郎如此提議，平四郎就老實不客氣地麻煩人家了。若在平常，這種事第一個想到的便是阿德，但這回萬萬不可。平四郎早決心不讓阿德與葵的命案扯上關係。再說，阿德這會兒可忙得不得了，要同時掌管外燴鋪和小菜館。

「哎呀，大爺，您光在那兒罰站，待會兒要談正事時不累壞了！」

說話的正是政五郎的老婆，平四郎今天頭一回知道她名叫阿紺。這阿紺雙手抱著一個火盆，自房間的緣廊向平四郎搭話。

「進門處那個小房間也整理好了，請到那邊休息吧。」

那火盆只是中等大小，看來卻挺沉的。原本掀著榻榻米的一個手下連忙過來。

「頭子娘，讓我來吧。」

「是嗎，那就拜託囉。」

「要放哪裡？」

「先放那邊廊上吧。你看，這可是有田燒呢！上面這百寶圖，多漂亮呀！不過是個火盆就這麼講究，還亂堆在倉庫裡。有錢人果然不同。」

平四郎笑道：「今晚用完後，妳就帶走抵打掃的酬勞吧！反正也不是屋主的東西，定是葵買的。既然丟在那裡，誰看到了就是誰的。」

阿紺回道「大爺眞愛說笑」，像個大姑娘般高聲笑了。

「我要是敢這麼做，馬上會被押解送官。我們家那口子，對這些事兒規矩最多了。」

政五郎的嚴謹正直平四郎也素有所知。

「就我一個人閒著沒事也不太好，我去自身番露個臉再回來。」

「咦，快好了呀！」

「我去晃晃，順道買些點心回來。要大夥兒汗流浹背賣力打掃，不買點東西慰勞慰勞，會遭天譴的。」

有如配合「小心慢走」的歡送聲般，平四郎一繞過屋子旁，政五郎便緩緩現身，右手拿著柴刀，看來是去清理後院的雜草叢和小樹。

「頭子也受我連累來做下人的事，眞抱歉。」

「哪兒的話！這些也算是我們分內的事。」

魁偉的大男人笑了。政五郎與手下的本所元町一帶都由他們打掃，難怪異常熟練。

將與湊屋總右衛門的重大會面，安排在葵曾居住的這座大宅，是平四郎的主意。屋主一口允諾，但平四郎到這兒一探卻大吃一驚。葵死後，原本住在這裡的女傭阿六搬走也還不到半個月，屋子已有破敗之相。

房子這東西，少了主人便會立刻失去生氣。儘管大小相差不下百倍，房子畢竟也是工具的一種，與棄置的刀剪隨即變鈍、沒人用的紡車轉不動，是同樣的道理。

透過「勝元」與久兵衛幾番聯繫，順利敲定今晚一會。湊屋總右衛門將不閃不躲，到這兒與平四郎見面。以蒙塵的房間、破掉的格子門與雜草遍地的庭院迎賓，邀約這方不免有失體面，平四郎這才連忙招集人手來大掃除。

平四郎將手揣在懷裡，下了芋洗坡。

天空一片清澄，日光朗朗，文風不起，卻覺寒意逼人。秋意深了。阿紺搬出火盆是對的。日頭一落，寒意定然更甚，沒有人居住的大屋子，縱使是夏天也有冷清之感。

從大敞的自身番門口往裡一望，上了半階，後面房裡坐著一個與平四郎年紀相當的男子，頭正一頓一頓地打著瞌睡。更裡面是位書記，拿著像是讀本的東西看得專心。

在輪班制的自身番當班，代表背負著當地地主們（或代理其職務的管理人）和大路旁商家老闆們的重責大任，但若沒出事，便只是看門的閒差。這與武家設置的辻番不同，用不著有事沒事都擺出勇猛威武的武士派頭，因此常見這番悠閒。看守了一天只有一個人來問路的事也屢見不鮮。

既已得到佐伯錠之介的認可，並透過他向當地頭子缽卷八助打過了招呼，沒事便用不著跑自身番。但平四郎與佐伯會面後還沒見過缽卷頭子，原想如果頭子在裡面那是最好，但看來是撲空了。

正想轉身離去時，書記身後半空中，伸出了一條粗壯的小腿。才覺奇怪，杢太郎便下來了。

自身番的屋頂上便是火災瞭望台，通往上面的梯子就在屋內一角。平四郎看準他整個人下了梯子面向這邊時，拉長聲音喊了一聲「喂」。

李太郎立即注意到他，看守的男子們也朝這邊望，只見李太郎毛毛躁躁地向他們說了幾句話，便縮起巨大的身子鑽過門口，來到屋外。

「怎麼，在修警鐘啊？」平四郎問道。

李太郎不但頭大身體大，眼耳鼻口也大。睜得老大的眼睛轉了幾轉，眼珠子幾乎快掉下來了。

「是啊，大爺。」

他說今早繫著警鐘的環釦壞了，鐘掉在屋頂上。

「幸好沒從屋頂掉到地上，不過啊，總是覺得不吉利。怕會有第二次，我把鐘牢牢地掛上，卻擔心得不得了。剛才就是上去看鐘掛得怎麼樣。」

風吹雨打的，環釦生銹變形在所難免，不必看得太嚴重，但一般大塊頭多半膽子小，李太郎似乎也不例外。

「是啦，難免會有這種事。確實修好就不必擔心了。不過，屋頂也給打壞了吧？」

「屋頂我也修好了。」

看來他的雙手相當靈巧。

「眞了不起。有你這樣的手下，缽卷頭子也能放心了。」

李太郎明明高平四郎一個頭，但他放低了眼神看過來，視線照樣是由下而上。

「大爺，今天有什麼事？」

他小心提防地開口。

「只是剛好過來附近。別擔心，就今天這一晚，因爲有點事，借用了那座出租大宅。心想要是頭子在，就打聲招呼。」

頭子向你提過了嗎？這回換平四郎發問了。李太郎老實點頭。

「佐伯大爺也吩咐，不能礙井筒大爺的事。」講完，那雙大手慌得猛搖。

「不是的，我當然不夠格見佐伯大爺。是頭子說，大爺也這樣切實交代下來。」

「那眞是太好了。」平四郎對這大塊頭的娃娃臉笑了。「抱歉哪，我們會盡量小心，不在你們地盤亂來的，多包涵啊。」

「既是頭子答應的事，大爺用不著跟我這種小嘍囉客氣。頭子也說了，反正無論結果如何，我們都不會吃虧，所以沒關係。」

連這種話都老實說出來，實在迷糊得可愛。

「可是大爺，那出租大宅不成了空屋嗎？您在那裡做什麼？」

「要跟人碰個面。不想引人注目的話，那裡最恰當不過了。」

「噢。」李太郎若有所思地垂下眼睛，問了一個奇特的問題：「那個聚會，都是像大爺這樣的官差吧？」

「也不是……不過，差不多吧。」

「有孩子嗎？」

平四郎完全不知李太郎爲何有此一問。

「不會有孩子在場。啊，不過現在正在打掃，所以屋裡有女人也有孩子。」

一聽這話，杢太郎瞪大了眼睛。「那可不行啊，大爺！千萬不能讓孩子靠近那屋子。」

平四郎也瞪大了眼，不明白他爲何這麼說，但及時想起：

「哦，那裡有盜子魔的傳聞是吧。」

葵便是利用這傳聞，擺平了糾纏女傭阿六的孫八。儘管用的是沒錢沒門路便使不出的辦法，但平四郎認爲那手法著實漂亮。

「那不是傳聞，」杢太郎正色說道，「眞的有盜子魔。大爺，這可不是在說笑，三天前才出來過。有個孩子不見了，我嚇得到處去找。」

這天平四郎沒穿八丁堀的黑外褂，身上只有條紋和服。即使如此，當地人都認得的岡引手下，與一個生面孔的帶刀武士站在自身番前講個沒完，沒比這更引人注目的了。

「杢太郎，這附近有沒有賣甜食的？」平四郎問道。

「咦？」

「做甜食點心在賣的，店頭能喝茶的更好。有沒有？」

那邊轉角有家糕餅鋪……杢太郎雖訝異，仍伸手一指。平四郎舉腳便往那方向走。

糕餅鋪是家店面僅有六尺寬的小鋪子。門口掛著糕點模樣的招牌，反面是糕點切開來的圖案，還不忘把餡兒也畫上。

平四郎往店家擺在鋪子旁的長凳上一坐，老闆端著茶和剛蒸好的熱騰騰糕點過來。

「另外再幫我包二十個。」

吃吧！招呼了李太郎，自己先開動。餡熬得濃郁非凡，十分可口。
李太郎也有禮地欠身說聲「那我就不客氣了」，卻拿著糕點不吃。
「你討厭吃甜的？還是怕燙？」
「不是的，呃……」
「不管這個了。那，失蹤的孩子找到了嗎？」
找到了。不在別處，就在那大宅的門內，李太郎找到了哭個不停的孩子。
「那眞是大功一件啊。那孩子怎麼說？被盜子魔抓去了嗎？」
「這個啊，她什麼都不肯講，整個人嚇壞了。」
「有沒有受傷？」
「臉上有挨打的痕跡，還不到瘀青的地步，但留下紅紅的印子。還有……」
李太郎拿著糕點，用力皺起大大的臉。
「脖子的地方，有一道痕跡。」
「痕跡？被勒過的痕跡嗎？」
「應該是。不是用手，是用軟繩或和服綁帶，總之是軟的東西。不是繩子，用繩子勒會留下擦傷對吧，大爺。」
平四郎嗯了聲，咬了口糕點。這一個也是勒脖子嗎——心頭有討厭的蟲子陣陣騷動。
那孩子名叫阿初，八歲。爬上芋洗坡，過了那大宅，後面還有農家。在這片武家宅邸眾多之地裡的零星農田，便屬於這戶地主。阿初是這地主家佃農的孩子。

「這家人孩子很多，但就這麼一個女兒，是個好孩子，平常總是勤快地幫媽媽的忙。我之前就認識她了。」

「你很喜歡孩子吧。」

從先前他一下子便被弓之助迷得團團轉的模樣看來——不，連鬼子母神也會被弓之助迷得團團轉，但即使扣除這一點，就杢太郎對弓之助那般溫柔和善的模樣，也能窺知他喜愛小孩的脾性。

「頭子老講，我的腦袋還是孩子，正適合和孩子們混在一起。」他正經八百地說。

「也許吧。不過，你要當這是稱讚啊。」

杢太郎似乎很得這附近孩子們的緣，與阿初也熟識。

「三天前的下午，聽到九刻（正午）的鐘聲後，不知過了多久，阿初小妹的娘跑到自身番，說她還沒回家。我那時不在，是看守的管理人知道我和阿初小妹很好，來告訴我的。」

阿初大約自一年前開始上學堂。這在一般市區人家不稀奇，但佃農的孩子上學堂可就少見了。

「附近有座叫法春院的寺廟，正好就在那出租大宅後面那條路走上去的地方。一個叫晴香的先生向廟裡借了屋子，教孩子們讀書寫字。那先生很奇特呢，大爺，就算家裡窮付不起學費，只要孩子肯學，先生都樂意收，所以阿初小妹也去了。」

是女先生，不善武勇之事，但不僅教讀寫算盤，還教禮儀規矩，特別受有女兒的人家歡迎。

「每天五刻（早上八點）到四刻半（早上十一點），準時開始準時結束。您也知道，裡頭有窮人家的孩子，不能只顧著玩，還得回家幫忙。」

阿初也是每天上學，放了學便立刻回家。法春院和阿初所住的佃農雜院，即使以孩子的腳程來算，也近在咫尺。
但偏偏那一天，阿初過了正午還沒回家。做母親的很著急。最初留守自身番的人安慰她說小孩子貪玩亂跑也是有的，但母親緊張得不得了，堅持阿初絕不會亂跑。
「我也很了解阿初小妹的脾氣，那孩子絕不可能只顧玩耍，忘了幫忙媽媽做事。」
李太郎立刻趕到法春院。晴香先生說阿初照常回去了，是單獨走的。阿初的哥哥們儘管還是孩子，卻得幫忙家裡，沒上法春院。
晴香先生與李太郎一樣，很清楚阿初有多乖巧老實，覺得奇怪，便想一同尋找阿初。
「可是，一開始就把事情鬧大，反而會令眾人不安，所以請先生先待在法春院，我則循阿初小妹可能會走的路，沿途喊她的名字。這一帶和熱鬧的市街不同，森林啊、穿山小徑啊，長滿雜草的小路很多，也許是在哪裡跌倒受了傷也不一定。就算沒偷懶跑去玩，畢竟是個才八歲的孩子，看到漂亮的小鳥啦，爲了什麼小事分心走岔了路也是有的。」
然而，卻不見阿初的蹤影。又喊又找地走了一個時辰，李太郎心中愈來愈不安，便回自身番請頭子聚眾一同尋找。這時，事情也已傳進缽卷頭子耳裡，認爲寧可出動眾人，即使事後發現是笑話一場，也好過有什麼萬一，便喊來好幾個手下一起找人。
眞是個好頭子啊，平四郎心想。缽卷八助這麼多年的頭子也不是白當的。
「於是大家開始分頭找……」
總算在那出租大宅裡找到了阿初。
「簡直跟變戲法一樣。大爺，在那之前，我已去那出租大宅找過好幾次了，都沒找到阿初小妹。她卻憑空出現在那裡。」

「你去那裡好幾次，是因想到那盜子魔的事？」

「是啊。」李太郎的臉蒙上陰影。「我怕屋子空了，盜子魔跑出來，對附近的孩子下手。」

李太郎背著抽噎不止的阿初，送她回家。無論他多麼柔聲安慰，告訴阿初「沒事了，別怕別怕」，阿初還是哭個不停。而問她究竟發生了什麼事、是誰這樣折磨她，她也什麼都答不上來。像蚌殼般緊緊閉上嘴，只青著一張臉。

「那孩子現在怎麼樣？」

「還是老樣子。」李太郎難過地垂下眼睛。「學堂也不去了，不肯離開媽媽和哥哥們半步。聽說像變回了小嬰兒，夜裡還會啼哭。」

平四郎想起擔心受怕後尿床的弓之助。

他默默地又吃了一塊糕點。李太郎似乎這下才想起慎重拿在手裡的糕點，放進嘴裡。一口塞進去，不斷地嚼。

「盜子魔會勒孩子脖子嗎？」平四郎冒出這句。「更別說是用和服綁帶了。」

李太郎緩緩抬起臉看平四郎，但似乎不知該如何回答。

「是盜子魔附身，讓人幹下這種壞事嗎？」

平四郎咕噥著，轉向李太郎一笑。

「你好好看著阿初。過一陣子，應該會慢慢好轉，也就敢再到外面來了。阿初肯講當時遇到什麼害怕的事時，你要把細節都問出來，親手抓住那個作惡多端的盜子魔。」

「抓盜子魔？抓得到嗎？」

「抓得到。凡是會加害於人的，一定抓得到。」

是。李太郎似乎稍稍安了心，露出笑容。

平四郎站起身，捧著熱呼呼的糕點，沿來時路返回。

屋子早打掃好了。二十個糕點立刻進了眾人的五臟廟。

平四郎將三天前發生的阿初一案，告訴了政五郎、弓之助與大額頭三人。大額頭專心將此事寫進腦子裡，政五郎皺起眉頭，弓之助則陷入沉思。

「提到法春院的先生，剛才大爺外出時，曾來過這裡。」政五郎說道。

「晴香先生嗎？來做什麼？」

「先生從後面經過時，看到我們在打掃，便問是不是有人要搬進來。我們回說是之前房客的人，來整理善後。」

「是個美人兒呢。」弓之助突然從沉思中醒來似的眨眨眼，抬頭看平四郎。「服侍葵夫人的那位叫阿六的女傭，她的孩子就是上法春院學寫字吧？」

「萬萬沒料到夫人竟突然病逝，實在非常遺憾」，晴香先生禮數周到地表示哀悼後才離去。

「美得讓你發愣啊？」

平四郎往弓之助的額頭一戳，但弓之助沒反應，還潛沉在自己的思考裡。看來，剛才那句話是他冒出頭換氣時，順道講的。

「很香，」大額頭說道，「有很香的味道，從衣服裡發散出來。」

「女人喜歡的玩意兒，應該是香袋吧！」

弓之助又像人偶般定住了。

「喂，怎麼啦？」

平四郎一碰，他才回過神來。

「大額頭。」他拉起大額頭的手。「吃過點心了，走，我們再去幫頭子娘的忙！」

然後拉著大額頭，往灶下去了。目送這兩個孩子友愛的背影，平四郎與政五郎面面相覷。

「弓之助在想些什麼啊？」平四郎問道。

「不知道呢。」政五郎也納悶。

天空的暮色消失，染上夜色之際，湊屋總右衛門在約定時刻悄然而至。應是坐轎來的，卻沒半點聲息。平四郎才發覺大門前突然浮現了一盞燈籠，便見那燈籠由久兵衛提著，總右衛門就在他身後。

「簡直跟妖怪一路。」

平四郎在肚子裡暗道。

上次與總右衛門照面，是在總結鐵瓶雜院一連串事件之時。回想起來，當時同樣在屋形船裡，只是吃的不是阿德與彥一的菜，船也是湊屋準備的。

阿紺手持蠟燭，領著兩人來到葵的房間，平四郎與政五郎在裡面等候。自己一度租下讓心愛的女人居住、曾頻頻造訪的屋子——而且就在那女子殞命的房間裡，被當成客人通報的心境究竟如何？這種平四郎無從推敲的感情，應該正在他內心來去才是。
然而，從湊屋總右衛門身上，看不出絲毫這樣的痕跡。
政五郎候在房間一角。平四郎與總右衛門相對而坐，久兵衛則跪在總右衛門的左肘後方。
唐紙門靜靜拉開又關上，阿紺送茶點過來。點心是偏乾耐放的那種。反正沒人會吃，就選能放的，做做樣子就好——平四郎如此委託，阿紺便備了這色點心。
「我們家那口子和我啊，都愛大爺這款脾氣。」阿紺這麼說過。「爽快乾脆，簡單明瞭，而且不浪費吃食。」
她還說事後要留給弓之助少爺和三太郎，不會買難吃的。果然言而有信，儘管是買來做樣子的茶點，看起來還眞可口。平四郎望著碟子，心裡想著這些。
一絲緊張感都沒有，他覺得對弓之助和大額頭挺過意不去的。正躲在廊下暗處，準備逐一記寫接下來談話的兩個孩子，一定很緊張吧。
久兵衛在敘完無關痛癢的季節問候後，說道：
「爲了這次會面，您十分用心打掃過了吧。」這位仁兄在當鐵瓶雜院管理人時，是出了名的愛乾淨。眞是好眼力。
「只不過也順便將葵夫人用過的痕跡清理掉了。」
聽到平四郎這句話，湊屋總右衛門的雙眼忽地一動，看了擺在對峙的兩人正中央的火盆一眼。就是那個有田燒火盆。
「那是葵看上買來的。」總右衛門說道。

「參拜川崎大師的回程路上，她瞧見這火盆擺在一家老舊的什具鋪店頭，特地拿席子包了，叫人千里迢迢運到江戶的。」

「原先放在倉庫裡。」平四郎說道。「時節還早，但空屋較冷，便拿出來了。」

總右衛門一語不發，往空無一物的多寶格和壁龕看。座燈映照下，這一年來那張臉似乎沒有醒目的變化。既沒變瘦，也沒變胖。

「葵夫人的事，眞是遺憾。」平四郎開口。

湊屋總右衛門伏地一拜。「幾番勞煩井筒大爺，久兵衛已一一轉告在下。遲至今日，才得以略表謝意與歉意。」

彷彿就等著這句，久兵衛取出擺在身旁的包袱。平四郎相當訝異，不知他珍重地帶來什麼。

「這是在下一點心意。」總右衛門說著解開包袱，推向平四郎。

是兩匹布。織在布匹裡的金線映著燈光燦然生輝。

「這是在下爲略表歉意所備，但願井筒夫人能賞穿。這一匹是和服，這一匹是腰帶，都是日本橋通二丁目上總屋的貨色。若您中意這兩匹布，願意收下，在下立刻要上總屋遣人著手準備夫人喜愛的滾邊與內裡。」

平四郎揚眉，隔著總右衛門與久兵衛，看向政五郎。那岡引事不關己地坐著。

「可以拿起來看嗎？」

「當然。」

和服——應該說是布料吧，是高雅的若草綠底，上有南天圖案。南天竹有「跨越重重難關」的含意，一般視爲吉祥之物，這點無竹的俗人平四郎也知道。也常做爲正月的裝飾，現在縫製，恰好適合正月裡穿。素雅的底色反襯出南天果的朱紅豔麗，與金絲所綴的枝頭露水。

腰帶則是所謂的短冊文，也就是許多短簡散布其間的圖案。仔細一看，每幅短簡上都精細地繡上吟詠花鳥風月的名句及古歌。

這對三十俵二人扶持的小官吏之妻來講，是遠遠不配的奢侈品。要說聲謝謝大方收下，平四郎的器量還嫌小了點。手甚至還不爭氣地有些顫抖。

他驀地想起佐伯錠之介那張長而溫和的臉。

——一切我都明白了，所以就不客氣了。

——每回視而不見便有好東西吃，如此而已。

然後悠然自得地享用美酒佳肴。當時的錠之介不疾不徐，不慌不亂。要達到那種境界，需要相當的修練。原來佐伯錠之介也是個胸懷大器的人物。

「賤內只怕不配穿這等好衣服。」

平四郎裝出笑臉，將榻榻米上的兩匹布推回。

「既然是一點心意，我單收心意就夠了。湊屋家裡多幾塊布料，也不至於礙事吧。」

久兵衛縮起手，窺探總右衛門的側臉。

「看樣子大爺不中意，收起來。」總右衛門簡短地交代。

久兵衛仔細將布匹重新包好。在鐵瓶雜院時，他是個主持大小事、精神矍鑠的管理人。如今回頭當總右衛門的手下，看來便是個平凡的下人。

「你們平常總是光顧通二丁目的那家上總屋嗎？」
總右衛門沒說話，久兵衛回答「是的」。
「湊屋老爺現在這身衣物，想必也是該店的極品之一了。雖是深青色，裡面卻混了銀絲吧？光一照，耀眼得很。」
在總右衛門和久兵衛還不及開口前，平四郎繼續道：「葵夫人的衣物也命上總屋縫製嗎？據說當天這房間的衣架上，掛著新製的桔梗圖案和服。」
總右衛門開口了：「葵……」
說著向葵喜愛的那個火盆看了一眼。
「在京裡時，有多年愛顧的和服鋪。但回到江戶後，似乎並未特定光顧哪家鋪子。」
「那麼桔梗花的和服是？」
「是我做給她的，但不是上總屋，是白木屋。」
白木屋在和服鋪裡，是大鋪子中的大鋪子。原來如此，那樣的店家遇到湊屋總右衛門這樣的人去訂製和服，或許反而不會多問是誰要穿的。
平四郎喝了一口阿紺端來的茶。茶要涼了。
「勞駕你特地跑這一趟，並不是憑弔葵。要憑弔不該是這個調調，再說我和政五郎也殺風景。」
久兵衛臉上立刻浮現擔憂的神情。
平四郎對湊屋總右衛門說道：
「不是佐吉幹的。」

總右衛門的眼睛微微瞇起幾分。

「我聽他仔細說過了。佐吉只是剛好來到現場，發現葵的遺體而已。」

接著又刻意訂正爲「多年來深信已不在人世的母親的遺體」。久兵衛低下頭。

「凶手另有他人。因此，湊屋老爺，你們若心裡有譜，希望就別浪費時間，痛痛快快講出來。這樣也可省下不少工夫。」

總右衛門的表情緩緩動了。簡直像身邊有個年幼的孩子，正向那孩子示範「瞧，眉毛就是這樣動的、鼻子就是這樣動的」。

平四郎突發奇想：搞不好這位仁兄不這麼做，臉上就做不出像樣的表情。

總右衛門變動的表情，在形成淡淡笑容後停下來。「事情應該以佐吉是凶手了結了才對。」

然後，僅僅轉動眼睛制止平四郎，說道：

「把他逼到那種地步，原本就是我們的責任，所以只好使盡全力避免他被繩之以法。畢竟當初告訴他葵還活著，及住在此處的，正是在下。」

一如長相有好壞之分，音質也有優劣高下。總右衛門的嗓音便像樂器般悅耳，音色沉厚。若葵的亡靈在場，悄悄坐在座燈照不到的黑暗角落，定會萬般陶醉，嘆道：「啊啊，老爺的聲音多令人懷念呀！」

——若能不去理會那聲音所說的內容。

「關於這件事，佐吉也一五一十地告訴我了，用不著重提。湊屋老爺，你眞相信佐吉殺了葵嗎？這才是我想問的。我想知道眞正的想法，不是『事情已經解決了』這種表面說辭。」

總右衛門的笑容變得更淡了。
「不是他還有誰？」
「所以才問你心裡有沒有譜。」
總右衛門不答。久兵衛似乎看不過去了，探出上半身。
「井筒大爺指的是阿藤夫人嗎？」
只見久兵衛額上發光。那是汗。
「沒錯。要說可疑，湊屋的夫人與佐吉同樣可疑。」
老爺，久兵衛低聲喊總右衛門。
「不如乾脆將阿藤夫人的事告訴井筒大爺吧？小的也是多年來從旁協助欺瞞阿藤夫人的人之一。為此，也給井筒大爺添了麻煩。」
他指的是鐵瓶雜院一事。
「小的認為考慮到前因後果，井筒大爺會懷疑阿藤夫人更甚佐吉，也無可厚非。在此說出事情原委，對阿藤夫人也是……」
久兵衛的話聲突然啞了。原來這位老人儘管對總右衛門與葵忠心耿耿，對阿藤也一直內疚於心。平四郎重新有了醒悟。
「對阿藤夫人也是一種解脫，這是小的的淺見。」
總右衛門不語。分明沒有風，座燈的內燈芯火焰卻晃動著。
「阿藤怎麼了嗎？」平四郎低聲問。「阿藤也出事了？」

久兵衛求援般仰望主人。

湊屋總右衛門迅速地眨了下眼，快得不凝神細看便看不出來，然後將視線投向平四郎。

「井筒大爺，您知道她耍過上吊這等花招嗎？」

知道，佐吉說的。那失常的舉止讓他心神不寧，加深了他對阿藤的懷疑，終至無法按捺。因此佐吉追根究柢，向總右衛門問出了真正的真相。

「聽說是將腰帶掛在藤宅庭院裡的樹枝上，佐吉的師傅半次郎發現了，及時阻止的，是吧？」

講完，平四郎瞪著總右衛門。

「但你剛才那說法，對阿藤夫人很不厚道。又不知道是不是花招，也許她真的想尋死。」

平四郎心裡有個想法，在當場完全是個雜念，因而也沒說出口，但他覺得湊屋總右衛門單單對阿藤特別刻薄。就算之後有了葵這個心愛的女人，先登上正妻位子的是阿藤。即使阿藤曾下手殺害葵，但這一切都出於嫉妒，而埋下這種子的，便是總右衛門。

阿藤的娘家是一家赫赫有名的料亭。阿藤的父親看上總右衛門的經營之才，將阿藤許配給他。換句話說，這樁婚事是基於利益，是財與才的結合，並非兩相情悅的婚姻。

這樣的聯姻並不罕見，就連既無財亦無才的平四郎，當年也因門當戶對討了一個未曾謀面的老婆過門。

即便如此，相處日久自然生情。總右衛門與阿藤之間還生了兩男一女，養大三個孩子，經營生意，一同吃苦、一同歡笑，這當中不會全然沒有感情吧。

或者天下之大，也有這等不幸的例子嗎？總右衛門與阿藤彼此從沒看對眼過？難不成是原本就合不來的兩個人，硬被湊成對？他對阿藤從來就沒有半分溫情？更糟的是，阿藤又曾試圖傷害葵，因此至今仍無法原諒她？

不知他是否察覺平四郎內心的憤慨與疑問，即使有，也不會顯露出來吧。湊屋總右衛門端正的臉上，沒有一絲陰影或變化。只聽他以悅耳的嗓音淡淡地繼續說道：

「無論是不是花招，看來那次舉動真的將她逼到絕壁邊緣了。」

「絕壁邊緣？」

什麼斷崖絕壁的邊緣？

「在那之後，阿藤終於失常了。她瘋了。」

平四郎微微張嘴，政五郎臉上也浮現驚異之色。躲在廊下聽寫的弓之助，或許當下手也停了。

「從此，她連自己是誰都不知道。日夜、上下、悲喜，對她都沒有分別。從早到晚坐在屋內深處，呆呆望著半空。若不是女傭寸步不離地貼身服侍，也不曉得要吃飯。」

一片沉默中，久兵衛抽搐著嘴角插話：

「葵夫人遭殺害時，最可疑的自然是阿藤夫人。老爺和小的都曾與井筒大爺抱持同樣的想法，若阿藤夫人沒變成那樣的話。是啊，真的，若阿藤夫人心智如常，我們也不會先懷疑佐吉……」

說到這裡，真的接不下去了。

座燈的燈光又晃動了，這回燈芯滋滋作響。

「葵知道這件事嗎？」

「知道，是在下告訴她的。」總右衛門回答。

「她怎麼說？」
「她說，眞是罪孽深重。」
這指的是她自己與總右衛門嗎？還是指阿藤？
「別提殺人了，阿藤甚至無法獨力行走，更何況要有條有理地思考，有所圖謀……」
總右衛門緩緩搖頭。
「因此，井筒大爺，葵出事時，在下除了佐吉外想不出別的凶手。再怎麼說，他都是在遺體旁被捕的。」
「有誰知道這件事？」
「在下與久兵衛，還有在藤宅照顧阿藤的忠心女傭而已。」
「沒別人知道？」
「我們十分小心。」
久兵衛解釋道：「若阿藤夫人的情形洩露出去，只怕會影響即將嫁往西國的美鈴小姐。」
啊，這樣呀。平四郎也注意到了。那是當然，因爲阿藤是美鈴的生母。
「那麼，這件事美鈴也不知道了？」
「是的。」
嫁到大名家，這輩子母女恐怕無緣再見吧。恐怕直到將來失去母親，美鈴仍一無所知；爲何長大後，母親突然厭惡起自己，這個疑問也將永遠得不到解答。
「所以，這事今後還請大爺嚴加保密。」

「那當然了，我明白你們不得不如此的原由。我沒那麼冒失。」

久兵衛無力地垂下頭，伏拜在地。

平四郎試著回想僅有一面之緣的阿藤。實在想不起她的長相，只記得她的嗓音。當時，傳進下了屋形船的平四郎耳裡的話聲。

——相公。

呼喚總右衛門的那個聲音。

多麼不幸的女人啊！

「井筒大爺如要問，」總右衛門說道，「除了阿藤與佐吉外，是否有人怨恨葵……」

平四郎點頭。總右衛門看著平四郎。

「在下也只能回答沒有。葵不是那種會招惹怨恨的人。」

阿藤除外。

「聽說她在京城的生意也做得不小，不是嗎？沒有商場上的對手嗎？」

「即使有，也不會在葵結束生意後緊追不捨。」

「那麼你的對手呢？像是想讓你痛心疾首，而傷害你心愛葵夫人的敵人。有沒有這樣的人？」

湊屋總右衛門微笑了。與先前的淺笑不同，這回是蘊含感情的眞正微笑。帶著一抹輕蔑與——也能解釋爲親近吧！

「井筒大爺，那不是生意人的想法。凡事以利益爲先的商人，不會以這種迂迴曲折的方式打倒敵手。到店頭縱火還更確實些。」

聽他說得如此理所當然，平四郎有點退縮。

「若不是要打倒，而是復仇呢？你心裡有譜嗎？有沒有人這麼恨你？」

「多不勝數啊。」

湊屋總右衛門回答時的笑容甚至帶著暖意，簡直像在炫耀功勳。「即使如此，這些爲數眾多的敵人眼中並沒有葵。湊屋總右衛門的敵人，會針對湊屋總右衛門，針對湊屋的身家、財產、繼承人。殺了葵，對湊屋這家商號不痛不癢。」

「對你的心呢？」

屏息觀望平四郎與總右衛門對話的久兵衛臉上，立時閃過似好奇又似期待，一種無可形容的、發光般的表情。雖只有一瞬，卻清晰可見，平四郎沒錯過。

總右衛門這麼應道：「任誰都終究難逃一死。此乃天命，無須哀嘆。」

平四郎不由得往房間四個角落的暗處看，尋找葵的幽魂。聽到了嗎？葵夫人。妳的良人剛才說，就算妳死了，也不至於讓他傷心得無法振作，說任誰終究都難逃一死。

「這才是湊屋總右衛門呀！」

平四郎彷彿聽到一個嬌柔的聲音如此回答。

十

一早便下起雨來。雨絲細得看不見，唯有濕氣與寒意籠罩一切。

那是秋日的綿綿細雨。

前一刻還包著手巾，在院子裡認眞幹活的小平次，現在不見其人，僅聞其聲。他似乎正與牆外同宿舍的中間談話。但講話的是對方，小平次一味附和，只聽他再三「嗚嘿，嗚嘿」。

平四郎躺在緣廊上望著院子。

腰部隱隱作痛，是昨晚自芋洗坡回來後很晚的事。若隨意走動，照例一定會閃到腰。此時應該好生休息，多加保重爲上，天一亮他便遣小平次向同僚告假。

於是，現下正大搖大擺在家裡躲懶。

躺著就是會有睡意。平四郎腦袋裡也像下起綿綿細雨般，迷濛得恰到好處。只是迷濛中，昨晚與湊屋總右衛門的對話，仍不時斷斷續續地浮現。

不會有人對葵心懷怨恨，想殺她洩憤。這句話總右衛門重覆了好幾次，說得明明白白又斬釘截鐵。除了阿藤和佐吉外。

而阿藤已進入了再也無法圖謀此事的世界。

另一方面，佐吉對神明發誓他是清白的，平四郎也相信他。

那麼，凶手是誰——
「相公。」
唐紙門猛然打開，細君來了。
「像這樣躺著，腰反而會受寒。我來鋪床，你好好休息如何？」
平四郎無法立即回答，因爲剛才那句「相公」讓他想起阿藤的模樣。
「這樣就好。」
平四郎枕著手肘應。細君足袋擦地，穿過房間到他身邊坐下，伸手自背至腰大致撫過，說道：
「繃得又硬又緊呢！還是請幸庵大夫來看看吧？早些診治，才不會太嚴重。」
幸庵大夫是高橋的町醫，之前也爲閃到腰的平四郎治療。今早細君也立刻想通知大夫，是平四郎阻止了她。腰痛是眞的，但平四郎心知有一半是犯懶病。幸庵大夫名氣不小，人情味又濃，患者眾多，很忙的。
「這點小事，躺一躺就好了。」
「那麼，至少要些膏藥吧？我回來時繞過去，煩大夫開個處方。」
細君每三天要到日本橋小網町一家叫櫻明塾的學堂教孩子們讀書寫字，那是她的兼差活兒。今天也要出門，才會說回程時順道繞到高橋去。
「但願要個處方不會太費事。」
「大夫熟知你閃到腰的毛病，沒問題的。」
細君每三天才去一次，是因這櫻明塾頗受歡迎、學生眾多，無法一次照顧周全，便分了班。平四郎細君教的課，是在只有女孩上學的日子。

學堂基本上是教讀書寫字打算盤，但也教女孩子規矩禮儀。聽說細君是個相當嚴格的老師。真不知人稱「先生」時她是什麼表情，平四郎有點想去偷看。但不小心露臉，讓學生瞧見可怕先生的丈夫竟是這種馬臉懶散之人，恐怕會立時失去學生們的尊敬，因此平四郎一直沒去。

想到這裡——

芋洗坡大宅旁一座叫法春院的寺院裡，也設有學堂，女傭阿六的女兒就在那兒上學。聽說昨天平四郎不在時，那裡的女先生晴香路經，打過招呼。

既然向湊屋探不到任何線索，就得對了解葵在世時生活情狀的人仔細打聽。自身番的人和阿六就不用說了，經常出入的賣菜大叔、湊屋派來的小夥計，還有晴香先生，都必須一一見過。對了，平四郎要阿六寫的名單，不知她寫好了沒？

也許她有些細微的發現。但願如此。

「眞不知這雨會不會下上一整天。」

細君看了如煙似霧的濛濛細雨一眼，摩娑著平四郎的背與腰，喃喃地說。

「細雨綿綿，不知爲何教人悲傷，連天空也染上寂寞的顏色。」

這話像小姑娘般可愛。平四郎忽有所感，不假思索便脫口而出：

「看著這種雨，妳會沒來由地突然想哭嗎？」

細君停手，直盯著平四郎。

「哎喲，怎麼這麼問？」

「因爲妳講話像個未出閣的黃花閨女。」
細君朗聲笑了。「無論是什麼女人，無論多麼人老珠黃，多少還是會有些少女情懷的。女人就是這樣。」
「是嗎？」
「就像男人無論身子多虛、年紀多老，多少還是會有些貪花好色。」
平四郎搔搔鼻尖。「那吃醋呢？」
「吃醋？」
「無論多麼人老珠黃，都會吃醋嗎？不對，是一吃醋就會吃到人老珠黃嗎？」
細君微微偏頭，想了想。這當中，又摩娑起平四郎的背。
「要看吃的是什麼醋吧。」她細細思量般給了這個回答。
「哦。」
「有時就算不吃醋了，也無法忘懷。有時就算忘了爲什麼吃醋，醋意卻不會消失。」
「好難哪。」
平四郎試著想像獨自隱居藤宅、心神已亂的阿藤側臉。但在連綿不斷的雨中難以集中思緒。好難。細君重覆平四郎的話，輕聲嘆息。
「是呀。幸好我從未遇上非得吃酸拈醋不可的事情，所以不太清楚。」
然後又加上一句：去問河合屋的姊姊，也許能仔細告訴你吧。
「都怪河合屋的老闆太好色了。」

他是弓之助的父親。這位長相有如鬼面獸首的仁兄，據說玩女人玩得很凶，但做生意手腕高明，表面上是再老實不過的男子，因此在弓之助頻繁出入家裡前，平四郎完全不曉得自己的連襟其實是這樣的人。

「妳的意思是，妳姊姊曾因吃醋而生氣？」

「氣壞了呢，還一一數落。」細君笑了。「不過，從沒動過報復的念頭。我想姊姊生氣，當然有幾分是身為妻子不免吃醋，但也是考慮到河合屋的體面。或許，後者才是主因。」

說完，突然雙掌往平四郎腰間一拍。

「相公，你做了什麼得跟我打這種啞謎的事嗎？」

嘰！來了！平四郎翻白眼。

「哎呀，不得了！小平次、小平次！」

正手忙腳亂時，有人喊著「打擾了」。弓之助來了。

「許久沒見姨爹這副模樣了。」

弓之助說道，一時難以分辨是嘲笑還是同情。平四郎倒在薄座墊上斜眼瞪外甥，只見他的臉蛋一如往常美得懾人。平四郎心想，精緻的臉蛋就是一張面具。這小傢伙，其實在背地裡打趣我吧？

「看了真不忍心。」

「那就別笑啊。」

「我沒笑。」

說著，弓之助眨巴眨巴眼睛。肯定是強忍著笑。

細君匆匆前往櫻明塾，最後還是小平次到高橋取膏藥。弓之助是熟人，便坐在枕邊，勤快地照顧平四郎。

「無論如何，今天是在這裡會見久兵衛爺，還好吧？您是約午後吧？」

爲了這事弓之助才會來到平四郎家。

昨晚一會，除了問有無他人對葵懷恨在心外，還有其他要事。葵整治孫八的那個大陣仗，湊屋參與了多少，其後孫八又如何。

僱用幻術戲班應該要花上不少銀兩。一問，總右衛門爽快承認。

「話雖如此，那個戲班子原本就由我支助，當天的布置並沒有大筆花費。聽葵說明原委，立刻叫他們來準備，但這不是什麼大事。若井筒大爺想見他們，在下可隨時安排，儘管吩咐。」

不對外公開表演，而是以大名家或富商巨賈爲客，換句話說，便是有幕後老闆。在老闆的宴席上大展身手，這才是他們的做法。既然如此，芋洗坡的表演本就是那戲班子的拿手好戲了。

「中了幻術，失心瘋的孫八怎麼樣了？他也是由你們收拾善後的吧？」

在總右衛門的示意下，久兵衛答道：「當天，孫八自芋洗坡屋裡逃出後，樣子實在不尋常，又是在靜謐的清晨，立刻便被番屋發現留下。小的立刻前往，表明那是家裡的傭工，領回孫八，交給悄悄候在一旁的湊屋的人帶走。之後，孫八便由小的監管。」

原來如此，難怪當阿六提出她的擔心與疑惑時，久兵衛能夠斷言孫八與葵的命案完全無關。

「那麼，孫八現在人在何處？」

「在湊屋位於川崎的別墅，與下人一同起居。雖然中了幻術後依然心智失常，但讓他平靜度日，便不會再失控亂來了。」

換句話說，孫八目前在久兵衛底下做事。「因此只要井筒大爺想見馬上見得到，只是難自川崎帶來，要勞動井筒大爺的大駕。」久兵衛說道。

「也把這番話告訴阿六不就好了嗎？」

「那可不行，阿六一定會同情孫八，也會感到內疚。阿六爲人老實厚道，所以葵夫人嚴禁將此事告訴她。」

這判斷確實是對的，平四郎也有同感。搞不好阿六會心軟，說要與孫八一起做事、照顧他。立刻忘卻恨怨憤怒，頻頻惦記自己的不是，心地善良到憨直的地步。

這些疑問一旦得到回答，儘管事先大張旗鼓地打掃準備，也沒什麼好問的了。意興闌珊地交談幾句，湊屋答應再不與佐吉有任何瓜葛、不讓他進出藤宅、不再招惹他與阿惠後，會面就結束了。

然而臨走時，久兵衛像孩子間交換祕密般，將聲音壓得又低又小，悄悄向平四郎耳語。

「小的冒昧，有話想對井筒大爺說。明日前去拜訪可方便？」

平四郎雖訝異，仍表示方便。地點呢？小的前去宿舍打擾。你在城內亂晃好嗎？要是被以前鐵瓶雜院的房客撞見，一定很尷尬吧？小的會加倍小心……

「久兵衛爺想說什麼呢？」弓之助也感到不可思議。「看來是想避開主人湊屋老爺，私下告訴姨爹一些事，但我也猜不出。」

「這個嘛，聽了就知道了。」

平四郎單純得很。

「對了，」平四郎不敢亂動，問弓之助，「你昨天樣子不太對。」

「我嗎？」弓之助食指按住自己的鼻尖。

「談起法春院那個叫晴香的先生路過打了招呼，還有她的和服發出好聞的香味，你就不知道在想什麼了，不是嗎？」

哦，是那件事啊。弓之助往膝蓋一拍。

「佐吉兄奔近葵夫人的遺體時，也說聞到香味，姨爹還記得嗎？」

佐吉確實這麼說過。

「我想，也許那是女人衣物上的味道。」

平四郎吃了一驚。

「那麼，凶手是女的？」

「不知道能不能一下子跳得那麼遠，但可能曾有女人待在葵夫人房裡。」

平四郎側躺著，自鼻子吐氣。

「是葵掛在衣架上那件新衣的味道吧？」

「姨爹，剛做好的新衣服是沒有味道的。除非和香袋收在一起，或將香袋揣在袖裡或懷裡，或將衣物薰香。而且，若香味是從那桔梗圖案和服散發的，佐吉兄一定也聞得出來。」

「那葵身上的和服味道呢？」

「如果是的話，佐吉兄一樣也聞得出。」說完，弓之助突然扭扭捏捏起來。

「幹嘛？小便嗎？」
「不是的。不，是的。」
把人都弄糊塗了。
「就是小便，對，是的。」
「你要不要緊啊？」
弓之助臉紅了。「這話實在有失禮數，眞難以啓齒，但我還是要說。姨爹，人遭勒死的時候，多半——那個，該說是下面也會鬆弛嗎……」
平四郎明白他的意思了。人被勒死或自縊而死，多半會失禁。
「嗯，對啊。你連這個都知道啊。」
「和大額頭一同到處打聽往事，也會遇到這類案例。」
原來如此，聽來的見識。
「我想葵夫人也是這樣。那個房間一定也……」
有穢物的臭味才對。
「但佐吉記得的卻是香味，也就是香味先引起了他的注意。由此可見，那香味一定相當強烈，不是嗎？」
平四郎點頭。的確，小便味道刺鼻，而那香味竟能蓋過臭味……
「所以我想到和服和香袋，可是想不通。香袋的味道沒那麼強，除非囊袋破掉，裡頭的東西散落出來，否則大都若有似無。那麼，佐吉兄聞到的香味，究竟從哪兒來？我一直思考著這件事。」

平四郎盯著弓之助，笑了。「不枉你那豐富的尿床經驗。」

弓之助脹紅臉生氣了。「我是認眞的。我想，有必要再到佐吉兄那裡，仔細問清楚那是什麼感覺的香味。我可以到大島去打擾嗎？」

「嗯，交給你了。」

雖不知找出那香味來源與殺害葵的凶手有何關聯，但弓之助腦袋運作的方式很特別，放手讓他去做不會白費工夫。這一點平四郎很清楚。

「之前我也提過，姨爹。」

弓之助雙膝併攏，正色道：

「葵夫人的命案非常乾淨，這點還是很令人在意。我一直認爲這個命案是天大的誤會，或是一時失手犯下的。只是我現在還不太會說……」

他垂眼思索了一會兒。

「我相信，凶手行凶的原因，可能從葵夫人這方再怎麼查也查不出來。」

平四郎默默聽著。弓之助點了好幾次頭，喃喃說著「嗯，還是無法說清楚，眞是急死人了」。

「我再想想看。」

平四郎沒有異議。只是花了一番力氣，才將「你別光想那些」的話吞下去。

「小平次還眞慢哪。」

「我去看看。」

弓之助站起身，才說「啊，對了」，轉過來。

「姨爹，對不起，我忘了，阿德姨要我傳話。」

「阿德？啥事？外燴鋪生意應該不錯吧？」

上回讓佐伯錠之介吃得滿意，阿德與阿德的幫手彥一信心大增。聽到前幾天已有客人，平四郎也很高興。

「生意一帆風順，但正因如此，阿德姨才更掛念阿峰。」

阿峰是阿德接手的那家小菜館的老闆娘，丟下店面和店裡的人出走，不知去向。

「好好一個大人，自行離去，還是帶著錢走，有什麼好擔心的？」

「這種話是勸不動阿德姨的，姨爹也知道吧！阿德姨覺得這樣下去，自己好像搶了阿峰的店，心裡很過意不去。」

所以希望能設法找出阿峰。

「她什麼都沒跟我提啊。」

「阿德姨也知道若向姨爹提起，姨爹一定會說沒那個必要，不用放在心上。」

平四郎眯起眼睛，試著想起阿峰的長相、嗓音，及那發出炯炯異光的眸子。她和阿藤是不同類型的女人，卻又有些相像。或許是這樣，平四郎的腦袋將阿藤與阿峰混在一起。

「阿德姨問我，這種找人的事能不能拜託政五郎頭子，要我問問政五郎頭子願不願意答應。」

「我想政五郎是不會嫌麻煩的。不過，你把這事告訴我好嗎？」

「我沒辦法瞞姨爹。再說，政五郎頭子一展開行動，姨爹遲早都會察覺。」

阿德不曉得阿峰出走背後那不光彩的內幕，但平四郎與政五郎都清楚。弓之助雖也輒了一角，卻不知自己參與其中。平四郎希望他最好保持這樣。

平四郎進一步打聽：「阿峰留下兩個姑娘，叫阿桑和阿紋是不是？她們知道阿峰的過去嗎？」

「聽說幾乎不知道，阿德姨才更加心煩。」

「姨爹也是一臉心煩呢。」弓之助加上這一句。「發生了什麼事嗎？」

「沒事。」平四郎撒謊。

「好啊，你去拜託政五郎吧！阿德的心情我也不是不了解，而且她那個人話一旦說出口，就勸不聽了。」

既然阿德接手經營那家鋪子，情況就跟之前不同了。沒辦法。

弓之助應了一聲「是」，鬆了口氣般笑了。說著我也要幫這個忙，學學怎麼找人。

這場雨便宜了久兵衛。大大的傘與纏在頭上防濕氣的頭巾，即使與熟人擦肩而過，一時恐怕也認不出來。

小平次回來了。正在爲平四郎的腰背貼膏藥時，久兵衛來訪。弓之助趕緊躲起來，當然，聽寫的事前工夫已準備萬全了。講究禮數的久兵衛帶著點心伴手等種種東西，小平次道謝收下，在門口寒暄了好一陣子，才帶久兵衛進來。

平四郎首先爲自己屈成勾狀道歉。久兵衛似乎吃了一驚，但立刻熱心地大談特談，諸如要預防腰痛，可以將木屐前端的跟削低一點，多穿著走動；品川驛站有高明的針灸師傅；幸庵大夫雖好，千住的名倉醫院有名副其實的名醫，值得一訪等等。

這讓平四郎不禁想起久兵衛在鐵瓶雜院當囉嗦管理人的時光，十分高興。雖然久兵衛每見一回就老上一分，但像這樣便彷彿回到過去。雖說過去，也只是短短兩年前，但回想起在鐵瓶雜院那時，卻有如遙遠的往事，令人悵然若失。

小平次端茶進來，擺上久兵衛帶來的點心，盛讚每一樣看來都美味可口後退下。他一走，平四郎和久兵衛便陷入沉默。

雨滴滴答答下個不停。

啞著嗓子咳了一聲，久兵衛抬起頭。

「湊屋老爺以爲小的回川崎了。」

久兵衛定是準備在離開這裡後，直接回川崎吧。只見他帶著行李，穿著紺青厚底的足袋。

平四郎哦了一聲，笑了笑。

「這是你第幾次對湊屋說謊啊？」

「這個嘛……」久兵衛正色思忖，「不止兩、三次了。」

「有這個必要的話，對主人說謊也是傭工的分內之事，是嗎？」

「您說的一點也沒錯。」

久兵衛柿乾般的臉頰上刻畫出笑容。

「井筒大爺身子不適，不便多講閒話。雖然如此，小的這次前來，是爲了稟告一件有些令人難過的事。」

聽他這樣開頭，很難找到適合的話來回應。凡事都以「嗚嘿」解決的小平次，也許其實是很聰明的，平四郎心想。

「小的暗自揣度井筒大爺內心，實在是自作聰明，還請原諒。」久兵衛行了一禮。「但昨晚——不，在更早前，小的便推測井筒大爺對小的的主人，湊屋總右衛門對待夫人的態度相當不滿。」

他指的是總右衛門對阿藤的冷酷無情。

「我認爲，會有此想法，是因你本身也這麼覺得。挺複雜的。」

久兵衛忽然垂下了視線。

「老爺與阿藤夫人之間是有苦衷的。」

「哦。」

不知弓之助是否正側耳傾聽。

「老爺絕口不提此事。而且早約三十年前，便將此事封死收起，藏在內心最深處，不再觸及。」

「換句話說，那是總右衛門和阿藤成親不久的事吧？」

是的。久兵衛說著深深點頭，雙手各自輕輕包住左右膝頭，瘦削的肩膀微微一僵。

「湊屋的長男，繼承人宗一郎少爺，不是老爺的孩子。」

有些情節即使常見，也從未切身想過。這種情況多的是，這回也不例外。

與其說是吃驚，不如說是出乎意料更爲準確。平四郎無從回應，表情也沒有改變。

「老爺與阿藤夫人的親事，是阿藤夫人的父親看上老爺做一名商人前途無量，而撮合的。」

「這個我聽說了。」

「這樁親事怎麼看，都萬無一失，可喜可賀……」久兵衛有些語塞。「只是，當時阿藤夫人心裡有別人。」

宗一郎就是那人的孩子嗎？

「這麼說，阿藤嫁給總右衛門後，還和那男人……」

「是的，仍私下往來吧。只不過據說宗一郎少爺出生不久，那人便病逝了。」

相公。阿藤呼喚總右衛門的聲音，驀地出現在平四郎腦海裡。

阿藤對總右衛門不忠——

「井筒大爺，其實詳細情形小的也不清楚。因爲老爺並不曉得小的知道這件事。」

當時了解這件彆扭事的，只有總右衛門、阿藤、阿藤的心上人，及阿藤的雙親。

「那你是聽誰講的？」

「宗一郎少爺本人，而且是最近的事。今年二月，小的奉命照料生病的宗次郎少爺，約莫過了半個月吧？」

宗一郎一個下人都沒帶，孤身來到川崎的別墅探望宗次郎。

「對了……還帶著桃樹枝，說是路上看見太漂亮，忍不住便折下來了。」

帶桃花來探望弟弟是嗎？很貼心啊。

「眞是個好哥哥。」

久兵衛像是聽到有人稱讚自己似的，露出笑容。

「宗一郎少爺個性情沉穩溫暖，人品如陽光般和煦。」

湊屋的兩個兒子都不像父親，才能平庸，因此總右衛門相當疼愛姪女葵的孩子佐吉，當時待佐吉如同繼承人——平四郎想起以前聽過的傳聞。
「以前小的也提過，宗次郎少爺得的是一種氣鬱病，並非起不了身。當天宗一郎少爺來訪，兩人說很久沒有好好喝一杯，便由小的準備。兄弟倆感情很好，席間相當愉快。」
宗次郎吃喝累了，先行就寢，於是只剩久兵衛與宗一郎。
「在當鐵瓶雜院的管理人前，小的多半待在『勝元』，而宗一郎少爺又不管『勝元』的生意，因此在那之前小的沒怎麼親近大少爺。但就連平日少有機會待在身邊的小的看來，那天的宗一郎少爺，怎麼講呢，有些消沉，似乎有心事。」
久兵衛表示，總覺得大少爺單獨來訪有些蹊蹺。
「只是，大少爺與宗次郎少爺笑鬧喝酒時，話聲臉色都和平時一樣開朗，小的以爲自己看錯了。然而，與小的獨處時，樣子就變了……小的陪著喝了一會兒，大少爺便說起那件事。」
久兵衛眨眨眼。眼睛乾澀，眼皮也乾澀。唯有雨不停地下，打濕了院子。
「你什麼都不知道嗎？沒聽父親提過嗎？」
宗一郎是這樣起頭的。
「小的反問是什麼事，大少爺便岔開話說，他問的是宗次郎的病情。那眞的是心病嗎？眞的不是重病嗎？再三地問。」
久兵衛解釋，不需要擔心。醫師的診斷是如此，宗次郎本人也表示身子不痛不癢，沒發燒。只是氣力不足，即使想思考經商這些複雜的事，也會不由自主地無法專注。
宗一郎聽了，說出更奇怪的話，令久兵衛大爲驚訝。

「宗次郎將來要繼承父親，得好好振作才行。」

長男是宗一郎，繼承人是他。湊屋裡的每個人從沒懷疑過這件事。且宗一郎一直跟著總右衛門學做生意，在店裡被尊稱爲「小老闆」，好幾處重要的客戶都由他負責。

「小的不由得笑出來，說少爺若要講這種話來捉弄小的，那麼坐在這裡的宗一郎少爺不是本人，而是狸貓化身嗎？是狸貓爲了拿盛開的桃花下酒，從山裡跑出來了？」

宗一郎也跟著笑了。

「是嗎？原來久兵衛不知道啊。你是父親的心腹，我還以爲父親會告訴你呢。」

接著，以嚴肅的眼神這麼說：

「原來如此，也許我眞是狸貓也不一定。因爲我明明不是父親的親生兒子，卻以湊屋之子的身分誆騙眾人，直到今日。」

講到這裡，久兵衛停下來喝了茶，沖走嘴裡吐出話語的苦澀，閉上眼睛。

平四郎一直以同樣的姿勢躺著，漸漸不舒服起來，快被這凝重的氣氛壓倒了。

「久兵衛。」

「是？」

「能幫我翻個身嗎？把我整個人翻過來換個面。然後，你也坐到這裡。麻煩輕一點。」

光要讓身體轉向就是一番折騰。平四郎兩度忍不住喊：喔喔！痛啊！但小平次不過來，弓之助也照躲不誤。

「這樣行嗎？」

久兵衛喘著氣問。

「嗯，好多了。謝謝你。」

房內的景象也變了。平日都忘了，原來能自行翻身是這麼值得感恩的事。

「順便幫我拿塊點心吧，你也趁還沒變乾變硬趕快吃。」

兩人默默地吃了甜點。白色餅皮裡，一顆顆紅豆反著光。一嚼，滿嘴盡是香甜。

「這件事，」平四郎連皮帶餡吞下，「宗一郎是聽誰說的？」

久兵衛的喉嚨也咕嘟一聲。

「大少爺說是阿藤夫人告訴他的。」

母親告訴兒子「你是個不貞之子」嗎？

「幾時？」

「五年前的正月，阿藤夫人將大少爺喊進房裡。」

「當時有什麼大事嗎？」

「不清楚……小的也想不出。」

那是湊屋認爲宗一郎已獨當一面，在生意上能獨力作主的時期。久兵衛補充道。

「那陣子，小的負責管理鐵瓶雜院，大年初一都會到湊屋拜年。」

「只是去拜年，就算湊屋內部發生了什麼事，也無從察覺。」

「是的，正是如此。」

當時，阿藤對宗一郎說道：你不是老爺的孩子，這件事打你一出生老爺就知道了。雖是這樣，老爺向來都表示事業要你繼承，但這種事將來是很難講的。即使老爺哪天不讓你繼承，也只能認了，這一點你要有所覺悟。

而且還交代：這事你就放在心裡。

「爲何要說這麼折磨人的話？」

平四郎完全無法理解。

「倘若是說『你不是湊屋的兒子，今天就離開這裡』，那我懂；或者說『總右衛門還是決定不讓你繼承，向你坦白這件事是我的責任』，我也懂。但阿藤做的，就是告訴他一個痛苦的事實，卻要他裝作沒聽到，不是嗎？」

久兵衛垂著頭，又皺又鬆的嘴角沾了一層糕餅薄薄的白粉。

「阿藤夫人有自己的想法吧。宗一郎少爺……」

「他怎麼解釋？」

「認爲夫人要他有所覺悟，是指將來他必須離開湊屋。」

就這樣，五年過去了。

——所以，宗次郎身心都要健健康康的，因爲我就要走了。

「宗次郎知道這件事嗎？」

久兵衛緩緩搖頭。

「那總右衛門呢？有沒有過什麼舉動——好比準備趕走宗一郎，或露過口風？」

這個問題的答案也是搖頭。

平四郎只怕牽動腰部，小心地使力皺起眉頭。

「那麼，由宗一郎繼承，沒任何改變不是嗎？」

「只有本人的心情不同。」

那當然了，阿藤也眞多嘴。

「你們實在太會忍了。」平四郎半驚嘆，半生起氣來。

「你也好，宗一郎也好，還有佐吉也是。總右衛門、阿藤和葵的所作所爲完全沒顧慮到你們，爲什麼你們還能逆來順受，一忍再忍？我若是宗一郎，五年前一知道這件事早走了，要不然就放浪形骸，花天酒地去。聽人家說你不是親生兒子、沒有繼承的資格，要好好記住這一點，然後還得假裝不知，認眞學做生意，宗一郎人也太好了吧，簡直是佛陀轉世！」

小的也這麼認爲。說著，久兵衛落寞地微笑。

「自鐵瓶雜院一事起，讓井筒大爺看的都是湊屋的醜事，小的相當過意不去。湊屋也有很多好處的，否則宗一郎少爺、佐吉，還有小的，也無法像這樣跟隨老爺。」

「那美鈴小姐又如何？」平四郎壞心地故意露出牙齒問。「那姑娘很討厭父母間的爭吵不和，也不喜歡哥哥們。」

「小時候，小姐總跟在哥哥們後頭，老是說最喜歡兩個哥哥，想要哥哥陪她一起玩。」

久兵衛非常懷念似地瞇起眼睛。平四郎肚子裡的氣還是難平息。

「隨便你怎麼講。」平四郎丟下這句。「然後呢？久兵衛，你爲何跟我說這些？我不覺得我有必要知道這事。」

久兵衛挺直背脊坐好，順手優雅地抹掉嘴角的糕餅粉。

「由於是這樣的情形，不久可能會出現繼承人的話題。因此小的想先知會井筒大爺，希望您別太過吃驚。」

這已不叫周到，而是杞人憂天了。

「況且，小的也想稍加辯解。」

「辯解？你嗎？」

「爲了老爺。」

久兵衛抬起眼。

「井筒大爺想必覺得，老爺對阿藤夫人太過冷酷嚴峻，與葵夫人相比，實在失當。」

一點也沒錯。凡是有血有淚的人，都會這麼想吧！

「所以你才……是嗎？」平四郎點頭。

「總右衛門對阿藤冷漠，背後有不爲人知的原因，你是想這麼說吧？」

深愛葵、有過大批女人，但並非總右衛門先背叛阿藤。阿藤生下與他沒有血緣的孩子，仍雄踞湊屋老闆娘的地位，是她背叛在先。

「原來如此，我明白了。」

平四郎瞪著牆壁說。朝著這一面就看不見院子了，只聽得見雨聲沙沙作響。

「這都是藉口、狡辯。你從頭到腳仍是總右衛門忠心耿耿的手下。」

久兵衛不作聲，平四郎氣呼呼的。

「把事情弄得這麼麻煩，不如早早離緣算了。阿藤也一樣，乾脆跟宗一郎的生父私奔不是很好嗎！總右衛門也是，阿藤生下孩子時，既然知道那不是自己親生的，當下把兩人踢出門不就得了？拖拖拉拉的，讓本來隨手就能除掉的幼苗生根茁壯、枝繁葉茂，搞得視野差得要命。」

您講的一點也沒錯，久兵衛洩氣地說。平四郎轉動眼珠看著他。

久兵衛眼裡含著淺淺一汪淚水。「如果宗一郎少爺，」他聲音小得像在耳語，「眞的毫無疑問，不是老爺的孩子的話。」

「你不是說不是嗎？」

「但少爺聲音舉止，還是有像老爺的地方。」

就是不知道啊，久兵衛擠出聲音。

「不清楚事實究竟如何。宗一郎少爺出生，是老爺與夫人成親以後的事，十月十日、足月，沒有早產。其實，連阿藤夫人也不曉得孩子究竟是誰的。只不過阿藤夫人……」

希望是與心愛的人之間的孩子嗎？便這樣告訴了總右衛門，而總右衛門也隱忍下來。可是，與這件事一起吞下的怒氣，卻化成毒，最後蔓延全身。

此時葵現身了，還有大批女子。總右衛門與阿藤之間出現一道再也塡不滿的鴻溝，上面沒橋可過，也無船可渡。

即使如此，仍無法斬草除根，仍藕斷絲連。

我還是不懂。投降。

「我說，久兵衛。」

久兵衛望向平四郎，眼角的淚水也跟著落下。

「愛與被愛、喜歡與憎恨，光靠這些活不下去吧？這種事情都是其次，每天光為塡飽肚子就忙不過來了。我啊，很能了解這些辛苦的人，但湊屋家裡的事情，我實在管不來。」

平四郎自暴自棄地丟下這幾句話。久兵衛沒回答，聽著雨聲。

遠處，弓之助打了個噴嚏。

十一

平四郎信步走過商家店頭，發現遮陽門簾已換成較短的款式，應該是先前一直沒注意，其實早就換了吧。這個夏末入秋時節，心裡總覺得紛紛亂亂。

「哦，對了。」

平四郎低頭看身旁的弓之助問道：

「送一對染了商號的長短門簾給阿德，當作新鋪子的賀禮，如何？」

昨天，某商家老爺慶祝大病初癒，邀請河合屋閤家光臨，因此弓之助讓梳髮人修過臉。原本就白皙的肌膚顯得更晶瑩剔透，眉形如人偶般工整，圓潤的臉頰映著日光。

「這主意眞妙，但是姨爹，」美麗的孩子微微一笑，「在那之前，得先為鋪子取商號才行。阿德姨託姨爹的，您忘了嗎？」

平四郎倒沒將此事忘得一乾二淨，伸指捏著下巴尖兒思索。

「叫『德屋』不好嗎？」

「再多花些心思。」

這種需要才氣的事情，對平四郎來說最棘手了。

「那裡還是阿峰的鋪子時，也沒有商號，大家都直接叫『阿峰的鋪子』啊。」

「所以現在成了阿德姨的店，就更需要商號了。」

兩人正前往阿德那家小菜館，因爲政五郎要來。另外，平四郎還要託阿德做飯盒。

藍天，加上冷冷的微風。不知何處傳來焚燒落葉的味道。春天的花香迷人，但平四郎也愛秋日這蕭條的氣息。再過幾日，枯葉也就散盡了吧。往來行人的表情也因好天氣而顯得開朗，但多半是日頭愈來愈短，催得人人腳步匆匆。

在街角轉彎時，一輛載滿了木炭的大板車猛地轉來，平四郎連忙拉著弓之助的手閃到一邊。

「啊，大爺，眞是失禮了。」

推著大板車的人也不放慢腳步，光是口頭客氣。

「喂喂，超載兩袋喔！」平四郎粗聲喊。只聽到「是，對不住！」的回答雜在喀啦喀啦的車輪聲中遠去。

「姨爹，您一眼就看出超載？」弓之助睜大了眼睛。

「對了，姨爹當過高積見迴(註)嘛。」

「我亂說的。大街上的大板車沒一輛不超載，隨便說都是對的。」

不過……平四郎看著外甥光滑如玉的臉蛋。

「你這陣子都不再量東西了，是沒興趣了嗎？你還跟著那位佐佐木先生學吧？」

弓之助在頻繁出入平四郎家前，便師事一位名叫佐佐木道三郎的浪人。這位自西國輾轉流浪到江戶的先生，一個人孤單淒涼地住在佐賀町的雜院。弓之助極為尊敬他。

這是好事，但問題在於這佐佐木先生是個熱愛測量更甚三餐的仁兄。提到測量，自然是為了做地圖或平面圖，不可能有別的用處。但這應由官府主持，未經許可自行繪製會受罰。弓之助堅定地表示，先生測量是為了本身的學問，絕沒移作他用。但一經發現，這種理由是說不通的。平四郎有些擔心，細君也為此憂慮。

「是呀，教我們讀書寫字算盤，是佐佐木先生的生計。姨爹，對不起讓您擔心了。」

弓之助放開平四郎的手，邊走邊靈巧地行了一禮。

「先生近來也特別小心，不再讓我們學生幫忙繪圖了。」

聽到這句話，平四郎稍稍放了心。

「但我收起見什麼量什麼的習慣，不是這個原因。佐佐木先生教導我『這段時期結束了』。」

初次見面時，弓之助不管看什麼都憑空測量，平四郎大感有趣。問他為何這麼做，弓之助答：

「測量能知道東西與東西之間的距離。知道距離後，就能了解東西的本質。」

平四郎便依這句話問：「佐佐木先生的意思是，你已懂得東西的本質，不必一一測量嗎？」

弓之助連忙搖頭。

「不不，沒這回事。姨爹，我還差得遠呢。再說，即使明白了東西的本質，人世間的道理也不會僅止於此。」
「但，量了就明白了吧？」
「若是能測量的事物的話。」
弓之助緩緩地說。
「可是，人世間的道理不見得都能測量。佐佐木先生告訴我，測量東西的練習做得夠多了，從今以後，要多看多想無法測量的事物，所以要我別再東量西量了。」
平四郎停下腳步。「讓我看看你的鞋子。」
弓之助乖乖脫下一只小草鞋，遞過去。平四郎將鞋子翻面。
「眞的，沒有圖釘了。」
熱中測量時，弓之助在鞋底前後各釘上一枚圖釘。走路時圖釘觸地有聲，做爲隨時隨地都以相同步幅行走的標準。
要細看無法測量的事物，眞是個困難的要求。平四郎等著弓之助重新穿上草鞋，心裡閃過一個念頭：
「你覺得佐佐木先生說的『無法測量的事物』是什麼？」
弓之助正好因吹拂而來的風瞇起了眼睛，答道：「人心吧？」
確實，這是無法以斤兩尺寸丈量的。

註：同心職稱的一種，主要負責監視木材、商家貨物等。

「就像，正在辦嫁妝的豐姊姊幸福的心情。」

哦，正式定下來了嗎？平四郎大聲說道：

「太好了！」

「是。現在豐姊姊的臉龐比日頭還要燦爛生輝呢！而且一天比一天更耀眼。」

平四郎想起千金小姐那不知人間疾苦、卻也因此認眞無比的眼神。

希望阿豐捉住的緣，是幸福的緣。只能祝福未免令人焦急，可是平四郎內心仍忍不住暗暗祈求：但願不要像某大盤商的老闆與老闆娘般合不來，但願這對夫妻親密無間，比翼連理。

「取什麼商號阿德才會拍手叫好，也量不出來啊。」

「是啊，要取什麼名字才好呢？」

說完，弓之助抽抽鼻子。

「好香的味道，一聞肚子都快叫了。明明離阿德姨的鋪子還很遠啊。」

那是醬油的焦香味，平四郎會心一笑。

「這前面的木戶番有賣烤糯米丸子，買了給大夥兒當點心吃吧！」

弓之助高興地跳起來，快活地向前奔去。

雖已包下所有烤好的糯米丸子，卻立刻就「賣」光了。正處於花樣年華的阿桑不算，平四郎認爲阿紋還是很會吃，她正和弓之助競相搶食。

「阿紋，眞沒規矩。東西別吃得那麼急，把嘴擦乾淨。」

阿德啪地打了一下阿紋的手背，瞪她一眼。

「眞是的，這樣子好像我都沒讓妳好好吃飯。」

阿德嘆道。政五郎笑了，平四郎則是呑下丸子，大口喝茶。

「吃過點心，就要麻煩妳們看店了。我們待會兒有話要跟老闆娘說。」

「那我也來幫忙。」弓之助站起身。「我是因爲好一陣子沒見到阿德姨，來問候、順便來玩的，沒什麼事。請讓我幫忙。」

眞是機伶。弓之助從席位一溜而下，來到鋪子裡的泥土地，指著稱讚「咦，這是新菜色吧？看起來好好吃喔！」阿桑便開始說明。阿紋似乎對弓之助頗感興趣，直盯著他走動說笑。

「對了，怎麼不見彥一？」

店裡只有阿德和兩個姑娘。

「他不是都會來幫忙嗎？」

「今天是石和屋上梁的日子。」

石和屋是彥一工作的餐館，慘遭祝融，在重建。彥一這段期間無事可做，主動要求幫忙阿德。

「上梁後，接下來就快了。」政五郎說道。「不過，彥一兄一回石和屋，這裡就冷清了。阿德姊，妳說是不？像今天就缺了什麼似的。」

阿德拿掛在脖子上的手巾擦擦額頭，頭點得連身子都快彎了。「就是啊！多虧了彥兄，他不知幫了多少忙呢！他不在，眞的會心裡發慌。」

說著微微蹙眉，來回看平四郎和政五郎。

「可是，彥兄講了奇怪的話，什麼就算石和屋重新開業，他也要留在這裡。」平四郎舔舔沾到烤糯米丸子醬油的手指。「留在這裡是啥意思？要辭掉石和屋嗎？」

大爺眞像孩子。說完，阿德笑了。

「就是這個意思吧。我罵他，有那麼一身好手藝，不要亂來。而且大爺和頭子別嚇到，後來我細細問出，他不是一般廚師，是個總廚哪！」

「有什麼不同？」平四郎問政五郎。

「一家料理屋只有一個『總廚』，是地位最高的廚師，也就是那家餐館的招牌。這就厲害了。「他幾歲？三十了嗎？」

「嗯，正好三十。」

「眞年輕。」政五郎佩服地說。

「那個年紀能當上總廚的不多，更何況石和屋是家名店。」

有客人上門了。阿桑、阿紋與弓之助齊聲招呼「歡迎光臨」，客人嚇一跳的模樣眞可笑。

「但他……不是厭倦了在那種名店專做高級料理的日子嗎？之前他這麼說過。那他辭掉石和屋留在這裡，也沒什麼好奇怪的啊。」

「才不是那麼回事，那不一樣。」

阿德一臉認眞。

「的確，彥兄現在很迷惘。我也聽過那番話，很了解他的心情。可是啊，等他想通了，就會發現石和屋才是該待的地方，到時後悔就太遲了。即使是費盡心力才得到的東西，一旦放手，便再也找不回來。若不是苦幹實幹，加上老天爺眷顧，那個年紀是當不了總廚的，跟頭子講的一樣。這麼重要的事，要是因一時迷惘而捨棄，我可饒不了他。」

阿德說著就動氣了。平四郎一笑。

「妳這會兒生氣也沒用啊。哎，彥一是個大人了，一定也會好好想的。」

對了。政五郎厚實的雙膝向前探出。

「關於阿峰的行蹤，彥一兄倒成了線索。」

政五郎今日造訪，便是爲了這件事。阿德託他打聽阿峰的消息。

「彥一那裡有消息？」

「不是直接的消息，不過廚師的事就該問廚師——眞正是燈檯底下暗啊。」

阿峰搬到這幸兵衛雜院來搶阿德生意前，與丈夫兩人經營一家叫角屋的外燴鋪。

「記得是在兩國橋西邊盡頭？」

平四郎回想道。關於阿峰的過去，他是從繪雙紙雕版師喜一那裡聽來的。

「是的。角屋是爲煙火船提供料理而發跡的，據說生意好極了。」

但今年春天，阿峰與丈夫離緣後離家，不久鋪子就倒閉了。

「阿峰的丈夫叫仙吉，已經六十了。前天我去見過他。」

「找到了啊？動作眞快。」

政五郎笑著舉起手。

「這可不是我的功勞。我到兩國橋一帶打聽，卻沒問到仙吉收掉角屋後的消息，沒想到彥一兄竟然知道。他在石和屋的客人，碰巧是角屋的熟客。有一次不知怎地，在石和屋裡提到：辦外燴的角屋眞是遺憾，老闆帶著孩子不知如何是好，實在可憐……」

彥一聽見，便記在腦子裡了吧。政五郎一說那角屋的老闆娘，其實就是這家鋪子先前的老闆娘，彥一不禁驚嘆世界之小。接著，他告訴政五郎，問那位客人的話，應該能知道更多詳情。

「於是我就去拜訪了，打聽到仙吉現在爲神田新橋邊的蕎麥麵鋪做事。不單這位客人，好幾位角屋的客人都曾合力四處爲他找工作。」

「蕎麥麵鋪啊，不是外燴……」

阿德喃喃地說。政五郎點頭。

「雖然要看鋪子大小、和什麼樣的客人做生意，但外燴鋪是很累人的。收起角屋後，要憑本事再受僱於人吧，他年紀也不小了，沒那個意願，退縮得很。也難怪，原本老闆當慣了，如今也難回頭讓人使喚。」

不難想見他會有這樣的心情。角屋據說是由阿峰一手主持，仙吉也許不曾以老闆自居，但即使是掛名老闆，要在嘗過上位的滋味後，再回頭屈居人下，肯定不好受。

「原本仙吉就不像彥一兄這樣，正式學過做菜。他是桿蕎麥麵出身的，做菜則是有樣學樣學起來的。與阿峰成家之前，待過不少鋪子。」

「那麼，和阿峰是第一次成家？」

「是的，孩子也在這時候才有。上面是五歲的男孩，底下有一個三歲的女孩。老來得子，聽說疼愛得不得了。但角屋沒了後，要餵飽孩子也有困難，兩個都送人了。這也是靠那些客人爲他找的門路。」

以前的客人肯定這麼幫忙，可見仙吉人緣不錯。但也有部分是他太軟弱，讓人看不過去吧！

「人生路轉了一圈，又回頭當受僱的蕎麥麵師傅。雖能餬口，還是很寂寞吧。現在店裡大概連個說話的對象都沒有。唉，聽他抱怨了好一會兒。」

政五郎苦笑著摸摸後頸。

「仙吉嘴上老叨念著『最毒婦人心、被騙了』，不住地責怪阿峰，其實內心對她還是十分眷戀。一聽說阿峰現在行蹤不明，急得臉色都變了，一定是很擔心吧。」

「他擔心自己就夠了。」平四郎說道。阿德則臭著一張臉。

「當初阿峰怎麼會跟仙吉在一起？」

「仙吉小有積蓄。」政五郎立刻答道。「兩人相識時，阿峰在小舟町的小飯館做事。她不但做得一手好菜，還斟酒賣笑，極受客人歡迎。」

而且又是個妖豔的美人。

「仙吉也是座上賓，在阿峰身上花不少錢。據說這樣的客人很多，但最後阿峰選了仙吉。」

講這些話時，仙吉大為自豪，以為那是自己比其他人更值得託付的緣故。若指的是他攢下的那筆積蓄，倒也沒錯。阿峰看上的想必是錢吧。平四郎忍不住笑了，阿德的臉卻更臭了。

於是，角屋開張。多虧有個美麗又能幹的老闆娘，店裡生意鼎盛，評價相當好，夫婦也有了可愛的孩子。這樣持續下去，仙吉的下半輩子便如入桃源仙境。

阿德低低地念了一句。

「五歲和三歲啊。」

平四郎看了阿德一眼，只見她的嘴角下垂。

「竟捨得丟下孩子。就算和丈夫不合，孩子也是不能丟的。」

阿德拉起手巾，這回猛擦鼻子，順便擤了一擤。

「要是我，無論如何都得分的話，就把丈夫趕出去，自己留在店裡，養大孩子。」

「眞猛。」平四郎搗亂。

「阿峰沒辦法這樣嗎？一定有什麼別的緣故，讓她不僅捨得老公，也捨得孩子。」

她以嚴厲的眼光逼視平四郎與政五郎。平四郎不答，政五郎也保持沉默。

「一定是男人吧？女人會出毛病，都是男人害的，沒別的。啊，眞討厭。」

說得自己不高興，阿德用力站起來。「我去換個茶。」

接著，順道訓起阿桑和阿紋：空的碗盤要馬上洗，菜賣剩一半，就要整理整理，讓賣相好看點。弓之助掩護挨了罵而畏縮的兩人，輕快地應著「是，知道了」，接過話。這期間仍有客人，進進出出絡繹不絕，從剛才起來了多少個？

「既然阿德託我找阿峰，勢必得說出阿峰和晉一的事。可以嗎？」

政五郎客氣地請示平四郎，平四郎點點頭。

「到這個地步，再瞞下去沒意義，而且阿德也猜到了。只是，我搞不懂阿德幹嘛要找阿峰，何必理那種人呢！雖然她個性就是這樣。」

「我倒是怕阿德姊了解這中間的內幕後，會說要照顧仙吉和那兩個孩子。」

阿德很有可能這麼做。

「仙吉知道阿峰和晉一的關係嗎？」

「這事不好直接問，我也兜著圈子旁敲側擊。回答是：阿峰離家出走，一定有了情夫。」

雖然大大嫉妒埋怨了一番，但仙吉表示「大概是哪個年輕人吧！說不定是客人」。

「仙吉這樣推測，可見不曉得對方是晉一。」

這方面阿峰也巧妙安排，沒讓仙吉抓到把柄。

「我問過吟味方，」平四郎小聲說道，「晉一確定斬首。不光是不忍池幽會茶館那椿命案，這傢伙背的案子太多，審他費的工夫也跟著多了不少，但重大的都問出來了。他本人把希望寄託在流放孤島上，但御白州（註）可沒那麼好對付。」

如今不曉得身在何方的阿峰，可知道這個消息？若知道了，會設法搭救她心愛的晉一嗎？

「關於那件幽會茶館的命案……」政五郎也壓低聲音。

「日木橋油盤商的小老闆娘是吧。」

「店倒了。一方面是壞了名聲，但更大的原因是小老闆娘把錢帶走了。」

對小老闆娘而言，那筆錢是爲了與晉一私奔準備的，但晉一卻殺了她，捲款潛逃，事後也毫無悔改之意。阿峰不惜拋夫棄子、捨店鋪不顧，一心一意爲的就是這種人。

「油商那邊沒遇到阿德這種奇特的幫手啊。」

註：江戶時代奉行所審問犯人處，相當於今日的法庭，因地面鋪白沙而得名。

小老闆娘一時執迷而毀了店鋪啊，平四郎喃喃說道。

政五郎望著空無一物的茶杯，以平靜的語氣應道：「大爺，爲情夫瘋狂不是一時執迷，才教人悲哀，也才危險啊。」

平四郎沉吟一會兒，講道：

「這事說來就煩。換個話題告訴你件好事吧！上次逮捕晉一時也湊上一腳的阿豐，要出嫁了。」

政五郎粗獷的臉露出笑容。「啊，那眞是太好了，恭喜恭喜。」

「聽說阿豐本人也很高興。不久前我才見過她，變漂亮了，人也穩重了。」

「她是個好姑娘啊！新郎眞是上輩子修來的福氣。」

阿德罵著呆站在一旁的阿紋，提著茶壺回來了。

「頭子，照剛剛講的，阿峰離了緣的丈夫仙吉，也不清楚她的去向囉。特地請頭子去找，卻讓頭子白跑一趟。」

新泡的番茶很香。平四郎心想，這回換的茶比剛才的好，驀地憶起了芋洗坡大宅裡阿六泡給他喝的茶。那眞是奢侈的好茶。

這裡事情辦完，平四郎就要前往阿六那裡。新東家多半與那種名茶無緣，不知阿六過得可好？

「也不見得。阿德姊，夫婦畢竟是夫婦啊。」政五郎說道。「我問仙吉，遇到困難的話，阿峰可能會投靠什麼人或地方，仙吉沒想太久便告訴我了。」

大多是角屋的客人，但另有兩個是他們成親前在小飯館就認識的。阿峰人面廣，能投靠的男人不少。平四郎有些驚訝，同時大爲佩服。

「接下來我會一個個去問。循線找，總會找到阿峰的。」

「要頭子親自出馬，眞是對不起。」阿德誠心行了一禮。

「我原本就是靠這個吃飯，阿德姊用不著道歉。只不過，得聽聽找著阿峰後，阿德姊有何打算。這在當初答應找人時，便請阿德姊深思了。」

「有何打算……」

阿德求助似地看著平四郎。平四郎本想裝沒事樣，卻笑了出來。

「別問我，我什麼都不知道。」

「可是大爺……」

「沒什麼好可是的。對了，阿德，在妳和政五郎談正經話前，有事拜託妳，差點兒就忘了。我今天可不是來串門子，是來當客人的。」

平四郎打算後天一早到川崎一趟。

「有事要託人，想帶點吃食上門。能幫我備個餐盒嗎？」

此行是要到湊屋在川崎的別墅，確認孫八的情況。久兵衛正等著他。

「要託人什麼事啊？」

「保密的公務。不是什麼大事，但我想帶個體面點的餐盒過去。」

平四郎其實很想向阿德說出實情——我要讓久兵衛看看、嚐嚐妳做的餐盒，再告訴他：阿德現在過得很好，在幸兵衛雜院開了家小菜館兼外燴鋪，手藝相當出色。喏，好吃吧！

「既然這樣，嗯，交給我吧。餐盒要做幾人份？」

「兩、三人吧。」

「由小平次爺背去吧？」

「是啊，養中間千日用在此時。」

「大爺和小平次爺路上也要飯糰吧？」

「能一起備妥就更好了。」

「我明白了。後天早上是吧？我會在曉七刻（註）前送到。」

要怎麼做呢？太重又不好拿——阿德立即將心思放在生意上。與剛才一臉擔憂的模樣截然不同，顯得生氣勃勃，看了眞教人高興。

平四郎抓起武士刀，站起身喊「弓之助，要走了。」原本與阿桑湊在一起，開心地咭咭呱呱的弓之助，應了聲好。阿紋在一步之外看著兩人。平四郎經過她身邊時，輕輕摸了摸她的頭。

「下次弓之助來的時候，陪他玩玩，順便叫他幫忙看店。」

阿紋不知如何回答。弓之助笑容滿面地唱和道「我還會再來的，請和我玩。」阿紋一臉通紅，阿桑則是朗聲大喊：「弓之助，下回見！」

「阿桑姊姊下回見！」

來到大路上，平四郎將長下巴伸得更長，不懷好意地笑道：

「原來你對比你大的也吃得開啊。」

「阿桑姊姊似乎很在意臉上的黑痣。」

阿桑的臉上長了許多黑痣。

「今天才頭一次談上話，連這種事都問出來了？」

「怎麼可能！不是的。女孩子家爲自己的相貌煩惱，很少會說出口的。」

「講得好像你很懂啊。」

弓之助非常認眞。「阿桑姊姊常把手放在臉上，常遮住黑痣多的右臉，我想她自己沒發覺。」

「深藏在內心的事，會表現在行爲舉止上呢。」弓之助說道。

「豐姊姊要嫁去的紅屋不止賣胭脂，也賣化妝品。其中有一種叫『美顏膏』，能讓肌膚變白，聽說是以家傳祕方調配黃鶯的糞製成。」

「可是對黑痣有效嗎？」

「不知道，也許有更好的東西……我去問豐姊姊，送阿桑姊姊一個好了。豐姊姊上次來找姨爹迷了路，好像也是阿桑姊姊幫忙帶路的。」

弓之助比我思慮周密得多，也相當懂女孩子的心。是不是該趁他還沒聰明過頭誤入歧途、步上晉一後塵前，收他爲養子？平四郎想著。

「接下來我們要到神田多町去是吧，姨爹？」

多町、鍋町是盤商很多的地區，但阿六是在一家叫『砂屋』的小飯館做事。平四郎託她將出入芋洗坡大宅的人物，及在那裡發生的事情，凡想得到的都寫下來，是時候去拿了。

「阿六大概是用平假名寫的，你事後再幫我重新抄過。」

註：淩晨四點。江戶時代要出遠門大多在此時出發，以充分利用白天時間趕路。

「好的。」

「順便和阿六多聊聊，要是提到什麼讓你覺得不太對勁的，也寫上。」

「姨爹問過後，我想應該問不出什麼了。」

謙遜是美德。

「不過，姨爹，阿德姨的鋪子生意真好呢！」

商號要怎麼取呢？弓之助又問了。平四郎正好打了個噴嚏，便這麼搪塞過去。

據說砂屋是在一丁目一家叫伊勢屋的大草鞋盤商後面。一去，伊勢屋確實是家大盤商，緊鄰又是一家體面的茶盤商。店裡堆起了白木茶箱，繫著深藍圍裙的夥計們忙進忙出。

無論基於什麼理由，有個馬臉奉行所公役來找阿六，才剛僱用她的小飯館定會對她投以異樣眼光，那就太可憐了，所以平四郎才帶弓之助來。

確認砂屋所在後，平四郎要弓之助進飯館，自己則繞回茶盤商前，正思量著如有零售不妨買些回家時，阿六來了。

「大爺，好久不見了。」

阿六語音輕快，神情也開朗不少。

「妳氣色不錯哪。」

弓之助跟在她身後，只見阿六笑得開懷。

「好可愛的小弟弟呀！是幫忙大爺的嗎？」

「是我外甥。弓之助，向阿六好好打過招呼了嗎？」
「還沒有。阿六姨好。」接著鞠了個躬。阿六扭著手，相當高興。
「小弟弟眞是的，進了砂屋，竟然說『啊，阿六姨怎麼會在這裡！好久不見了。』
「我說，阿姨忘了嗎？我是八丁堀前井筒屋的弓助。」弓之助笑道。
他便是這樣帶出阿六的，眞是個手腕靈巧的孩子。
「這孩子的腦裡灌了油，動起來又快又順。」平四郎笑著說。「阿六，妳和名茶眞是有緣啊。」
上方的茶盤商招牌，寫著又大又顯眼的「銘茶　紀州御用」。
「是呀，一聞到芬芳的茶香，就會想起夫人。」
像陽光太過炫目，阿六感慨地瞇起眼睛。
「託您的福，我在這兒已完全安定下來了，家裡的孩子也很好。」
「那眞是太好了。」
阿六伸手掏腰帶。
「這是我依大爺吩咐寫下來的。我的字很難看，眞對不起。爲了讓大爺隨時都方便來拿，一直帶在身上，弄得皺巴巴的……」
阿六拿出壓得扁扁的紙，上面還微微帶著她的體溫。
「謝謝妳幫忙。」
「沒看過內容，還不知幫不幫得上忙呢，大爺。要是我也像小弟弟這麼聰明就好了，可我腦袋就是不靈光。」

平四郎沒頭沒腦地問：「好吃嗎？」
「啊？」
「砂屋的東西。」
阿六笑了，用力拍了一下胸口。「當然了，我保證。」
那壓倒茶香、令人心癢難耐的滷菜味兒，早讓平四郎的肚子忍不住要咕嚕咕嚕叫了。
「裝作不認識進去吃個飯，不會給妳添麻煩吧？弓之助可以拜託妳嗎？」
「好的，當然可以。」阿六說著牽起弓之助的手。「小弟弟，你來得正好，中午的栗子飯還剩一人份呢！」
看來是沒我的份了，也罷。平四郎穿過繩簾，氣勢十足的「歡迎光臨」迎面而來。

將阿六安插在這裡的是久兵衛。那個老頭不知有些什麼門路，竟知道這種好店家。
山椒香氣逼人的滷鯡魚片，配上芝麻拌青菜。淋上鯡魚煮汁的烤豆腐，小碟子裡的蠶豆煮得又鬆又甜。青蔥油豆腐味噌湯熱騰騰的，是鹽味較重的上州（註一）味噌，這平四郎也吃出來了。
要是能當個賣吃的，一定很愉快。平四郎頻頻動筷，邊這樣想著。做出可口的東西，不但客人吃得高興，也能養活自己。人活著就得吃，一旦受到愛顧，只要店家不辜負期待，客人便會惦念著，時常上門。東西進了肚子就沒了，但吃到美食的喜悅卻會留下。
砂屋老闆夫婦都瘦得乾巴巴的，加起來才有一個阿德重吧。但兩人很勤快，以中氣十足的大音量招呼客人，那扁肚子真不知打哪兒來的力氣。阿六笑容滿面地幫忙，客人也對她相當親切。

同桌的客人似乎是老顧客，一開始相當拘謹，規規矩矩地說著「大爺辛苦了」，但見平四郎吃了一口後大大讚嘆，每個人便有如自己功勞般，這個那個地自誇起來。大爺，您也吃吃這個！不不不，這個如何？喂，阿六，今天那個醃烤魚還有沒有？咦，賣完了啊！熱鬧極了。

弓之助完全被當成阿六的客人，在角落的位子上悠然自得地吃著栗子飯。光憑一聲「阿六姨」，便在此通行無阻。

哦，好可愛的孩子啊，是阿六的這個嗎？有客人豎起大拇指（註二）向阿六開玩笑。阿六也應道：是呀，是我心愛的「主人」呢，可別欺負他喲！還趁端菜的空檔坐到弓之助身邊，幫他挑烤魚的刺，一面照顧他一面開心地聊天。

陪著葵在芋洗坡大宅裡過隱居生活，雖也寧靜舒適，但對阿六而言，像現在這樣忙碌熱鬧的日子才是幸福吧？

葵本人也想再過過這種生活吧。與人來往，主持生意，使喚下人，有問有答，有說有笑的。聽說她在京裡便是如此。休養虛弱的身體，待復元後，又有忙碌的日子等著我——她本人必定也是這麼想吧。

萬萬沒想到自己會以那種形式結束生命。

望著開朗勤快的阿六，平四郎驀地一陣心酸。之前，即使看到葵的遺骸時，都不曾有這樣的感

註一：現今日本群馬縣。

註二：表示丈夫、主人或家主。

受。連自己都不禁奇怪，爲何直至此時此地才對葵的境遇心生不忍，才爲葵的遺憾黯然神傷呢？是因爲可口的食物嗎？也許比起任何道理、比起世上的規矩，吃到美味東西的喜悅，才最能令人深切地感受、深切地思考吧。

是啊，不過——

殺害葵的凶手此刻也在某處吃飯。可口的飯，溫暖的飯，熱鬧又歡樂的飯。

平四郎飽嗝打到一半就噎住了。

十二

儘管只是當天來回，但平四郎已很久沒離開江戶了。

上次到外地是什麼時候呢？連試著回想都想不出。奉行所公役是無法隨心所欲地外出旅遊或參拜神佛的。

不過，任何事情都有漏洞可鑽。平四郎認識的同僚中，便有人善於找藉口遠行。只要表面上理由說得通，大可遊山玩水。平四郎出不了門，只能怪自己懶。

阿德依約定時刻備妥飯盒送到八丁堀，彥一也一道。這陣子兩人都湊在一起，看來就像姊弟。天還沒亮，四周一片漆黑，彥一提著燈籠爲阿德照路。

阿德極其周到地向平四郎的細君問候，細君也報以相同禮數。平四郎趁這時候綁綁腿、繫草鞋。

「大爺，你左右腳的綁腿不一樣高。」

阿德不假思索地脫口而出後，才想起細君就在身邊，大爲惶恐。細君柔聲說道：

「我也這麼覺得呢。」

兩人一同爲他調整好。彥一在一旁忍著笑。

細君、阿德與彥一都不知道平四郎這回到川崎的目的，平四郎只說是「公務」。正因如此，阿德擔心地眨巴著小眼睛，問道：

「大爺要去的地方，離大師很近嗎？」

讓阿德以如此恭敬的語氣對待，好像會折壽。

「沒有，還要再遠些。怎麼了？」

「路過時，可不能想著要『順便拜一下大師』，會激怒神明的。」

阿德解釋，川崎大師以除厄聞名，但只能專爲此目的前往，若是旅遊或工作順道前去，反而對神明不敬，萬萬不可。

「哎呀，原來是這樣啊，我都不知道。」

細君老實表示驚訝。

「那好，今天途經大師時，我就過門不入了。」

「相公，請務必這麼做，然後明年帶我同行。」

「爲什麼是明年？」

「明年是我的厄年（註一）。」

細君的大厄早就過了。平四郎笑出來，說「少扯謊啦。」一聽這話，細君不高興了：

「相公眞是的，厄年也有很多種哪。瞧瞧年曆，白紙黑字寫在上頭。」

「就是啊！大爺，夫人講的一點也沒錯。」

好好好。平四郎向女人們揮揮手，出發了。對細君叮嚀的「路上千萬小心」，小平次以「嗚嘿，夫人我們走了」回答，小心翼翼地背著阿德精心製作的三層套盒便當。

秋天天黑得早，稱爲「秋日如吊桶（註二）」。但日頭短不光是天黑得早，而是天亮得也晚，卻沒有專門的講法，這是爲什麼呢？兩人聊著這些沒要緊的話，信步而行。小平次提著燈籠。

前往新橋的路上，經過南町奉行所。這個月輪北町值班，南町的門是關上的。也許是看到町奉行所才想起，小平次問：「大爺，今天這事您是怎麼向上級報備的？」

「不怎麼著，就直說啊。」

守規矩的中間眼睛睜得好圓。

「您說要到湊屋的別墅？」

「沒那麼仔細，就說無論如何都要去向一個離開江戶、移居川崎的人問話。」

「這樣就批准了嗎？」

「嗯，還託我順便買東西。品川驛站一家叫美輪屋的佃煮鋪的海苔醬，井本大人愛吃這個。」

這井本大人便是平四郎的上司，本所深川方的與力。

「海苔佃煮醬城裡到處都買得到啊？」

「似乎是味道與眾不同。吃過美輪屋的，便覺得江戶城裡的難吃得不堪入口。我也買一點回去試試好了。你也喜歡佃煮不是嗎？」

稍稍思索後，小平次回道：「是，尤其愛吃海苔佃煮。但我還是不吃的好，再也吃不下別處的佃煮就難過了。」

搖曳的燈光中，平四郎笑了幾聲。「原來如此，倒也有理。那買給阿德，要她把美輪屋的味道學起來不就得了。」

「哦，眞是個好主意。」

恭恭敬敬提出申請才出的門，路途卻閒散無比。兩人想到途中有飯糰可吃，到了湊屋還有餐盒裡的美食，一早起來只吃了一碗泡飯，走不上幾步肚子便有些空了，因此談的全是吃的。平常愣頭愣腦的小平次，這會兒卻細心起來，準備了江戶到川崎一路上的名產名店介紹，所以除了美輪屋外，平四郎腦袋裡也多了不少想順道瞧瞧的店鋪。

到高輪的町大門時，天亮了。朝陽耀眼，小平次熄了燈籠，疊起來收進行李。昨天政五郎才說，這個季節到高輪一帶就能熄燈了。果然分毫不差。

平四郎忽然想到，政五郎是不是也爲公務而認眞在城裡奔走呢？除了忙自己託他的事，不知其餘時候他都怎麼打發，也只曉得他在當上岡引前似乎有段相當黑暗的過去，其餘平四郎一概不清楚，也認爲用不著知道。

註一：來自陰陽道的說法，認爲人到了某個歲數容易多災多難，習慣於此時舉行除厄儀式。

註二：意指秋天的日頭像吊桶落井，不一會兒就掉下去了。

政五郎今天準備陪大額頭和弓之助前往芋洗坡，調查杢太郎所說的佃農之女阿初遭劫的案子。時值收穫之秋，加上農家的早晨原本就比商家早得多，要造訪農家的政五郎等人，應該已出門了。

然而，政五郎一行人比原定的時間晚出發。

只是從本所到六本木，距離不遠，遲一點不要緊。政五郎在河合屋的後院曬衣場安慰弓之助。因爲，弓之助又尿床了。尿濕的鋪蓋彷彿在向弓之助扮鬼臉，吐著舌頭自竹竿垂下。緣廊上，弓之助面向那鋪蓋，坐在自己的書案前寫著：

「我再也不尿床」

母親嚴厲地命他寫完一百遍，否則不准出門。

弓之助哭喪著臉。

坐在他身邊的大額頭也哭喪著臉。

政五郎咬牙忍住笑。

「少爺，誰都會尿床的，用不著如此懊惱。」

這句話不知反覆了多少次。然而，看到弓之助那股沮喪勁兒，政五郎不得不一說再說。

默默書寫的手不稍停留，弓之助重重嘆了口氣。

「可是，大額頭就不會尿床吧？」

「不不，會的。」

聽到政五郎的回答，大額頭一臉「冤枉」地望著他。政五郎連忙使眼色，要他當是這樣。

但弓之助心知肚明。「不必編這種話安慰我。」

難得聽他用這種賭氣的口吻說話。想來不止覺得丟臉，也在生自己的氣吧。

「今天要出門辦事，我昨晚就睡不著。糟就糟在這裡。」

上回清掃芋洗坡的出租大宅時，「剛才我從李太郎那裡聽到這樣的事……」井筒大爺如此提起阿初，弓之助便皺著眉頭陷入沉思。政五郎當然也認爲事有蹊蹺。同一個地方連續兩次發生勒頸事故，也許和葵的命案有關，只是看不出其中究竟有何牽連。

井筒大爺今兒個將前往位於川崎的湊屋別墅。定好啓程日時，弓之助請示大爺：姨爹出門期間，可否託政五郎頭子找那名叫阿初的女孩。井筒大爺自是沒有異議。

然而，政五郎有些擔憂。弓之助雖自己主動提議出門，卻顯得有些悶悶不樂。剛才那些話絕非口頭安慰，而是發自內心。

弓之助非常聰明，普通大人十個加起來都及不上。但他的靈魂還是個孩子，仍有許多與年齡相符的稚嫩。會不會是他那非比尋常的腦袋看出了事端，心卻無法跟上，而飽受折磨？

據井筒大爺說，弓之助常做惡夢，做了惡夢就尿床。政五郎認爲，這一定是弓之助內心悲鳴的具體表現。

井筒大爺也講過同樣的話。

「但是啊，政五郎，可不能因爲這樣，就叫那孩子不要動腦。他非但做不到，對他來說也是件苦事。那麼，我倒認爲儘管現在辛苦，也只有等他的心長大，沒別的辦法了。」

守候著不斷寫下「我再也不尿床」的弓之助，這回換大額頭嘆氣了。

「怎麼，連你也嘆氣？」

大額頭仰望苦笑著的政五郎，說道：

「寫得眞好。」

原來是佩服弓之助的字。確實是一手好字。

「要怎麼做，才能寫得這麼好呢？」

弓之助手上不停，同時回頭向大額頭盈盈一笑。總算看到他露出笑容，政五郎這才放心了。

「大額頭的字一點也不差呀，比我還會寫。」

「沒的事。」

大額頭用力搖頭，這才眞是在表示「不用說這種話來安慰我」。

「不不不，是眞的。」弓之助皺起眉頭。「我只是臨摹習字先生的字。無論寫得多漂亮，都不是我的字，是模仿。但大額頭寫的是自己的字，那才了不起。」

弓之助有點兒生氣，但筆畫仍不亂，流麗的字繼續出現。

雖已見怪不怪，政五郎還是爲這美麗孩子的聰穎感到吃驚。寫得一手好字，卻也是模仿嗎？

「家母一生氣，便要我這樣習字。我不想寫尿床的事了。要是寫了就不會再尿床，一百萬遍我也寫。可是卻治不好，寫也是白寫。即使如此，家母還是要我寫。我就故意寫得很漂亮。」

弓之助氣呼呼地動筆。

「還有八遍。」大額頭說。他好像一直不出聲地數著。

「好，再一會兒，等我一下。」

一寫完，弓之助便拿去給母親看。不久回來時，掌櫃的也跟來了。

弓之助是井筒大爺的外甥，也提過要迎他做井筒家的養子。由於大爺代爲美言，河合屋才同意讓一身岡引打扮的政五郎帶走重要的少爺，但掌櫃的眼神仍充滿警戒。

「少爺請您多費心關照了。」

好的，沒問題。政五郎恭謹至極地回應。

若政五郎帶頭，兩個孩子跟在身後，看來總像拉著他們走。因此，政五郎讓弓之助與大額頭走在前面，自己跟在後頭。兩個孩子腳步倒挺快的，政五郎也不覺難走。

「可以說話嗎？」弓之助問。

「當然可以啊，少爺。」

「頭子，那個『少爺』就請免了。」

「那麼『頭子』也免了吧。」

弓之助笑道：「那麼就是政五郎叔了。其實，沒請姨爹同行似乎不太妥當，但我愈想愈不安，覺得不該將這事延後，浪費今天。再說，政五郎叔大可代替姨爹。」

「不敢當。那麼弓之助今天想做什麼？不光是向芋洗坡的杢太郎問阿初那小女孩的事吧？」

弓之助邊走邊用力握緊雙手，大額頭看著他。

「杢太郎喜歡小孩，告訴他詳情的話，一定會爽快地答應幫忙藏匿那個叫阿初的小女孩吧！我就是想這麼拜託他。」

江戶城已充滿活力。大路旁的店家打開大門，形形色色的行人在路上擦肩而過。深秋的天空清澈無比，微風送來市街的氣息。

身在其中，與兩個孩子一塊兒走著，「藏匿」這突兀的字眼卻找上政五郎。

「阿初妹妹，」弓之助叫得親暱，「會被勒脖子，我想多半是威脅。」

「威脅？」

大額頭似乎也一樣吃驚，步伐有些亂了。

「是的。」弓之助點頭。「威脅她的就是殺害葵夫人的凶手。」

聽到這話，連政五郎都停了一步。

「原來如此。」他重新起步應道。「兩樁絞殺案是這樣連結起來的嗎？」

「我是這麼認爲的。」

「換句話說，葵夫人遇害當天，阿初在芋洗坡大宅附近看到什麼人，是吧？看到某人的長相。」

「是的，政五郎叔講的一點也沒錯。」

「但她年紀還小，事後再問，也不一定記得那人的長相吧？」

阿初可不是大額頭，是鄉下佃農的孩子。

「是啊。所以剛才說的『看到』，應該是『見到』或『遇到』才對。阿初妹妹見到的，是她相當熟悉的人。」

走在前面的大額頭「嗚嗚嗚」地呻吟出聲。政五郎輕輕摸了摸他的頭。

「阿初妹妹一定不明白在那裡遇見那個人的意義，但那個人卻很擔心。萬一命案發生當天，自己當時在那大宅附近的事，某種機緣巧合下從阿初妹妹嘴裡洩露出來就糟了，才會加以威脅。」

大額頭小聲問道：「盜子魔？」

「是的，故意弄得像盜子魔作怪。」

這正是最巧妙的掩護，好比李太郎就深信是盜子魔作怪。

自從發生過這件事，阿初便不肯出家門一步，無論李太郎怎麼問都不答，只一味害怕。威脅生效了。

「話雖如此，這個威脅的人應該還無法完全放心。事實上，他原想當場殺死阿初妹妹，卻沒下手。也許是李太郎等人到處找阿初妹妹，造成了妨礙，所以……今後也不能掉以輕心。」

「弓之助，你是怎麼想到這些的？」政五郎問道。「聽井筒大爺說，弓之助一直認為葵夫人命案的起因不在葵夫人，而是機緣不巧臨時發生的。」

「是的、是的。」弓之助用力回答。

「其實我也這麼想。我懷疑這一切或許與愛恨情仇無關，可能是一樁強盜殺人案。」

「政五郎叔這麼說，我膽子就大了。」弓之助回頭仰望政五郎道。

「因此，少爺——不，弓之助，聽到阿初的事時，我便認為這兩件案子不可能毫無關聯，卻又無法將兩者連結在一塊兒。若是四處行搶的強盜，不會為了被一個孩子看到面孔，而特地回來滅口。別說滅口，應該連阿初是哪家的孩子都不知道。」

政五郎的思考在這裡進了死胡同。

「政五郎叔，我認為這次的事情，除了中了『過路魔』的邪外，不做他想。」

「過路魔……是嗎？」

政五郎卻有不同看法。

向來舉止如常的人，忽然發狂，幹出殺人或自殺的事，罕見但確實存在。這就是過路魔，誠如其名，過了就沒事。同一地點發生兩次相同事故的例子，至少政五郎從沒聽過。何況，若殺害葵的凶手是因過路魔附身而發狂，應該會更吵鬧。突然進房殺人也令人費解。

且在來找葵、殺害她時發狂，之後恢復正常，憶起自己的面孔被熟識的阿初撞見，想殺她滅口——這更不可能，中了過路魔的邪時會喪失心神，清醒後往往連自己當時做了什麼都記不得。

政五郎提出疑問，弓之助在回答前放慢了腳步，大大吸了口氣，緩緩吐出。

「所以呀，政五郎叔，我想殺害葵夫人的『過路魔』，和一般知道的『過路魔』有些不同。」

弓之助字斟句酌，似乎對無法好好表達自己的想法而著急。

「只不過，那是發生在凶手與葵夫人同處一室的時候，葵夫人才會慘遭毒手。等凶手回過神，倉皇逃逸時，不巧阿初妹妹撞個正著……」

半晌，三人默默地走著。已過了永代橋，從這裡左轉便是八丁堀的宿舍。

「無論如何，凶手就在芋洗坡的大宅旁，不會錯的，現在應該也還在。這一點，我能肯定。」

弓之助恢復了宏亮的聲音，篤定地說。

品川驛站的美輪屋由一個很會做生意的美人看店，逗得平四郎開心不已，買了各色佃煮，多得幾乎塞不進一前一後掛在肩頭的兩包行李。

品川驛站自然是客棧旅店毗鄰，但也有不少海莊提供現抓現烤現煮的海鮮。平四郎選了一家坐下，與小平次吃起飯糰。或許是考量到旅途辛勞，阿德的飯糰放了大顆梅乾，還配上黃色的醃蘿蔔乾，奢侈地裹上漆黑的海苔。

難得來一趟，便吃了些烤烏賊，但忍著沒喝酒。平四郎黃湯下肚就什麼都懶得做，要是在這裡喝起來，便到不了川崎了。

品川驛站是出了日本橋後的第一處驛站。除了做爲街道驛站外，也具有遊藝之地的風貌。對江戶人來說，反而是這方面的意義大些。即便如此，因時刻還早，旅店還未出來招攬生意，也沒有醉醺醺的客人。往來的行人雖多，喧鬧中仍令人感到清爽舒暢。

吃著飯糰，小平次難得地說起自己的回憶。他父親是跟隨平四郎父親的中間，在小平次幼時曾帶他到這裡，買烤蠑螺給他吃，也曾來大森海岸趕潮。

「哦，原來彌平次這麼疼小孩啊。」

平四郎也記得小平次的父親彌平次，他是個很愛喝酒的人，但絕不會酒後亂性。而平四郎的父親雖不太會喝酒，卻極好女色。去找女人而醉倒，最後由彌平次揹回家的事情，遠不止區區幾次。

父親過世時，一心逃避繼承的平四郎四處找尋，只盼父親在外生了個男孩。那麼好女色的人，有那麼一、兩個也不足爲奇，平四郎如此認定。

當時，平四郎也纏著彌平次，要他說出有沒有這樣的女人。彌平次在平四郎的父親過世前不久中風，身子有半邊不管用，結結巴巴地答道，再怎麼找都沒用，要平四郎死了心。平四郎以爲他是爲父親遮醜，便逼問：事到如今，聽到父親的任何作爲都不會生氣，儘管告訴我就是了。

結果彌平次抽動嘴角笑了。

「大爺雖愛女色，卻不會做出敗壞家門的舉動。井筒家在外面沒有孩子。」

平四郎暗嘆，井筒家有什麼家門好敗壞的，眞是太誇張了。

湊屋總右衛門難道不擔心敗壞家門嗎？到處留情生子，還全部一口承認，出錢供養。他難道不曾憂慮，當自己死後或因傷病倒下、無法動彈時，也許會有孩子造反，來要屬於自己的家產嗎？

即使依常理順當地由宗一郎繼承，又不知他究竟是不是自己的孩子。有無血緣，其中一半是賭注。難不成，他認爲既是如此，就算私生子來爭產，搞得天翻地覆也無妨，沒把事情看在眼裡？但身邊的次男宗次郎，卻毫無疑問是總右衛門的兒子，當然還是以風平浪靜爲上策吧？

那男人的心思實在難以捉摸。湊屋究竟重不重要？對女人和孩子究竟愛是不愛？

——反正就算問他，也只會避而不答吧！

「哦，有轎子。」小平次舔乾淨沾在手指上的飯粒，一面說道。

兩頂轎子一前一後，穿過驛站。配合著「嘿呵、嘿呵」的吆喝聲搖晃著，前一頂轎子放下了轎簾，後一頂則掀起來，裡頭坐著一個膚色透白、搭著水藍色領圍也顯得婀娜多姿的女人。不知是想看風景還是想吹風，再不然就是想向路上人群炫耀姿色。女人嘴角掛著淺淺的、滿足的笑容。

「那不是正經女人。」平四郎說道。「前面那頂轎子坐的八成是男人，不過一定不是丈夫。」

因此，偶爾遠行時，女人才會驕傲地掀起轎簾，男人則躲在轎子裡。

「葵……」

平四郎望著轎子，喃喃道：

「與總右衛門出外遊玩時，也是那樣吧。」
阿六提過，兩人常連袂外出。
不知道呢，小平次說著微歪他圓圓的頭。
「姑且不論在京城如何，回到江戶後，應該更加小心吧？」
兩人最怕的便是讓阿藤發覺。這樣的處境，想必令人不快。
阿六寫得極爲用心，卻斷斷續續，沒有條理。曾發生如此這般的事，但不知是幾時，也沒依照順序。無論事情大小，想到的都記下，相當有誠意，可惜不足以參考。
不過有段敘述卻吸引了平四郎的注意。以幻術戲班擺平孫八後，葵曾講過這樣的話：
「很久以前那戲班子的人就答應要幫我一個忙。」
「我希望能用那種幻術騙過某個人。」
是指誰呢？葵不惜花錢費事也要欺瞞的是誰？久兵衛應該知道，一定要問出來。
平四郎雙手往膝蓋砰地一拍。「好，走吧！」
政五郎與兩個孩子先拜訪了芋洗坡的自身番。李太郎不在，但缽卷頭子在。
之前已透過佐伯錠之介打招呼，缽卷八助並未馬虎應付政五郎，只對領著孩子的岡引打趣道：
「看來本所深川方的大爺捕吏們，都喜歡帶小孩啊。」
李太郎人在法春院。一聽這話，政五郎立即揚起濃眉。
「聽說先前在那兒上學、一個叫阿初的孩子被擄走，回來時脖子上有勒痕，後來就怕得不敢出門了，有這回事嗎？」

「你還眞清楚。」

「是井筒大爺聽杢太郎兄說的。杢太郎兄似乎很擔心，莫非是陪著阿初上學嗎？」

八助連說不是。「他本來就常偷空到法春院，因爲他目不識丁啊。這麼著才總算學會寫自己的名字，算盤也稍微會打了。」

阿初至今仍不肯離家一步，還是一臉懼怕的神色。

「缽卷頭子，您對阿初這案子有何看法？」

向我打聽也沒用啊。缽卷頭子說著，在自身番小小的屋裡一屁股坐下，叼起菸管。

「阿初是在那出租大宅裡找到的，半個月之內，同一地點發生了兩起勒脖案。」

「只是『碰巧』吧！」

八助大口噴煙，甚至飄到了在泥土地上的弓之助和大額頭處。

「不清楚頭子你的地盤如何，我們這兒草叢森林多的是，有些壞人一起歹心，就拉女人孩子進去欺負。加害阿初的便是那種人吧！與大宅裡那位貴夫人無關。」

換個角度，事物會呈現不同的風貌，但即使將地方偏僻的理由算進去，政五郎也無法同意這種說法。

「佐伯大爺已交代過，我不會妨礙你們的。愛怎麼著就請吧！」

碰了個軟釘子。離開番屋後，政五郎等人走向法春院。

剛邁開步伐，一直呆望著天空的弓之助突然低聲說道：

「菸草。」

「弓之助，你說什麼？」政五郎問道。弓之助仍舊出神。

「少爺，怎麼了嗎？」

弓之助猛地眨眼，眼睛亮了起來。「沒有，我想也可能是菸草。」

「什麼菸草？」

「葵夫人房裡的香味呀！不是有菸草盆嗎？」

葵抽菸，但那陣子感冒沒抽，房裡卻端出了菸草盆。

「也許是招待客人的，便留下那香味……」

「菸草的香味，」大額頭開口了，「和香袋一樣？」

或許是不解，他的臉皺成一團。弓之助搖晃他的肩。

「是呀！喏，上次我們不是聽過類似的事嗎？愛抽菸的放款人被殺了，衣服沾滿了他喜愛的菸草味兒，可那味道卻和抖在長火盆裡的菸灰不同。」

大額頭的雙眼湊近鼻子，正搜出腦袋裡的記憶。

「明神下的放款人命案，」大額頭像讀文章般地說道，「凶手是放款人當木匠的外甥，凶器是鑽子。」

「對對對，就是那個。」

看來會心的情景，談話卻是駭人。政五郎雙手交抱胸前。

「但，有像香袋一樣芬芳的菸草嗎？我查查看。」

「麻煩您了！」

弓之助又恢復了精神，說著「法春院在那邊對吧！」小跑步起來。

那既不是古剎，也不是名刹，而是隨處可見的老寺。只有鐘亭是新建的，顯得格外雄偉而顯眼，定是兼作這一帶的報時鐘。

法春院便是這樣一座寺院。向本殿出來的小和尚問了學堂所在，說是在廚房後的別館。三人踩著碎石路自本殿旁走過。

那學堂比起別館，其實更像小屋，也許原本是供寺裡雜役住的。木板屋頂上到處壓著石塊，窗戶是上下開闔的木格子，以一截木柴撐開。

孩子們精神抖擻地齊聲念道：

「一要忠孝，
二要勤勉，
早睡早起，
用心學習，用心做事，
待人和善，
惜物愛物。」

弓之助微微一笑。「眞是些好教誨。」

「弓之助在佐佐木先生的課堂裡也學這些嗎？」

「漢文稍微多了一點。」

那是當然，政五郎心想。

過了一會兒，只聽孩子們齊聲答「是」，就都出來了。有男有女，少說二十人吧。在那小屋裡，鐵定擠得肩並肩、肘碰肘的。全是商家或農家子弟的裝扮，不見一個武家孩子。

政五郎便站在這些隨著喧鬧聲出現的孩子中。孩子們對他不屑一顧，卻在眼尖發現弓之助與大額頭時，或放慢腳步，或又回頭。有個女孩吃驚得眼珠子快掉下來似地，直盯著弓之助。走回來催促同伴的另一個女孩，也在瞥見弓之助時愣住了。兩人都張大了嘴。哎呀呀，真是罪過。

杢太郎晚孩子們一步，穿過小屋的門緩緩走出。還來不及出聲叫喚，他便發現弓之助了。

「這不是弓太郎嗎？」

「弓太郎？」政五郎與大額頭同時複述。

「我在這裡是叫這個名字。」

才說完，弓之助便像小狗般往杢太郎奔去，撲上去攀住他的脖子。

「哇——杢太郎頭子！」

「喂喂，我不是頭子，要講幾次你才明白啊！」

杢太郎樂得簡直快化了。政五郎稍稍往後望，剛才那兩個女孩還杵在原地，像是看呆了。政五郎彎下腰，手撐膝頭，柔聲說道：

「小姑娘們，快回家吧！」

兩人彷彿當頭淋了一盆冷水，赫然清醒。

「叔叔、叔叔！」

其中一個女孩指指纏著杢太郎撒嬌的弓之助，問道：

「他是人偶嗎？」

政五郎笑了。「不，跟小姑娘一樣都是孩子。」

「好漂亮的臉蛋！」兩人歌唱般地說。接著，眼神又轉向近處的大額頭。

「好大的額頭！」

兩人自顧自地講完，便笑鬧著一溜煙跑開。政五郎低頭看大額頭，說道：

「你也被連累了。」

大額頭不以爲意，答道：「是，早習慣了。」

「哦，有客人嗎？」一個悅耳的女聲問道。政五郎往學堂的門口看去。

年紀約二十出頭吧？身穿鶯色窄袖和服與斑點紋腰帶，以俏拔的姿態站立，纖細的頸項上是一張小臉，下巴尖尖，鼻子細細。雖不是套用剛才那女孩的話，但這位也是婀娜如紙人偶的美女。

她就是學堂的晴香先生。兩人視線對上，政五郎恭謹地行了一禮。

政五郎腰繫捕棍，又是因公務來找杢太郎，晴香先生知情後顯得相當擔心，先問候政五郎執勤辛苦，又再次欠身，熱心建議：

「若有機密要事相談，請用這小屋。」

政五郎看看弓之助。他微微點頭，開朗地答「頭子，那我們就打擾先生吧。」

一行人進入小屋。裡面排著幾張長桌，木板牆上貼著孩子們習的字，還掛著能一人環抱的大算盤，想必是用來教學吧。剛才孩子們齊聲朗誦的一連串話語，以流麗的字跡條列，掛在正面高處。

「課堂結束後，孩子們會齊聲朗誦。」

晴香先生一面奉茶，一面說明。

「那邊的是什麼？」

牆上貼著一張小得多的紙，上面的字跡相同，可見也是晴香先生寫的。大額頭念道：

「長相美醜、穿著好壞、家境優劣、任性自私、吵架、易怒、誹謗、告狀、閒話、祕密。」

「念得很好。」晴香先生笑著稱讚大額頭。「這是用來教導什麼是不該做的事。」

政五郎內心暗笑。剛才那兩個女孩已違背了先生的教誨，拿長相美醜來比較。

「這裡男孩女孩都一塊兒教嗎？」

「是的。本來最好分開，但這兒不是到了七歲便要讀論語的學堂，加上孩子們無論男女都得幫忙家裡。」

「反正也沒有武家的孩子會來。」李太郎也幫著說。「還有別的學堂。晴香先生到這兒前，商家和農家的子弟都是去那裡。但武家的孩子很驕傲，兩邊架吵個沒完，怎麼都制止不了。所以先生肯來這裡辦學堂，大夥兒都很感激。」

「有多少年了？」

「這個嘛，快五年了吧？」晴香先生確認般地看向李太郎，李太郎點點頭。政五郎心想，那麼，這位先生的年紀大概比想像中要年長些。

「先生住這裡嗎？」

「不，寺院原是女人止步的，我只是來這兒教書而已。」

這一點政五郎也知道，所以刻意發問。

晴香先生一點就通。「我借住在自身番附近的一戶人家。只是那裡地方太小，無法辦學堂。這法春院的檀家總代（註）是我家親戚，由於這層關係，才得以租借這別館。」

「這麼說，先生是離開父母膝下了，眞了不起。」

晴香先生微微一笑，這回沒再接話。政五郎推測其中多半有難言之隱。

「請問，晴香先生曾進過那盜子魔的大宅嗎？」

這話問得唐突，但弓之助的模樣天眞無邪，令人絲毫不以爲意。他聲音甜得像在撒嬌討回答。

「盜子魔那處大宅嗎？之前獨居的貴夫人……」

晴香先生難以啓齒般吞吞吐吐，政五郎點點頭。

「在先生這兒上學的一個叫阿初的孩子，先前突然失蹤，最後也是在那大宅裡找到。」

「您是爲了辦這個案子，才特地從本所趕來嗎？」

晴香先生眼裡浮現了些許疑惑。這也是當然的，因爲管區實在相差太遠了。

此時，弓之助又發出甜膩的聲音：

「咦，頭子，這樣嗎？不是吧！您是爲了我哥哥才來找杢太郎頭子的吧？」

轉得眞漂亮。「我哥哥」指誰呢？佐吉嗎？

「是啊，我來調查完全無關的案子。只不過，碰巧聽說了阿初這女孩的事，也就順口提了。那屋子眞危險啊。」

晴香先生大大點頭，連身子都跟著搖晃。「孩子們怕得很呢！我也叮嚀他們千萬不能靠近。」

「驅驅邪怎麼樣？」弓之助說道。他直直伸出兩腿，眼裡盡是淘氣。「請很厲害的和尚來，不然巫女道士也行吧？」

「說的也是。」

「還是李太郎頭子肯幫忙打鬼除魔？」

李太郎聳了聳大大的肩膀。「我不行啊，比不上妖魔鬼怪。」

「沒這回事，李太郎頭子很強的。大額頭，李太郎頭子啊，空手打倒過拿著這——麼大把刀子的強盜呢！」

弓太郎，也就是弓之助，似乎曾聽說李太郎的種種功勳。只見他比手畫腳、口沫橫飛，滔滔不絕地講著李太郎的英勇事蹟。大額頭兩個眼珠子兜在一起（連這種事也要記）認眞聽時，好幾次李太郎試圖要阻止，臉上一陣青紅一陣汗，忙得不得了。政五郎暗暗苦笑，想必這些故事加了不少油、添了不少醋吧。

弓之助口才極佳，聽得晴香先生又笑又吃驚，大爲歡快。政五郎看準時候，插了進來。

「哦，不知不覺坐了這麼久。我們只是來接李太郎兒的，卻厚著臉皮打擾，眞是不好意思。先

註：江戶幕府爲嚴禁天主教，制定了寺請制度，即檀家制度。規定所有百姓都必須指定某一寺做爲將來歸葬的寺院，且由寺院發行身分證明文件，旅行外出時必須隨身攜帶，具有類似今日的戶籍管理功能。而檀家總代便是某一寺的檀家（施主）代表。

生，我們這就告辭。」

讓弓之助的三寸不爛之舌，擺弄得暈頭轉向的杢太郎，也總算回過神來。「是啊是啊，重要的事都還沒談呢，眞對不起。」

晴香先生出聲挽留，表示有話不妨在這裡談。但政五郎婉拒，一行人便離開了法春院。杢太郎一臉搞不清狀況地跟著走，弓之助卻沒理他，先來到政五郎身邊耳語道：

「雖不是懷疑晴香先生，但俗話說『千里長堤，潰於蟻穴』，要藏匿阿初，就得多小心提防。」

然後，弓之助將聲音壓得更低，加上一句：

「晴香先生身上沒有香袋的味道。」

「你一直在聞嗎？」

「政五郎叔還不是。」

政五郎點點頭，轉身面向杢太郎。杢太郎雖是個大塊頭，但政五郎也很魁梧，兩人的眼睛剛好同高。

政五郎以「其實呢，杢太郎兄」開口。

十三

品川驛站沿著街道的鬧區很長，毗連的商店也很多。無論如何都耐不住遊興的平四郎與小平次光是走出這裡，便耗掉不少時間。

離開驛站，走了不久便到達淚橋。這座橋之所以聞名，是因被送往鈴森刑場的罪人與家屬都在這裡依依惜別。

邊過橋，平四郎邊想著阿峰的事。以往，平四郎幾乎沒逮捕過被判送刑的大罪人，頂多是受申斥、鞭刑，或逐出江戶的小奸小惡。阿峰的情夫晉一算是異數。

阿峰現下在哪裡做些什麼呢？政五郎順利找到她了嗎？若找著阿峰，阿德那傢伙該不會打算像以前照顧久米那樣，將事情一手包攬，照顧她吧……

小平次或許也想著同一件事，踩著牢牢的腳伐一步步走過淚橋，喃喃說道：

「我看，阿峰腦袋裡壓根兒沒想過要哭哭啼啼地在這裡與情夫訣別吧。」

「你怎麼會這麼想？」

「那女人是打定主意，便貫徹到底的人。若晉一獲判有罪，她會立刻計畫劫獄救人。她心裡一定想，怎麼能眼睜睜看著心愛的人被送往刑場，我絕不允許。」

「你覺得她能辦到嗎？」

小平次微微一笑。「劫獄不容易吧，大爺。」

「嗯。」

平四郎之前揣想過，阿峰為了救晉一出牢，利用手上的錢找幫手，穿梭在無賴流氓間的模樣。想像中，至今憑著腦筋與欲望踩在別人頭上的阿峰，此時才第一次為他人付出，卻落得身無分文，窮途潦倒。

兩人各自沉思，默默走到六鄉渡口。渡船客滿，熱鬧非凡，平四郎與小平次的心情才總算開朗起來。雖是便裝行旅，但似乎誰都看得出平四郎是奉行所公役，同船的旅客爭相問候「大爺公務辛苦，這回往哪兒去」。平四郎答稱到這附近有些小事要辦，打聽旅客們的去處，果然大多都是參拜大師。行商的人則是前往神奈川驛站或保土谷驛站。還有一群人是要去伊勢神宮。

久兵衛信上寫道，在六鄉下了渡船，請沿大師河原之道往海邊直行。參拜川崎大師的人們也走這條路，到中途都同行。但半里後有座馬頭觀音堂，須在此轉入右方岔路。

依指示進入細窄的岔路，便沒了旅伴。平四郎與小平次走著，只見菜圃田畦，森林點在，風中的海潮味清晰可辨。

久兵衛寫道，在這條岔路上遇見哪個住在附近的人，一問便知湊屋別墅所在。走到看得見海岸磯石的地方便已過頭。景色中田地漸少，沙灘旁出現防風林時，爬上右手邊砂地平緩的土堤，穿過樹林。出入的商人與馬車行皆通過此處，自然而然形成一條小路，不會弄錯。

——本來該由小的前往六鄉渡頭迎接，但這陣子宗次郎少爺病情不佳，小的無法離開。在此謹為不盡禮數之處深表歉意。

「氣鬱病到底是什麼樣的病啊？」

平四郎邊爬上沙地的緩坡，問道：「病重了會要命嗎？」

「聽說是的。」小平次背著阿德的餐盒，輕快地走著。「如果是一般的氣鬱病便會好，就怕患者陷入憂鬱。」

「話是這麼說，可那種病也只是氣悶而已吧？」

「吃不下飯、睡不著覺，連呼吸都累，不久會覺得活著很辛苦。據說是這樣的病。」

「要他到吉原好好花天酒地一番，不然帶到伊勢參拜什麼的，多玩玩就好了吧？」

「聽說要是本人不覺得愉快有趣，再怎麼玩都沒用。總之什麼都嫌煩，悠閒度日最好。」

「眞是種麻煩的病。」

但平四郎又想，向來悠閒的自己也沒資格講這種話，便搔搔頭繼續走。

「啊，是這所大宅吧。」

走在前面的小平次停下腳步，仰望著灰色屋瓦大聲說。

「好雄偉啊，大爺。」

平四郎來到小平次身邊，喘了口氣。

大宅似乎分爲三棟，靠這邊突出來的是北棟，正中是主屋，南棟應該看得到海。圍繞著大宅的不是無趣的牆，而是在這季節依然不見枯萎，葉子油綠茂密的樹籬。

平四郎爬上的那條小路畫了一道半圓，橫切過樹籬前方，通往主屋。沿著路走，還不見樹籬的空隙，便聽到久兵衛的叫聲：

「哦，到了、到了！」
而本人彷彿追隨聲音般在樹籬後方現身。只見他規規矩矩地穿著外褂。
「謝謝您遠道前來。想必一定累了吧！來來，將行李放下吧！」
兩人雖在品川驛站耗了許久，抵達的時間倒也不遲。日正當中，阿德的餐盒正好當做午飯。
「啊，眞是個好地方。」
平四郎笑著向久兵衛說道。

房內仍是海潮味撲鼻。
也難怪，這別墅就建在面海的斜坡上，平四郎與小平次受款待的十席房，隔著庭院，自緣廊便能俯瞰海景。
平四郎雖早料到，但這屋子還是比想像中靠海，只不過位居高處，又有防風林，看不見海岸礁石。從林木空處望出去，秋陽下閃閃發光的海面浮著幾艘釣船。
平四郎對吃的從不疏忽，行前便明確通知久兵衛，自己將帶豐盛的午餐前往，千萬別準備中飯。光在信中交代還不夠，隨口打過招呼，等小平次放下背上的行李，就忙不迭地在久兵衛面前打開餐盒。
「瞧，夠豐盛吧！」
三層大餐盒裡，擺滿了各色各樣的菜肴。久兵衛睜大了眼睛，抬頭看平四郎：
「這是……」

「說說看，是哪家的？可不是平清喔！也不是伊豆榮，更不是橋善和八百善。」

平四郎原本就想，讓久兵衛驚訝一定是件樂事，沒想到竟如此令人開懷。平四郎像口沸騰的鍋子般咕咕直笑。

「不知道……小的雖不知道，」久兵衛絞著雙手，「但看大爺的表情，似乎猜得出，又似乎猜不出。」

「究竟如何，你就明說了吧！」

「那小的大膽說了。莫非是阿德？」

還蹲在緣廊脫鞋石上的小平次，「嗚嘿」驚呼了一聲。「至今仍什麼事都逃不過久兵衛爺的法眼啊！」

平四郎頓時洩了氣。「原來你看出來了啊。」

這回換久兵衛樂得笑開了。

「小的猜中了嗎？那麼這些全都是阿德一手烹製的了。」

「嗯，手藝精進了吧！可是你怎麼知道的？」

「這滷蛋，」久兵衛指著第二層餐盒的角落，縱向切開的滷蛋擺在那裡，「色澤眞令人懷念，光看就想起那味道。不過，最大的線索還是井筒大爺的表情。」

平四郎摸著長長的下巴。原來我的心思全寫在臉上了？

「阿德過得很好吧。」

望著餐盒，久兵衛似乎噙著淚。平四郎不禁有些困窘。

「嗯，愈老愈是勇健。」

「要說『老』還早吧，大爺您會挨罵喔！」

「老天保佑、老天保佑。她啊，擴大生意，開起小菜館了。像屋形船那樣的宴席，還能辦外燴呢！」

平四郎將事情來龍去脈擇要告訴久兵衛。久兵衛邊聽邊點頭，只在某個關節皺起眉，問了句：

「那位叫彥一的廚師……」

「人挺不錯的。」

「眞的是石和屋的總廚嗎？您確認過他的身分了？」

平四郎大笑，小平次又連聲嗚嘿。

「管理人，化作骨灰仍是管理人哪！放心，彥一的人品沒問題。」

無論出了什麼醜、丟了什麼臉，久兵衛也早不是會面紅耳赤的年紀了，只尷尬地一笑。

「眞不好意思。這幫手來得太好也太巧，不由得起了疑心。」

「你的心情我了解。不過，世間也有這種好的相遇。」

眞想告訴阿德——聽平四郎這麼說，心疼地一一檢視餐盒內容的久兵衛眨了眨眼。

「告訴她，吃這餐盒的不是別人，正是久兵衛爺。」

久兵衛又泫然欲泣起來。

「謝謝大爺。」

好半晌，平四郎品味著難爲情的沉默滋味。

眨眼揮別淚光，久兵衛轉向平四郎。

「井筒大爺大駕光臨，宗次郎少爺本應來問安的……」

「不用忙，不必問什麼安。他是病人啊，我卻擅自跑來打擾他靜養。別在意、別在意。」

「是，眞對不起。」

「狀況不好嗎？」

「最近更惡化……」

久兵衛皺巴巴的臉滿是憂愁。

「誰都不想見，飯也不吃，有些日子甚至不讓小的靠近。」

「那可麻煩了。」

「眞是對不起。等候時日將這病養好是最上策，小的也會盡心服侍。」

然後，久兵衛臉色突然一亮。

「那麼，小的想就這餐盒裡的菜肴備飯。」

久兵衛拍手叫人。一名女傭應聲「是」，腳步輕快地出現，是個曬得挺黑的年輕女子。這也是海邊找來的嗎？久兵衛簡要地交代女傭準備，並撤下餐盒。看來要在另一個房間用餐。這裡究竟有多少房間啊？

「趁備飯這段時間，井筒大人，您是否想先見見孫八？」

這是今日此行的目的之一。

「你要叫他來嗎？」

「是的，小的這就去叫人。」

久兵衛俐落地起身，離開了房間。先前在芋洗坡大宅見過他兩次，頭一次是當著葵的遺體，第二次是與總右衛門一起。見面時，這老人都如槁木死灰般了無生氣，然而現下卻重拾昔日鐵瓶雜院管理人的精神。想必這並非潮香海色的靜養療效，而是有人能照顧，有地方能發揮所長，才是久兵衛最好的滋養。

不一會兒，久兵衛自庭院現身，小平次便站起來退到一旁。

久兵衛伴著一個骨瘦如柴的男子走向前。那人身穿農作裝，腳套分趾鞋，幾乎是屈著身子般弓著背，拖著腳，即使有久兵衛扶著肩，腳步依舊遲緩。

「這就是孫八。」

久兵衛說完，在孫八耳邊低語了幾句。孫八一臉不解，抬起頭呆呆望著久兵衛。

「這是從江戶來的八丁堀大爺，還不問安。」

孫八以喉音發出「嗚嗚、唔唔」聲，極緩慢地轉頭向平四郎，弓起的背更下沉，行了一禮。

「小的叫孫八。」

「是敝處的下人。」久兵衛的手仍留在他背上。「庭院也由孫八照顧。是不是啊，孫八？」

「是。」弓起的背再度起伏。

平四郎一時講不出話。望向小平次，他也張嘴愣住了。

孫八的髮髻全白了。阿六說他大約多少歲數來著？應該不到滿頭白髮的年紀才對。

「好好抬起頭問候大爺。」

在久兵衛的提醒下，孫八臉朝向平四郎，頭不穩地晃來晃去。

正面瞧見孫八，總算看清了他的長相。鬆弛，這是平四郎第一個想法。眉、眼、鼻、口、頰，將這些整束在一起的東西鬆掉了。像是差勁的人偶師無法靈活操縱，使得人偶做出了奇怪的表情，孫八的右眼朝這裡，左眼卻不知往哪裡飄，下巴掉落，鼻子皺起，臉頰垮下。

「大爺，遠道、而來，公務辛苦了。」

聲音混濁無力。

「你也辛苦了。」

平四郎不由得以手背拭去額上的汗水。

「要好好聽久兵衛的話，好好做事。」

簡直像在教訓小孩。但孫八又回了一聲拖得長長的「是——」，規規矩矩地彎身行禮。

「好，這就行了。回去做事吧！」

久兵衛輕推他的背。孫八緩緩轉身，仍拖著腿以獨特的腳步離開庭院。

「嗚嘿！」小平次呻吟一聲。

「孫八就是那個樣子。」

久兵衛轉頭看著孫八的背影說道。

「在芋洗坡看了幻術，就突然變成那樣？」

「不，幻術沒這麼厲害。他遭幻術矇騙後，哭鬧懼怕，吵了好一陣子，最後像是失了魂，但仍非那副模樣。」

之後，寬慰並安撫情緒失控的孫八而將他帶到這別墅，一路不斷哄他，說離開江戶就安全了。

「你那時要留在芋洗坡的大宅收拾善後吧？這距離雖能當天往返，但護著狀況嚇人的孫八到這裡的，一定是別人。你要誰帶他來？」

久兵衛遲遲不答。平四郎靈光一閃：「哦，是那個影子掌櫃吧！眞方便。他還好嗎？」

久兵衛應聲「是」，露出苦笑。

「是嗎，湊屋總右衛的心腹都到齊了。」

「也只區區兩人。」

「那就是左右兩名大將了。」

於是孫八便在這落腳當傭工，過半個月左右，染上熱病，苦苦呻吟三天三夜，差點沒命。

「幸虧救治有方，總算好了。」

但從此之後，他的頭髮全白，關節腫脹，跛了腳，背也駝了。

「醫師說全是熱病的後遺症。雖救回一命卻無法復原。病根凝集，在身體各處留下損傷。」

在生這場熱病期間，孫八不斷囈語：饒命啊，是我不好，對不起、對不起，原諒我。

「是在向誰求饒啊？」平四郎皺起眉頭，額上還冒著冷汗。「誰出現在孫八的惡夢裡？」

「多半是——罪過吧。」

久兵衛說道，聲音雖然柔和，語氣卻很篤定。他直挺挺地佇立，瞪著地面。

「爲了本身的欲望而加害他人。要舉實例，便是殺害阿六丈夫的罪，化做熱病發出來了。」

「是這樣嗎？」

平四郎無意辯駁，但因聲音發自丹田，聽來便像是這樣了。久兵衛與小平次對望一眼。
「我不是那個意思。就算沒做任何壞事，是個好人中的大好人，要得熱病的時候照樣會得。」
「您說的對，但孫八的情形……」
「不同嗎？一樣吧！孫八做了一籮筐虧心事，又被幻術嚇得方寸大亂，把身體弄壞了。這時候運氣不好患熱病，一得病，就發高燒神智不清，於是他做過的壞事便顯現在夢裡了，如此而已。」
嗚嘿，那白髮呢？小平次不滿地問。
「得了熱病後頭髮全白的事，我也聽說過。」
平四郎往單邊膝蓋啪地一拍。
「也罷，反正孫八不可能對葵心懷怨恨而搞鬼，這我十分了解。不過久兵衛，我倒要請問另一件事，不如說，這才是主題。」
你上來吧！平四郎招招手。久兵衛脫了鞋，上了外緣廊，雙膝併攏端正跪坐。
「在芋洗坡收拾了孫八後，阿六問葵，要僱用這麼大本事的幻術戲班，一定要花不少錢和找門路。葵告訴她錢的事不必擔心，而那些人先前便已答應爲她演一齣大戲。」
葵還說道：
「我呀，希望能用那種幻術騙過某個人。」
久兵衛本已無肉的臉頰微微繃緊。
「這是阿六說的嗎？」
「嗯，是我拜託她的。我要她把屋裡發生的事、她與葵講過的話等，什麼都好，凡是想得起來的都告訴我，所以你別責怪阿六。」

平四郎將手揣在懷裡，因寒意從袖口直竄進來。秋日的海風自庭院貫穿至房間。景色雖美，還是拉上門的好。

「葵要騙的人是誰呢？你應該知道。可否告訴我？」

久兵衛的目光落在膝上。小平次又在脫鞋石上端坐，視線在平四郎與久兵衛身上來回。

「我想這與葵夫人遭遇不幸完全無關。」

平四郎對久兵衛的話點點頭。

「鐵瓶雜院上演過那齣大戲後，湊屋隨即拆掉雜院建起藤宅，阿藤再搬進去。這一連串的前因後果，葵自然都知道，我想湊屋定會告訴她。所以呢，她心中對阿藤也不免興起一絲內疚吧。」

久兵衛抬起頭來要開口，卻又閉上了嘴。

「是不是想要那幻術戲班讓阿藤看見葵的幻影，讓這虛幻的葵說些『我已經不恨妳了』、『我才對妳不起』之類的話，來寬慰阿藤？」

湊屋總右衛門曾提過，葵對阿藤的事說了「罪孽深重」，這句話乍聽是落井下石的冷言冷語，但現在透過阿六的眼睛了解了葵的為人，雖這了解是如此淺薄，平四郎開始覺得葵的心境不全是那般冷酷與自私。

葵的內心也有內疚、後悔與補償之意。對阿藤如此，對佐吉亦然。

「不過，」平四郎伸手啪地一聲拍了額頭，「其實推測出葵的這番心思，或企圖——說是企圖但並不是壞事——的人，不是我，是弓之助。」

弓之助在謄寫整理阿六的字條時，發覺這件事。若非弓之助提起，平四郎應該看過就算了。
然而，特地以「畢竟是弓之助」的語氣揭穿了底細，久兵衛卻是一臉不解，毫無驚訝的感覺，平四郎這才想起：對，久兵衛不認識弓之助。
「那是我的外甥，腦袋相當聰明。」
於是，久兵衛露出笑容。「哦，這樣啊。這麼說，井筒大爺，您要讓令甥繼承衣缽了？」
當管理人的對這方面反應真快。
「是啊，是有在談。」
是嗎？久兵衛應著，顯得很高興，說道：「那真是太好了。」
「謝啦。不過，怎麼樣？這番推測可猜對了？」
「猜對了。」久兵衛答道，微微嘆了口氣。「小的曾聽老爺提起，葵夫人與老爺商量過這件事，約莫是藤宅建好不久那時吧。」
「湊屋怎麼說？」
「說是很難。」
「要騙過阿藤很難嗎？」
「應該是布置機關很難。要讓阿藤夫人看見幻術，便得在藤宅上演才行。」
施行幻術需要細心準備，必須在藤宅裡敲敲打打、大動干戈。
「然而，阿藤夫人不輕易出藤宅一步，因此老爺這話是指，要在不被發覺的情況下準備極難。這與在芋洗坡大宅不同，藤宅還得避開近鄰的耳目。」

原來如此，平四郎點頭。

「所以這齣戲遲遲未演，日子就這麼過去了？」

收拾了孫八後，葵會對阿六說溜嘴，想必是因一直記掛在心吧。她深知幻術戲班的本事，只要做好事前布置，一定能寬慰阿藤的心。她多半是思考著能否做到。

只是，這句話還有後續。阿六寫道，葵不經意地這麼說：

「不過呢，相較之下，這樣好得多了。」

以欺騙令阿藤寬心是一個辦法，但比起為了阿藤，這更像是為求自己心安。由此可見，葵的心一直搖擺不定。湊屋總右衛門告訴佐吉眞相後，葵的心勢必擺盪得更厲害吧。十八年前拋下唯一的兒子，她忘了他，他應該也忘了她，但兩人遲早必須碰面。該說些什麼？要怎麼解釋？在那之前，若能稍微補償過去，她也想這麼做。但這個願望豈不是太過自私了嗎？

久兵衛感慨良多地仰望著平四郎。

「井筒大爺只為確認這點小事，特地不遠跋涉而來嗎？」

「算是吧。」

「捎個信就行了啊。」

「用書信你肯定不會告訴我眞話吧？還是得這樣面對面逼問才行。」

久兵衛露出苦笑。「也許吧。」

「再說，我也想讓你嚐嚐阿德的餐盒。」

「不不不，是大爺想出一趟遠門。」小平次說道。平四郎罵他多嘴，小平次笑著嗚嘿了聲。

葵的心中，有著平四郎也能夠理解的溫情，也有對自己所作所爲的後悔之意。姑且不論作法對錯，至少葵懷抱著彌補的念頭。確認這些才是平四郎的本意，由於無法以言語好好表達，索性不說了。但即使他沒說出口，久兵衛還是猜到了。

「謝謝大爺。小的代葵夫人向您道謝。」

受了久兵衛這一禮，平四郎抓抓鼻頭。

待客的飲食已準備妥當，平四郎被請進另一間房，只見一人伏拜在地。那不是武家人士，而是個商人，遠較久兵衛與平四郎年輕。身上的裝束樸素，卻十分脫俗。

平四郎困惑地望著眼前陌生的後腦，回頭正想問久兵衛時，這人抬起頭，與他視線相對。

平四郎見了對方的面孔依然沒印象。是宗次郎起身出來了嗎？但這年輕人的氣色相當好，實在不像病人。

「井筒大爺，歡迎您遠道前來。」

隨著話聲，年輕商人再度手扶榻榻米，說道：

「在下是湊屋的宗一郎，有幸拜見大爺。」

十四

桌上除了阿德的餐盒外，還有各式各樣豐富的海鮮。像是在江戶沒見過的貝類、生魚片盤上擺飾著魚鰓大張的魚頭等，看得平四郎目瞪口呆。

因爲貪吃，只顧著瞧食物——自然並非如此，而是平四郎很難判斷該以何等臉色面對端坐在眼前的湊屋宗一郎。

由於擔任的是芝麻小官，又天生懶散不拘小節，平常的平四郎無論在誰面前都不會感到不自在。然而這回稍有不同，要怪就怪久兵衛先前告訴他的那段話。

宗一郎不像湊屋總右衛門，無論長相或身形都相差十萬八千里，教人看不出是父子。總右衛門雖不魁梧，但乍見便覺骨骼粗壯，身材結實，卻絲毫沒這類體格的男子常有的粗枝大葉。他五官清秀，鼻若懸梁，細長的丹鳳眼角透著聰明穎悟，一表人才。

宗一郎也有張清秀的面孔，但感覺有所不同。世人常言道，明明是男人卻長了女人臉，或女人卻長了男人臉。父親總右衛門是男人中的男人臉，但宗一郎卻是女人臉。

而且是楚楚可憐的那一型。眼睛大大的，唇線柔和，臉頰豐潤，鼻翼如人偶般小巧。

若真說起來，倒更像毫無關係的弓之助一些。沒弓之助美，但要分類，應會歸在同一邊。

宗一郎個子高，身形弱不禁風，也容易讓人聯想到女人。以柳腰形容是太過了，但仍像個舞蹈師傅，偶然瞥見的手指也又長又美。

像阿藤嗎──平四郎想到這裡，便覺那眼角眉梢似曾相識。男孩小時候像母親，或許以前長得一模一樣。如今，他已是一名成年男子，便很難說酷似母親了。

只能說，還是像弓之助。

久兵衛若無其事地逐次讀出彥一附上的菜單，宛如誇示自己的功勞般，向宗一郎說明餐盒的內容。宗一郎或瞇眼或驚嘆感佩，一一附和。對話中，宗一郎不經意地稱呼久兵衛爲「久爺爺」，平四郎內心「哦」了一聲。

酒送上桌。在久兵衛的主持下，女傭殷勤布菜。

「來，井筒大爺，請不要客氣。」

同席的是平四郎、宗一郎與久兵衛三人。小平次在更輕鬆的小房間裡，受到隨侍主公的中間應有的款待。那邊似乎比較愉快，平四郎不禁羨慕起來。

「我這回除了享用大餐，也想向這裡的下人問話。最好能再和孫八談談。」

平四郎趾高氣昂地說著密探或岡引手下般的話，但阿德餐盒裡屬於自己的一份都分到了，眼前還有如此豪華的海鮮佳肴，能有多少心思完成這些事，可就很難保證了。

「在下深知冒昧，有失禮數。」

宗一郎拿酒杯碰碰嘴唇做個樣子，便將酒杯放在一旁，端正了坐姿。

「在下正好來探望舍弟宗次郎。由於家父與久兵衛常提起，井筒大爺對湊屋一向照拂有加，得知有此良機，便懇求久兵衛，務必讓在下拜見井筒大爺。」

得蒙接見，實在榮幸之至。一番話說得極爲恭謙有禮。

即使如此，久兵衛也就罷了，聽到湊屋總右衛門也對兒子提過自己，平四郎相當驚訝。他是怎麼說的？光想便微微起了一陣寒意。平四郎吊兒郎當地笑了，拿起酒銚子示意生硬的客套話到此爲止，宗一郎拘謹地端起酒杯回應。

不行，心裡就是有雜念。宗一郎不像他父親，無論是聲音或講話方式，沒任何共通之處。這畢竟不太妙。

再說，湊屋所謂的「照拂」是什麼意思？總右衛門向他這長男透露了多少？總不至於連葵的事，及由此衍生出的鐵瓶雜院騷亂始末，全都告訴他。宗一郎可是阿藤的人。

想到這兒，宗一郎幾歲了？年紀比佐吉小，不是二十出頭，就是二十四、五吧？即使如此，仍略嫌年輕吧，要被喊做小老闆，還有些稚嫩不牢靠。

看那雙漂亮的手，難免以爲他是紈褲子弟，卻從沒聽過這樣的傳聞。他這第二代原本便無法與赤手空拳打造出湊屋的能人總右衛門相比，但凡提起他的，都是些「認眞學習爲商之道」的評價。

平四郎腦袋裡想著這些細碎瑣事，一面聽著宗一郎與久兵衛談此地的名勝風物。席間氣氛融洽，酒菜也美味可口。

趁著談話的空檔，平四郎忽地投出一問：

「對了，剛才提到宗次郎二少爺的情病不怎麼理想，宗一郎少爺也很擔心吧。」

宗一郎趁著動筷，瞟了久兵衛一眼。久兵衛也注意到他的視線，卻沒遞出什麼暗示。

「謝大爺關懷。」

宗一郎又一次恭謹地道謝。

「據說氣鬱病這樣的病，身邊的人若太過操心反而不好。在下來探望宗次郎，有一半是藉口，其實是想來這裡吃吃鮮美的魚，忘掉生意，偷閒個一、兩晚。」

平四郎笑了。「何必這麼說呢！你們兄弟感情眞好。」

「美鈴也要出嫁了，只剩在下與宗次郎兩人而已。」

「不娶媳婦嗎？」

宗一郎害羞似地笑著看久兵衛，久兵衛以筷尖夾起阿德的滷蛋，不做反應。

「像在下這樣的年輕之輩，恐怕沒人願意下嫁。」

「會嗎？我看你獨挑大梁也不成問題了吧？是時候讓你爹告老退隱，換你主持大局了。」

「哪兒的話，有家父才有湊屋，在下連家父的影子都代替不了。」

別說代替，現在你就是你爹的影子吧——平四郎暗想——隨時都被父親大人踩在腳下。

此時平四郎驀地想起：我認識另一個酷似宗一郎的人。不是長相，而是這客套而謙退、總有些畏懼世情的態度。

那就是佐吉。而且是與阿惠成親、走出自己的路前，在鐵瓶雜院時的佐吉。

湊屋總右衛門究竟有何神通，能將身旁的男子一個個調教成這副模樣？

相較之下，女人堅強多了。

葵接受了總右衛門的關愛與庇護，卻沒因他迷失自己。總右衛門的人生其實有部分操控在葵手裡。另一方面，阿藤的人生，其實是與一名叫總右衛門的男子的戰史，雖幾乎屢戰屢敗，但總右衛門從未贏得痛快，而且戰爭至今仍持續著。儘管阿藤的心已離開俗世，飄往縹緲的異國，但她這番下場，或多或少也讓總右衛門心懷愧疚。

由於宗一郎這個兒子，令他不得不背負起那份內疚。

平四郎想起湊屋的獨生女美鈴。她曾跑到鐵瓶雜院，說要做佐吉的媳婦。當時那姑娘有著「才不管爹爹媽媽」的明快，如今她已依父親的安排，嫁到陌生的土地。不知她的活潑好勝是否依舊？

「美鈴最近過得怎麼樣？」平四郎放下酒杯問宗一郎。「已到西國了嗎？」

「不，稍微延後，還跟養父母一塊兒住在江戶。」宗一郎立即答。「因對方目前仍在江戶。」

「是大名家吧？」

多半是向湊屋融資的大名。

「是的。明年春天回國之際，會帶美鈴一同回去。井筒大爺也認識美鈴吧？」

「嗯，不熟就是了。」

「舍妹活潑好動又調皮，實在不是很適合當大名的側室，現正接受養父母嚴格的管教。」

宗一郎話語嚴厲，表情卻相當柔和。美鈴嫌惡哥哥們沒用，但至少宗一郎看來不討厭美鈴。

「這是令尊決定的婚事，不知她本人意下如何？」

宗一郎似乎想起了往事，露出了感慨的眼神。

「最初百般不願，吵著要離家出走。」

那位千金小姐確實很有可能這麼做。

「只不過，舍妹雖是野丫頭，卻不笨。這話由爲兄的在下說來，實在是自賣自誇。」

「不，我也認爲美鈴是個聰慧的姑娘。」

「謝謝稱讚。」宗一郎行了一禮。「舍妹嚷著不要順父親的意嫁人，不斷出言頂撞，在下看了不禁擔心起來，便喚美鈴到身邊，以兄長的身分勸導她。」

然而，美鈴卻笑著這麼表示：「哥哥用不著擔心，我知道自己的斤兩。」

「她說，就算離家出走，自己從小嬌生慣養，怎有辦法獨力生活。既然無論如何掙扎，也逃脫不了湊屋巨大的影子，倒不如離開這兒，到爹爹管不著的地方過快活日子。別擔心，我會遠嫁的。」

這話多少帶著自暴自棄的味道。嫁不成佐吉，反而令佐吉退避三舍，是這位千金小姐有生以來唯一的挫折，心裡畢竟有點受傷吧。

「不過，養父母似乎相當喜愛她。」宗一郎微笑道。「美鈴是個大近視。」

沒了眼鏡，走三步就會撞上眼前的水瓶。

「最初，養母嚴厲斥責，說千金之女戴上眼鏡一文也不値，如今則笑稱那也算嬌俏。常言道，女人是遠看、夜裡看、蓑笠下看最美，近視也算在美人之列吧。」

平四郎不禁笑了。「俗語也說，若要動人，男要傷風女要傷眼（註）啊！」

美鈴不要緊的，無論身在何處，都能找到屬於自己的天地。現在阿藤變成那個樣子，乾脆走遠些反而幸福。平四郎鬆了口氣。

打一開始，久兵衛雖極爲客氣，仍一筷一筷吃著阿德餐盒裡的菜肴，此時卻突然環視宴席，似

註：意指男人在傷風時皺眉聲啞，與女人在生病時雙眼泛紅水汪汪，看來最令人心動。

乎發覺有什麼不足，起身離開了房間。平四郎漠然地望著他離去。

久兵衛一離席，宗一郎便重新坐好。「井筒大爺。」

來了來了——平四郎心想，這果然是場鴻門宴，宗一郎要說什麼？

「請多用一些。」

宗一郎殷勤招呼，自己卻將雙手擺在膝頭。

「先前，久兵衛似乎已將湊屋種種家務事告知井筒大爺，實在有辱清聽……」

接著說，在下萬分抱歉。平四郎將生魚片放進嘴裡，仔細咀嚼品味再嚥下。

「我真不識貨，」平四郎露出笑容，「這麼好的生魚片，居然多沾了醬油，蔥薑也夾太多了。」

宗一郎仍一臉正色。

「嗯，我聽說了，吃了一驚。」平四郎說道。「你竟可能不是總右衛門的種。」

平四郎刻意說得粗俗。但宗一郎不為所動，只靜靜點頭。

「『可能』純粹是粉飾的言詞。在下並非湊屋總右衛門骨肉，天底下恐怕沒這麼不像的父子。」

「天底下有的是不像的父子啊。」

宗一郎默默笑了。平四郎避開他的眼神，暗想著「確實不像、確實不妙」的內心，似乎被他看穿了。

「是五年前的正月，阿藤夫人告訴你的吧？」

「是的。」

「又何必多事，你不覺得嗎？」

宗一郎不答，微微轉頭望向久兵衛離去的紙門。動作高雅脫俗。

「久兵衛是個老實人。」他將聲音壓得比先前都低，說道：

「在家父和小的面前，都無法有所隱瞞。看來，對井筒大爺也是如此，才會讓大爺聽見這些家醜。之後仍沒能掩藏這事，只要看他神色鬱鬱便明白了。」

即便是嘮叨管理人久兵衛，在這乾旦般的小老闆面前也無所遁形。

「老實講，如此拜見雖是第一次，但在下多年前已從久兵衛那裡耳聞大爺名號。久兵衛擔任鐵瓶雜院管理人時，便常提起井筒大爺的事。」

「那肯定聽到不少壞話，說我是個糊塗蟲。」

宗一郎並未附和平四郎的玩笑，淡淡地繼續道：

「土地與租屋都是湊屋寶貴的財產，最好能徹底了解掌握。爲此，數年前——是的，家母透露那件事前，在下已向久兵衛學習。然而五年前，在下得知了自己的身世。既然是這樣……在下開始覺得，關心打點湊屋的家產，似乎是種有所貪圖的非分之舉。」

平四郎直盯著宗一郎，宗一郎卻凝視著宴席的某處，接著說：

「另一方面，在下也是有脾氣、有欲望的人。一直以來，在下在湊屋學做生意，儘管才智不足，有些事仍由在下做主。事到如今，突然要放下一切離開，未免太認分了。更何況，家母還希望在下繼承家業。」

「慢著，」平四郎插嘴，「依我從久兵衛那裡聽來的，阿藤夫人雖對你說了實話，卻沒叫你應該如何，只是要你把這件事掛在心上。」
平四郎認爲這種不上不下的做法反而殘酷。
「那是因爲，」宗一郎結巴了，「在下是這麼告訴久兵衛的。久兵衛是家父的心腹，原本就很不喜歡家母，在下雖年輕識淺，仍不希望加深他對家母的厭惡。所以，儘管算不上撒謊，卻含混帶過。其實，家母向在下這麼說——正因不是老爺的親生骨肉，更希望你將湊屋的家產奪過來。」
平四郎一點也不訝異，反倒覺得爽快多了。就阿藤的爲人，及她過去與湊屋總右衛門在檯面下暗鬥的戰果而言，這種講法還比較合理。
「原來如此。」
平四郎感到口渴，席間卻只有酒。眞想喝茶，又不想打斷宗一郎的話，只好硬是忍住。
「家母握住在下的手，懇求道：這件事千萬不能告訴任何人。老爺就不用說了，甚至不能讓他察覺你知道這件事。」
單是回想都覺得痛苦，宗一郎的表情於是變了樣。
「家母會在五年前的正月講出這件事，是因談起了在下的婚事。討了親，成家有了孩子，接著當湊屋的主人——那時便是爲將來奠基的時期，換句話說，這是……家母的打算。」
「嗯，我懂。」
「然而家父卻非常厭惡這門婚事，幾乎是斷然拒絕。之前也提過幾次，家父都以『還太早』爲由推卻了。」
「五年前的話，你是十八、九歲吧？」

「是的。做生意方面雖不及家父，卻大致明白了。」
「那麼，這回不能以『太早』的藉口反對了，卻還是沒來由地不答應？」
宗一郎表示，就是這樣才感到奇怪。
「而每當親事談不成，家母的怒氣都非比尋常，常對家父惡言相向，最後……」
將宗一郎叫來，告訴他：你的親生父親其實是……
「家母說，回想看看，從小老爺就對你很冷淡不是？那麼疼愛佐吉，對你的關懷卻連他的一半也比不上。」
確實如此。當初，湊屋內甚至傳聞將來家業要由佐吉繼承。
「而你也認爲這話沒錯？」
「家父確實對在下極爲嚴厲。家父很忙，較少時間照顧孩子。即使如此，對弟弟和妹妹仍有身爲父親的關愛與溫情，但對在下連這點也沒有。」
宗一郎的話聲有些啞了，獨白使喉嚨大爲吃力。
「只是，在下以爲不管哪戶商家，都是這樣教育繼承人的。繼承人肩負商號的信譽和財產，若一味寵溺，養成懶散怠惰的性格，將動搖生意根本。所以家父對在下的管教較宗次郎與美鈴嚴格許多——在下原是這麼深信。在下年輕識淺，只見過湊屋這塊招牌下的世面。」
然而經阿藤提醒，驚訝的同時，宗一郎也細想，不禁恍然大悟。
「尤其佐吉——是的，儘管當時還是個孩子，在下也曾因家父太過疼愛佐吉而心生嫉妒。」
即便是姪女的兒子，佐吉與總右衛門仍是血脈相連。宗一郎則不同，不僅是外人的孩子，在總右衛門眼裡，更是可恨的情夫之子。

「在下感到一切豁然開朗，合情合理。」宗一郎繼續道。「在下的身子彷彿分成兩半。一半勸自己，你已經沒資格待在湊屋了，知道了眞相，就該立刻離開。另一半則叫嚷著，啊，多可恨，要向虐待自己的父親報復，湊屋的家產都是我的。」

「只是……」乾渴的喉嚨吞下口水，他小聲地接著說道：

「家父多年來四處留情，生下私生子，讓家母受盡折磨。在下雖對此厭惡不已，但仍安慰自己，這是富商巨賈的尋歡作樂之道，也算男人的才幹。身爲兒子，既同情母親，又以父親的好色爲恥。然而，聽了家母這番話後，得知父親放蕩的行爲源自家母的不貞——也就是在下——明白這點後……」

宗一郎突然一把抓起手邊的酒杯，閉著眼一飲而盡。區區一小杯酒，想必不足以潤喉吧。

他放下酒杯睜開眼，眼眶已泛紅。

「之後有一陣子，在下放浪形骸，荒唐度日。」

「咦？眞有此事？」

這回平四郎倒著實吃驚。鐵瓶雜院出事時，平四郎委託身爲隱密迴同心、小名「黑豆」的朋友，積極打探湊屋的消息，但當時沒半點關於宗一郎行爲舉止的流言蜚語。

宗一郎無力笑道：「在下原就是個膽小之人，幹不出什麼名堂。況且，要是在下太過離譜，又怕讓家母的處境更加爲難。」

平四郎有種打從心底虛脫的感覺。「你也眞是多災多難啊，跟佐吉一樣。」

這句話是無心脫口而出，卻見宗一郎雙眼閃過精光。

「對，正是佐吉。」說著，他略略傾身向前。「大約兩年前吧，久兵衛突然辭去鐵瓶雜院管理人，也不回勝元，到這別墅看家，空缺便由佐吉出任。這是家父的安排，還特地要佐吉辭去花木匠。在下心裡實在平靜不下來。」

宗一郎認為，湊屋總右衛門行使如此強硬手段，恐怕是逼退自己、以便讓佐吉繼承的布局。

這也難怪，平四郎暗嘆。當時平四郎也想過，雜院、租屋的管理人是個收入極好的工作，若不加猜疑只看事實，的確能視為藉由管理鐵瓶雜院，交給他部分家產，讓他坐享這份家產的收益。

「當時，宗次郎雖不如現在嚴重，身子也開始感到不適，經常告假無法處理生意……更加重了在下的疑心。」

平四郎雙手往膝上一撐，鼻子粗重地呼了口氣。宗一郎悄然垂首。

「佐吉會當鐵瓶雜院的管理人，這個嘛，是有許多苦衷的。」

慢條斯理地說出這句話後，平四郎立即發現不知能透露多少，便搔了搔頭。

「似乎是如此。」

一回神，宗一郎正看著平四郎。他年紀雖輕，眼神卻極為澄澈。不如說，像是兩面鏡子，為了不顯露真心，小心翼翼地磨得油光水滑，沒一抹塵埃。窺探這雙眼眸的人，只瞧得見自己映在其中的面孔。

「佐吉這管理人沒當多久，鐵瓶雜院便拆毀，蓋起了家母住的宅邸。在下不禁對這一連串事情起了疑心，總覺得當中必有蹊蹺。家父和家母對在下有所隱瞞，久兵衛的舉止也不尋常。於是在下獨自調查，卻沒任何收穫。」

那當然了，手下沒有一兵一卒的宗一郎，如何能與驅使久兵衛與影子掌櫃的父親相抗衡。

可是啊——平四郎望著阿德半空的餐盒心想，鐵瓶雜院出事時，光忙這邊的事就忙不過來了，根本沒餘力管湊屋的人如何看待這一連串的麻煩，或是否有人會感到奇怪。

「在下便這麼舉棋不定，貪戀湊屋至今。」

竟說「貪戀」，像進了酒樓妓院似的，湊屋分明是宗一郎的家啊。

「做不了任何決斷，放不下卻又提不起。既無法拋下家母，也無法反抗家父，一事無成。在下實在沒用。」

這種自輕自賤之處，也和當時的佐吉一模一樣。

「只是，到了今年，在下的心境有些轉變，認為不能再這樣下去，得讓事情有個了斷。」

「出了什麼事讓你這麼想？」

「那座新宅——在下等人都喚作藤宅，家母移居該處後，怎麼說呢，似乎得了氣鬱症，比宗次郎更嚴重。即使在下前去探望，也不再提起湊屋的財產及繼承等事，甚至連家父壞話都不講了。」

看著這樣的母親，宗一郎不禁悲從中來。

「在下不禁覺得，自己與母親雖都活在湊屋這塊招牌下，卻從未有過任何幸福。什麼湊屋的財產、什麼繼承，不如拋下一切，重新來過。在下要另謀生路，做什麼都好，等能夠養活自己時，就來迎接母親。在下起了這樣的念頭。」

但要瞞著總右衛門與店裡的人，及避開湊屋遍及各處的商場，另謀生計是非常困難的事。宗一郎認爲此時切忌心急，應審愼行動。然而，才做出決定——
「家母上吊了。」
這句話自他嘴角逸出，幽然墜落。平四郎緩緩點頭，表示知曉此事。
「您知道嗎？在下實在無法承受。而且，家母出事不久，約是今秋中旬吧，家父的樣子也變得很奇怪，不僅形色倉促、派久兵衛出門並以書信聯絡，還沒告知去處便離開店裡大半天。」
那不是爲了往返葵的居處，或幫忙趕跑孫八。若是這點小事，湊屋總右衛門大可瞞過全天下人。是葵的遇害讓他舉止大變。
「有一次，眞嚇壞在下了。」宗一郎以遙望的眼神說道。「家父在房裡哭泣。雖遮掩了淚水，但眼角確是溼的。」
原來湊屋總右衛門也是人啊。
平四郎大爲感動。在芋洗坡大宅會面時，即使提起葵的名字、談起有關她的回憶，連眉毛都不爲所動的那張臉，原來是副面具。
「說來可笑，在下反而大感不安，難不成家父是爲家母而哭嗎？」
「那麼，你確認過了？」
由於與平四郎上次發問隔了一會兒，宗一郎頓時愣住。
「你向令尊確認過了嗎？」平四郎再問一次。
「沒有。事到如今，在下愈想愈覺得那是不可能的。」
「是嗎？」

「是的。」宗一郎用力一縮下巴，點點頭，不知爲何冷冷地輕聲笑了。

「家父是爲別人流淚吧，錯不了。」

確實敏銳——平四郎心想。但眞是如此嗎？總右衛門悄悄流下的淚水中，難道眞沒一絲半縷對阿藤的心意嗎？

「因此，在下沒看見家父的淚。當作沒看見。但，這讓在下下定決心，再也不想待在這種家，受夠了。」

宗一郎有生以來首次主動找上父親，要他撥空單獨談。

談話中，宗一郎表明了自己的決心：感謝父親一直以來的照顧，但宗一郎要離開湊屋。理由您應該很清楚。孩兒將另謀生路，再來接母親。

平四郎爲他心痛，不由得瞇起眼睛。

「令尊怎麼回答？」

「家父說『隨便你』。」

「就這樣？」

「是的，但吩咐在宗次郎病癒前，不得擅自離開。」

這也太自私了。

「所以你才來這裡……」

「是的，來看看宗次郎的情況。話雖如此，宗次郎已爲氣鬱所苦，總不能讓他知道這中間的原由。在下便對久兵衛表明，若宗次郎病情好轉，有了康復的預兆，自己就要離開湊屋，因爲……

啊，不過，」只見他連忙搖頭，解釋道：

「在下並非聽從家父的吩咐才這麼做，只是不想增加宗次郎的困擾。」

是嗎？平四郎又想。這是強詞奪理，是宗一郎用來安慰自己的藉口。其實，儘管他心意已定，終究還是提不起拂袖而去的勇氣吧？所以才會這樣觀察周遭的反應、以話語令久兵衛驚訝，從中得到些許安慰。不是嗎？

宗一郎仍暗暗期待有人出來制止，好比能聽到久兵衛說「大少爺，請重新考慮」，也偷偷盼望總右衛門那句「隨便你」並非出自真心。

這樣想，會太壞心眼嗎？

「久兵衛根本不清楚你的身世。」

「似乎是這樣。在下一心以爲他定然知曉。」

沉默降臨。不知不覺，秋日已短，夕陽斜照，房裡滿是暮色陽光。平四郎茫然地想著：得走夜路回家了。

「這回，在下是前天抵達的。」宗一郎說道。「見到久兵衛後，感覺他似乎將在下的出身等湊屋家醜找人商量過了。於是在下……不同以往，強硬地逼問久兵衛，才問出了井筒大爺的大名。」

他一定十分納悶吧。

「在下斥責久兵衛，爲何將這事傳入奉行所公役耳裡。久兵衛雖伏地致歉，卻仍堅稱有不得不這麼做的理由。」

「很怪吧？」平四郎搶先說道。

「確實很奇怪。」宗一郎也承認。
「換成是我，也會起疑。」
然而，的確有非這麼做不可的理由。
「井筒大爺。」宗一郎半邊臉迎著暮色夕陽，半邊臉蒙上陰影，請求道：
「能否將這原因告訴在下？久兵衛說，若是井筒大爺，一定肯告訴在下。所以在下便在此等候。眞有什麼讓久兵衛如此堅持的話……」
「怎麼樣？」
「必定與最近家父的不尋常、家父的眼淚，或家母上吊的事有關。在下這是妄加揣測、胡思亂想嗎？」
「你想知道嗎？你就要離開湊屋了吧？不知道又何妨？」
宗一郎不語。這不是退讓，而是默默堅持。
此時，紙門忽然開了。
「小的也懇求大爺。」
是久兵衛，他在門檻前雙手扶地。
「井筒大爺，請爲大少爺解惑。」
平四郎倒吸了一小口氣，凝視著久兵衛。宗一郎的身子也僵了。
「你太狡猾了吧，久兵衛。」
平四郎笑著說，盡力發出嘲諷的笑聲。

「你自己講啊！怎麼，還是身爲心腹的久兵衛爺露了口風就對不起老爺，非切腹謝罪不可？」

飽經歷練的久兵衛自然不會因這麼點譏諷便退卻。

「是小的建議大少爺，應該請求井筒大爺告知。小的堅信如此才妥當。」

「可是啊……」

「由小的來說，會成爲藉口。小的會想隱瞞自己的羞恥與罪過。」

「所以懇請大爺……」久兵衛說著伏地而拜。

「老爺也首肯了。」

宗一郎吃驚得幾乎要向後仰倒。「爹答應了？」

「是的，老爺吩咐交由井筒大爺。老爺表示，這樣最……」

久兵衛仍面朝下方，有些辭窮。

「最是正確。」

平四郎不禁嘆氣。喂，我可不是湊屋專用的說書先生啊！

不過，總右衛門竟講這種話，那麼是對我——該怎麼說呢，另眼相看？還說這樣才「正確」呢！不行不行，這時候高興就不能笑阿德老實了。

「早知如此，該帶大額頭來的。」

這句不假思索脫口而出的話，令宗一郎大是訝異。

「別管我，是我自言自語。」平四郎手一揮，瞪著久兵衛。

「倒茶。」

「是，小的這就去。」

「還有，」平四郎刻意誇大地做出環視房間的動作，「我和小平次借宿一晚，沒什麼不便吧？你們這兒多的是空房吧？」

「是，當然。」

久兵衛額頭仍貼著榻榻米。平四郎往阿德的餐盒裡看，可口的煎蛋捲還沒吃完。

那就別客氣，放懷大嚼吧！接下來這席話，可不是一時三刻說得完的。

十五

「噹噹，噹，噹！」

弓之助做出彈琵琶的模樣，還吟起節拍。

「姨爹，您眞辛苦了。講起前因後果，花的時間想必與說完〈壇浦合戰之卷〉一樣長吧。」

他們在平四郎家中房裡。時刻已近黃昏，小平次正在灶下準備晚飯，傳來烤魚乾的焦香味。那是臨走時，宗一郎送上的大量魚乾。

平四郎是這天上午回到川崎的。原定當日來回卻變成外宿一晚，平四郎得找藉口向上司解釋爲何遲歸。但或許原本就不指望平四郎，也或許是對奉上的魚乾感到受用，又或許是心思都在買來的美輪屋佃煮上，上司沒有絲毫怒意。即便如此，平四郎仍老老實實執勤了半日，回到家，便見弓之助等在房裡。

「姨爹覺得腰怎麼樣？我來揉揉吧？」

弓之助一臉擔心，但平四郎的腰倒沒啥不適，因回程從川崎便一路坐轎。這是宗一郎安排的。

「原以爲只到六鄉渡頭，沒想到在對面河岸下了船，又有轎子等著，說是湊屋吩咐的，安排得眞是周到，不知道貼了多少小費。那些轎夫沿途都沒讓轎子落地，這一趟換了多少次轎夫啊？而且還兩頂，花費加倍。」

「那麼，小平次叔也坐了？」

「很闊氣吧！」

我只是個中間，我要走在大爺的轎子旁——小平次爭得臉紅脖子粗，但體格遠勝小平次的轎夫們說著「有什麼關係呢」，群起將他塞進轎子。

「那傢伙，別提坐不坐得慣，這可是他這輩子頭一回上轎，我看他整個人嚇壞了，心裡只怕轎夫嘿呵嘿呵的，直接把他搖到西方極樂世界去吧！」

太可惜了！弓之助大笑了好一陣。然後，收起笑容驀地低聲道：

「宗一郎少爺眞是個寂寞的人啊。」

平四郎細細品味了這句話。

「該說是他自己選擇的寂寞吧，用不著如此同情。」

「是嗎？」

「他大可拍拍屁股，一走了之，至少五年前是如此。」

若對將來感到不安，不想讓過去的辛苦白費，向他的父親大人要錢也是個辦法。或者，狠下心當敗家子，整天吃喝嫖賭，散盡湊屋家財亦無不可。什麼都不做，只管舉棋不定、一味煩惱，繼續留在湊屋，只能怪他自己沒出息了。

「會嗎？」弓之助逼問，眉毛繃成了一直線。「我倒多少能夠理解，宗一郎少爺無法拋下母親、不願造成弟弟困擾的那份心意。」

平四郎刻意不說話，鬆開盤坐的腿，背對弓之助躺下。

平四郎雖覺得宗一郎可憐，卻認爲這時候將同情擺一邊，發發脾氣才是幫他。其實，結束在川崎別墅裡的漫長談話後，平四郎便說了：宗一郎少爺，我啊，最近對湊屋的這些恩怨情仇實在是有些膩，你們也該適可而止了。

同樣的事，他也曾對久兵衛提過：早點剷除就沒事的嫩芽，偏要拖拖拉拉的，等到這會兒根生葉茂，要清理又嫌麻煩，結果誰也管不了。

湊屋這個「家」，此刻最需要的，只怕便是這種快刀斬亂麻的魄力——啊啊，眞是夠了，這些我都知道，每件事都複雜的很，每個人都有理由，但哪管得了那麼多啊！我要照自己的意思做——應該有人如此果斷才對。

平四郎覺得，這惹人厭的角色非葵非屬。由那女人告訴總右衛門：我不當「幽靈」了，要名正言順地當湊屋老闆娘，也想見佐吉，你幫我安排。你若袖手不管，什麼都不肯做，那好，我就闖進湊屋，把阿藤趕出去——若葵能如此堅持就好了。

即便阿藤的娘家，即阿藤的父親，是總右衛門該禮敬的人，但他已垂垂老矣，不，搞不好已經死了。另一方面，湊屋已是殷實的大商家，與阿藤離緣，讓葵就太座，也不妨礙生意吧。

平四郎愈想愈覺得這是個絕妙的主意。葵為何不這麼做？總右衛門又為何不這麼做？

無論如何都想任性而為，不這樣便不滿意，卻害怕別人目光，不願別人說「那人不順心就發脾氣，眞可怕」，也不希望別人在背後指指點點「那人怎麼那麼一意孤行呀，眞不懂做人的道理」。

不僅如此，為了自己的順心如意而不惜騙人，卻不想接受責難、不想遭到怨恨，一定要別人諒解「我有不得已的苦衷」才滿意。

眞是人心不足，平四郎心想。

「一下聽到這種種眞相，宗一郎少爺肯定很吃驚吧。要是我，恐怕得躺上好幾天。」

弓之助的眼神暗了下來。

但事情卻不是這樣。

「他反倒說，至今百思不解的事情，一次獲得解答，感到豁然開朗。」

「可是他的母親曾想殺害葵夫人啊？」

——至於家父與葵夫人的關係，儘管在下當時年紀還小，也覺得奇怪。而全看在眼裡的家母，那模樣則是可怕萬分。

——葵夫人走後，湊屋氣氛沒好轉。家父與家母間，甚至比葵夫人在時更疏離、更冷漠。

如此低語的宗一郎，浮現某種深刻駭人的神色，蓋過他的好教養與含蓄謹慎。平四郎見了不禁心頭一凜。

那是發自內心的憎惡與畏懼之情。

他在怕些什麼、恨些什麼？沒別的，便是女人。

平四郎認爲，宗一郎至今唯唯諾諾地順從父親的意思不娶妻，也未沉溺於溫柔鄉，並非僅限他本身講述的理由。這份畏懼與憎惡恐怕已在他心中生根——切勿對女人敞開心扉，切忌讓女人控制自己的心緒，更不要說愛女人，萬萬不可。

若不小心防範女人，毀壞的就是自己的心。

「宗一郎要暫時住在藤宅。」

弓之助眨眨大眼睛。

「要待在阿藤夫人身邊，是嗎？」

「嗯。聽說就算這樣，阿藤也不認得自己的兒子了。我告訴宗一郎，無論跟她說什麼、問什麼都是白搭。但他很清楚這點，笑著回答，只是想陪在娘親身旁而已。」

還有，平四郎猜測，也許他現在不想見到總右衛門吧。

好可悲的孝子啊，弓之助又沮喪了。由於他的心還稚嫩，才會爲此感傷。若能像平四郎這樣，大發一頓脾氣該有多好。

「對了，姨爹，宗一郎少爺有沒有提到誰可能加害葵夫人？您問了吧？」

「嗯。」這問題都快成口頭禪了，平四郎早已問過。

「他說不清楚。想也知道，只不過……」

——若在下早些得知葵夫人的所在，也許會直闖該處，那就很難保證不會出事了。

弓之助伸手摸摸胸口。「啊，幸好沒事。」

平四郎一個翻身轉了向，抬頭看外甥活人偶般的臉。「你們那邊進行得如何？」

弓之助稍微恢復了生氣，有條有理地開始說明。

「李太郎兄自告奮勇，答應不管發生什麼事，都會保護阿初妹妹。」

「那麼，他聽了你的推測後也覺得很有道理了。」

「其實，」弓之助笑了笑，「李太郎兄只聽了一半，就直呼這可不得了，阿初有危險，我來保護她。」

眞是個好人。

「只是，一時找不到適當的藏身處，阿初妹妹的父母又不願讓孩子到別地方去，最後變成由李太郎兄住進阿初妹妹家。當然，非這麼做不可的理由，已請眾人嚴加保密，不要對外提起。」

平四郎笑了。「家裡平白多了那麼個大塊頭，還眞是災難啊。」

「但，阿初妹妹和李太郎兄好親呢！有李太郎兄在身邊，阿初妹妹顯得很安心。」

弓之助因自己年齡較近，曾設法引阿初開口。

「可是，一點用都沒有。」弓之助說著搖搖頭。「事情過了一陣子，阿初妹妹脖子上的勒痕也消失了，我還以爲能稍微問出當天發生了什麼事。」

「連你那張臉也吃了閉門羹嗎？」

「別說閉門羹了，連門都沒有。所謂無計可施，眞的就是這麼回事。」

當時逼問得太緊，阿初像快哭了，弓之助只好放棄。

「她年紀還小啊，眞可憐，一定是太害怕，嚇壞了吧。別洩氣，這種事情難免。」

弓之助也是會遇到挫折的。

弓之助點頭回道「姨爹說的是」，臉色卻變得更灰暗。今日，弓之助座燈顯然燈油用盡了。

接著，他沒頭沒腦地說道：

「姨爹，我眞是沒見過世面。」

「幹嘛？怎麼你跟宗一郎講一樣的話？」

一個十三歲上下的孩子，有什麼世面可言？

「我知道的，只有商人的家、佐佐木先生家，和姨爹這裡而已。」

「還有阿豐她家吧！」

「豐姊姊家也是商家，而且相當富裕。」

弓之助相當懊惱沮喪。早猜到他想說什麼，而刻意胡亂插話的平四郎，這時哼笑了兩聲。

「佃農住的小屋……眞的很窮。」

或許是回想起那情景，弓之助雙眸的焦點放遠了。

「我從未見過一張榻榻米都沒有的房子。壁板零零落落，無論坐在哪裡風都會吹進來。泥地的土不是壓實的，全是泥；雜草叢生、稱不上是庭院的院子裡，有幾隻乾瘦的雞搖搖擺擺地走著。灶下也是，怎麼講呢，沒像樣的廚具，也不見可吃的東西。」

「我想也是。」

「還有阿初妹妹的衣服，舊得能當我家的抹布。不光阿初妹妹，連她爹爹媽媽都是這樣。」

弓之助愈說愈小聲，彷彿是話語中的重量，壓得他身子向前彎。

「孩子們沒鞋可穿，每個都光著腳。」
「雜院的孩子也一樣啊。」
「那是愛在外面遊玩的關係，想要的話，一雙草鞋隨時都買得起吧？」
「那是你還沒見過眞正窮苦的雜院孩子。」
弓之助一反常態，竟怨恨般地抬眼瞪著平四郎，害平四郎背上起了陣陣冷顫。
「別用那種眼神看我。」平四郎說著迅速起身。「佃農的日子很苦，可不是我害的。」
江戶城附近的農家，若放寬來看，絕非家家戶戶都貧苦。賣蔬果、雞肉雞蛋的，收入甚至較城裡一些商家豐厚。平四郎當過諸式調掛，當然清楚這些事。
要說什麼原因，江戶城是個大廚房，隨時都在追求大量可口的食材：稀有的、當令的、品質較市面通行高上一等的。凡這類食材，即便加價幾成照樣銷路奇佳。
然而，米除了做爲食物，也可當「奉祿」或「年貢」，價値等於流通貨幣，無法任意加價。唯有配菜及奢侈品才能以此手法生財。不過，江戶城周圍農家中，有愈來愈多發現這種需求而巧妙鑽營者，並非最近的事。
花心思種出各色作物、擔進城裡賣的所得是現金，與地主、村長們給的一丁點兒米不同，到手的是隨時可支用的錢。因此人人加倍下功夫，即使土地再小，只要有地方能自行栽植，就變得出花樣來。話雖如此，再怎麼拚命工作也無法出頭，只能任憑官府和地主壓榨的佃農，畢竟還是占大多數。阿初家就是這類底層人口吧。
「我……有些昏了頭，」弓之助的語音乾澀，「雖是短短一剎那，但我不禁覺得，在如此貧苦的人們面前，無論是誰殺了葵夫人、出於什麼理由，都不重要了。眞的，要不是阿初妹妹有危險，我會不管殺害葵夫人的凶手，把頭腦用來想怎樣才能讓阿初妹妹家過得寬裕點。」

他的臉皺得像被揉過般。這座弓之助座燈還是缺燈油，平四郎砰地打了他的頭一下。

「那是那，這歸這。」平四郎平和地說。「你不能把全天下的事都攬在自己身上。」

弓之助仰望著平四郎好一會兒，應道：「佐佐木先生也講過同樣的話，雖然是爲了完全無關的另一件事。」

「哦，他是個好先生嘛。」

「先生說，即使不能攬在身上，也不能忘記。」

「反正啊，」平四郎微微一笑，「阿初安全，我就放心了。」

「我也是。」

看弓之助似乎又振作了起來，平四郎便接掌話題。「那你想到什麼沒有？」

「想到什麼？」

「這還用問嗎？當然是殺害葵的凶手呀！上次你不是嘀咕些什麼：若是仇殺，太過乾脆……」

啊，弓之助發出大夢初醒的聲音。

「拜託，你可要好好幹！你那腦袋是不是整理出頭緒來了？」

弓之助將在造訪芋洗坡途中向政五郎解釋的話，又說了一次。

「非比尋常的過路魔，」平四郎跟著念，專心思索。「怎麼個不尋常？這樣講實在不清不楚。」

「是，關於這一點……」

弓之助不止想不出用詞，還一副臼齒縫裡塞了東西的樣子，嘴裡咕咕噥噥的。不容易解釋嗎？

「姨爹，今年夏天還很熱時，不是發生過肖像扇子一案嗎？」

那是名畫師秀明慘遭殺害的命案。

「當時，破案的關鍵，就在大額頭記住的往事中。」

藉由大額頭的記憶，得知過去曾發生過與秀明命案類似的案件。以此爲線索，一查之下才發現，原來兩件案子不單相似，甚至有關。

「我記得啊，但跟那個有什麼關係嗎？」

「沒直接的關聯。」

弓之助表示，他與大額頭正在調查，以前是否曾發生與葵命案手法類似的案子。

「手法，是指用手巾勒人嗎？」

「不僅如此。葵夫人是遭圍在自己脖子上的手巾勒死的，換句話說，凶手用的是現成物品。更進一步來看，葵夫人會不會是因這樣圍著手巾，才引發了這樁命案？」

平四郎摸摸喉嚨，這裡圍著手巾，被人抓住用力一拉，勒緊脖子——

「意思是，吵架一時失手？」

「也不算⋯⋯但或許起因是吵架。」

聽不出頭緒，眞像抓了水母在手裡。會這麼想，是因爲才看過秋天的海嗎？

「哎，好吧。那找到這種前例了嗎？」

弓之助無力地垂下頭。「沒有，一時想不到，或許還得再花些時間。不過，也可能我弄錯。」

他一想起來又沮喪了。看來最好幫弓之助座燈添個油，順便也把紙換一換。外頭雖看不出，但內側似乎破了。

今天來吃個美味的東西好了——平四郎剛說完，便聽到有人「哎呀呀」熱絡地喊聲靠近，原來是出門辦事的細君回來了。

「弓之助，你來了呀。哇，今天也好可愛。」

細君往門檻旁一坐，不顧平四郎與弓之助間低迷的氣氛——應該沒發覺，聲音無比開朗。

「哎，弓之助一來就更讓人覺得遺憾了，多想讓弓之助也嚐嚐呀！櫻花亭今天賣完了。」

什麼跟什麼？

「大福餅呀！相公不記得了嗎？上個月人家送的，你連聲讚好，吃了五個不是？」

哦，那個鹽大福啊。

「我想到你今兒個出遠門回來，該慰勞一下，便繞過去買了。可是，我眼睜睜看著一個女傭在前頭買完，鋪子就說今天的份賣光了。」

「姨媽，姨媽。」

弓之助柔聲叫道。細君像個小姑娘家連連搖頭，不甘願得很。

「那女傭買了二十個呢！我就問了：這位姑娘，今天我爲了丈夫來買櫻花亭的大福，行行好，能不能讓我五個？那女傭卻說什麼是老闆娘交代的，不行！相公，你沒瞧見她那可恨的嘴臉，嘴巴嘟得這麼高！」

細君抱怨著，擠出鬧彆扭般嘟嘴面具的表情。弓之助沒笑，倒是傻了眼。

「好像是京橋一家叫伊勢廣的菸草鋪。相公，是賣菸草的伊勢廣，別忘了。將來萬一那鋪子出什麼事，可要好好教訓他們。鋪子裡有能一人吃上二十個大福的老闆娘，一定不是像樣的店。」

連這種話都出口了，食物結的怨眞深。看來那不是爲了買給我吃，是妳自己想吃吧！

一股腦兒說完，細君才赫然清醒，突然耳聰目明起來。

「哎呀，你倆在商量什麼重要的事嗎？小平次上哪兒去了，也不奉茶。」

「這個嘛，重要倒也挺……」

講到這裡，平四郎忽地想起：對，菸草。

「弓之助，你上次也提到了菸草吧？」

細君插嘴。「哎喲，弓之助還小，不能抽菸喔！」

「不是我要抽，姨媽請放心。」弓之助堆出笑容應付姨媽後，又面向平四郎。「是的。但正確來說不是菸草，而是推測葵夫人房裡那香味的來源，可能源自菸草。」

平四郎性急地打斷他。「細節就不管了。告訴你，宗一郎很懂菸。」

總右衛門完全不碰菸，但宗一郎很喜歡。平四郎會知道這件事，是當時談到半夜，宗一郎有些坐立難安。見平四郎有點疑惑的樣子，他萬分過意不去地問道：

「可否抽個菸？」

平四郎笑說何必客氣，儘管抽。宗一郎表示，在長輩面前拿出菸管不成體統，便一直忍耐。

「這是總右衛門教他的。而且，湊屋裡抽菸的就只有宗一郎。可憐哪，抽個菸也得偷偷摸摸的。不過，正因如此，他把這當成個人愛好，研究得可透徹了。」

平四郎問他，有沒有菸草的氣味像薰香，或像女人攏在衣袖裡的香袋的？

「他說有。」

不過在江戶很罕見，只有極少數從長崎經大阪進來。這本是源自唐土的種類，不似菸草，反倒更接近香，抽起來味道不好，但因芬芳撲鼻，很受女人喜愛。

「原來眞的有啊。」弓之助眼睛睜得圓滾滾。「葵夫人也抽菸吧？那麼……」

「你說對了。」平四郎砰地往膝蓋一拍。「湊屋是戶經常收到贈禮的人家。依時節，禮品會不斷送來，多到擺滿整間房。其中，偶爾混雜著菸草，是不曉得湊屋不抽菸的人準備的。就宗一郎所見，珍奇與昂貴的種類都有。」

宗一郎身爲家中唯一的癮君子，看到上等貨自然想要。然而，他是背地裡偷抽一家之主不喜之物，實在很難出聲索討。

「何況，宗一郎原本的處境已十分微妙。」

遲遲不敢開口，中意的菸草往往就這麼消失。

「丟掉了嗎？」

「不至於吧！可能轉送他處，或拿去招待客人了。只不過……」

偶爾，總右衛門會從這些菸草中選出幾盒特別珍奇或包裝精美的帶走。不對，應該說是「以前」才對。

——之前，我總以爲家父一定是送了哪個相好的女人，但既然葵夫人喜歡抽菸，便是帶去給葵夫人吧。

儘管宗一郎提到「葵夫人」時的口吻，就像沒嫁接好的樹枝般扭曲不順，平四郎倒認爲他的推測很有道理。而且，或許是碰不到自己喜愛的東西，只能眼睜睜看著可怕的父親大人揣入懷裡，他的記憶十分明確。

——說起芬芳如香般的菸草，在下首先想到的便是剛才提及的唐土船來品，叫做「連枝薰」。這款菸草並非以紙包或袋裝，而是裝在一個扁平的小盒子裡，可收入掌心，盒上繪著天女圖。

這個夏天，將近暮蟬鳴叫時節，宗一郎看到湊屋總右衛門帶著這種菸草外出。

「爹，那東西眞稀奇，在哪兒買的？」

宗一郎曾如此發問，所以這件事確實發生過。

「總右衛門只冷冷地說，是別人送的。」

總右衛門是否將這連枝薰送給葵呢？葵將這菸草放在身邊，遇害時，這菸草也在房裡，就在菸草盆裡。葵感冒未癒暫時不抽菸，卻取出招待客人。這少見的菸草引起來客興趣，取出了菸管——因而留下了香味。當然，留下這香味的訪客正是凶手。恐怕是，多半是，錯不了。

這時，平四郎突然被撞倒在榻榻米上。

「相公！」

是細君幹的好事。她尖聲大叫，平四郎一驚爬起，卻嚇得說不出話。

弓之助坐著翻白眼。

「弓之助、弓之助！振作點、你振作點呀！究竟是怎麼了？」

細君抱住弓之助，用力搖晃，呼喊他的名字。平四郎爬到兩人身邊，自細君懷裡救出弓之助。

再這樣下去，人也會搖壞了。
「喂，弓之助！」
他白眼一轉，復元了。「姨、姨爹。」但氣還沒喘過來。
「嗯，做啥？」
「這麼重要的事，請早點說！」
接著，弓之助像皮球般彈起。
「我找錯方向了，問題不在手法，而是味道。對，應該要找味道才是！」
平四郎與細君半張著嘴愣住了。
「你沒事吧？」
「弓之助，發燒了嗎？」
弓之助嫣然一笑。「我沒事。」
這笑容是幾時、向誰學的啊？梳髮的淺次郎要看到了，別說一見鍾情，只怕會誤入歧途。
「我要去找大額頭。姨爹，這回我一定會確實理出個頭緒。」
弓之助轉身向右。以爲他要走了，又轉過身。
「姨爹，有事求您。找阿六姨或久兵衛爺都可以，請您再問問爲葵夫人收拾遺物的人，菸草盆裡裝了什麼樣的菸草好嗎？」
「啊，好，小事一樁。問出有那連枝薰就行了吧？」
弓之助一臉凜然。「不，相反。應該不會有連枝薰，凶手多半帶走了。」他斬釘截鐵地講完，飛奔出房。大概是與小平次錯身而過吧，只聽小平次說「嗚嘿，少爺要走了嗎」。

十六

井筒平四郎與所謂的權謀術士相去甚遠。那個該那樣、這個該這樣，如此安排方妥——這類想法從未在這名男子的腦中出現過。

只是，由於空閒，他經常空想。

弓之助旋風般地離去，不知那小腦袋裡閃現了什麼靈光，而根據那靈光又會查出什麼線索？眼下平四郎只有乾等的份，便東想西想。儘管每天的公務照常等著他，但那原本就是打發空閒而已——說出這番眞心話也太露骨——因此腦袋總是無事可做。

於是，他呆呆地空想起來。

好比，以阿初爲陷阱，一下就能找出凶手了。

假如弓之助對阿初遇難一事的推論正確，那麼殺害葵的凶手，由於不曉得阿初何時可能說漏嘴，應該會戰戰兢兢地守著她。所以，必須好好保護阿初。但若反守爲攻，以阿初爲誘餌，凶手想必會欣然上鉤吧？

這個主意，是平四郎在弓之助離去後的第三天，吃早飯時想到的。

晚了許多，一開始就該想到的。

然而，倒也不能這麼說，飯後喝茶時，他便放棄了這個想法。

首先，這是個卑鄙的手段。將阿初這般天眞無邪的孩子當作陷阱，實在不是有智識的成年人或公役該做的事。

平四郎逮捕阿峰的情夫晉一時，曾以弓之助的堂姊阿豐爲誘餌。只是，當時情況不同。爲避免阿豐身陷危險，四周布署萬全，且阿豐的任務很單純，只須打扮好，背對入口靜靜坐著即可。

即使如此，阿豐的內心還是受了傷。

阿初的情形更危險。就算要設下誘餌，也不知從何安排起，連帶也不知如何保護她。

想也是白想。平四郎拿牙籤剔過牙，準備出門巡視，於是喚來小平次。

「大爺，怎麼了嗎？」小平次問道。「一大早心事重重的。」

原來我心事都寫在臉上啊。

「我說，小平次。」

「是。」

「打發時間我很拿手，但要我等，可就沒輒了。」

小平次的圓腦袋微微一偏。

「這兩者有什麼不同？」

平四郎繞到阿德的小菜館一瞧，今天也是生意興隆。阿桑站在店頭，阿德拿網子架在灶上，看樣子是在燒烤食物。只見阿德認眞無比，緊跟在旁的阿紋神情也和阿德一模一樣，看了就好笑。

但卻少了一個人，彥一不在。一問阿桑，說是「今天到石和屋去了」。

「蓋到廚房了，總廚彥一得在場。」

「哦，大爺。」阿德終於朝這邊看了。

「妳在烤什麼？」

「星鰻。」

「這麼豪華的食材啊。」

「很難呢，會滴油。」

阿德粗壯的雙手叉著腰，阿紋立刻有樣學樣。

「火苗從木炭竄上來，肉還沒熟，皮就先焦了。怎麼弄都沒辦法像彥兄烤的那樣，手藝不同。」

「要靠功力啦，功力。好好修練吧，阿德。」

見她們忙，平四郎便不再打擾，信步走開。來到轉角，他袖子突然被人從後面拉住。一回頭，原來是阿桑。那張白皙卻多痣的臉，正悄悄仰望著平四郎。

「大爺，對不起。」

她很在意後方。平四郎明白她是怕阿德，便縮身躲在房子的陰影裡。在小平次示意下，阿桑也跟了過去。

「嗯，怎麼啦？」

「是的，那個，呃……」阿桑先結巴了一陣，才小聲說道：「弓之助今天怎麼了嗎？」

平四郎笑了。「不知道哪。妳找他有事，我可以代妳傳話。」

阿桑紅了雙頰。「我想向他道謝。」

「道謝？」

「是的。那個，先前弓之助送我東西，叫我不要告訴別人。那時弓之助很匆忙的樣子，我連聲謝都沒能好好講。」

平四郎想起來了：對，那傢伙提過美顏膏什麼的嘛。

「是嗎。那好，我會轉告他，說妳高興得臉都紅了。」

阿桑的兩頰不止暈紅，簡直像直接抹了紅顏料。平四郎拍拍她的肩——原本瘦削的阿桑，似乎長了點肉——準備要走。結果，阿桑又追了上來。

「啊，大爺，還有。」

平四郎再次回頭，阿桑的聲音壓得更低了。

「今天一早，彥兄交代我，要是大爺來店裡，就問問如果彥一想見大爺，該上哪兒找。」

彥一恭謹有禮，原本講的多半是「想拜見大爺，麻煩妳請教大爺該上哪兒打擾才好」，不過反正怎麼講都不打緊。

「然後，呃，叫我別讓老闆娘知道。」

阿德有了手下，而這手下也開始有事瞞她了，還稱她「老闆娘」呢。

「彥一在石和屋的工地吧？」

「是的。」

「我這就過去瞧瞧吧。謝啦，阿桑。」

阿桑奔回店裡。小平次喃喃道：「痣沒減少啊。」

「再好的美顏膏，也不是一塗就見效的。啊，糟糕。」

「怎麼了？」

「忘了問石和屋在哪裡。」

話雖如此，至少知道是在木挽町六丁目。既然是有名的料理屋，到附近不愁問不到路——平四郎這麼想，便毫不擔心地出發了。

這個打算不錯，結果甚至連路都不必問。這天風冷冷地自北方颳來，平四郎才踏上六丁目，被風捲起的刨木屑便輕飄飄地飛來。平四郎循著木屑，輕而易舉地來到了石和屋的工地。

地基柱子林立，牆也蓋好一半。房子不大，但看來建得十分用心。木頭的香味很好聞。

木匠、門窗工匠正忙著幹活兒，卻沒見到彥一。平四郎正想找個人問問，右手邊的木材瓦片堆後，忽地冒出一名男子，吃驚地問道：「八丁堀的大爺？請問有何貴幹？」

「哦，你是石和屋的人嗎？」

「是。」男子雙手放在左右膝頭，屈著身，戒心深重地窺探平四郎。他年紀比彥一略大些吧，臉色卻出奇地黑，眼白很濁。平四郎不禁想，這人大病初癒嗎？

「我有事找總廚彥一，聽說他今天在這裡監工。」

「找彥一？」

如此發問的男子，眼裡閃現這種場合常見的厭惡。平四郎連忙補充道：「不是爲了公務來找人。我認識彥一，應該說，彥一幫了我不少忙。」

「這樣啊。」男子殷勤地再次行了一禮，轉身向後頭的工地喊：

「喂，彥一，有客人！八丁堀的大爺有事找你！」

聲音相當大。正四處忙的工匠們停下手頭的活兒，往這邊看，臉上的表情像在問「咦，官爺來了？會是什麼事？」這樣事後彥一就麻煩了。平四郎在馬臉上堆起笑容，嘴裡說著「好結實的工程啊，大夥兒可得好好幹哪」，到處示好。

聽到有人喊，彥一自重重柱子後走出，見到平四郎，似乎大為吃驚：「咦，大爺。」

「嗯，抱歉打擾啦。你們這店蓋好了一定很壯觀吧。」

彥一笑著說「謝大爺稱讚」，或許是看出這笑容與平四郎鬆垮至極的馬臉之間的熟絡，工匠們的表情也和緩了。

「哦，真了不起，不愧是彥一大廚。」

剛才那男子對彥一說，諷刺的口氣卻與他的話相反。

「沒料到你背地裡還和八丁堀的大爺交上朋友了。真有你的，我小看你了。」

任誰都聽得出話中有刺。彥一嘴角留下一絲笑意，當作沒聽見。「大爺，這位是我師兄，石和屋的廚師花一。」

「小的名叫花一。」打著招呼的男人眼中，這回換上了憤怒的神色。「大爺，小的沒那個福分，不敢稱什麼師兄。小的只是個幹粗活兒的、供人使喚的小角色罷了。手藝連彥一大廚的邊都及不上。」

若將剛才的譏諷比喻為湯頭，好歹也濾過了一次。這回的則是湯滾過了就算，混濁不堪。太糟糕，平四郎決定不喝。

「我聽阿桑說了，抱歉哪，你正忙還跑來。」

「哪裡，大爺這什麼話，小的活兒做差不多了。只是要大爺特地跑這趟，阿桑也太不懂事。」

平四郎揮手連聲說不要緊，又說：「那，我們到那邊喝杯甜酒吧。」

兩人談話時，花一仍以毒蛇般的眼睛瞪著這邊。平四郎裝作不以爲意，加備親切地講聲「打擾了」，便拉著彥一離開。

當然，沒人在賣甜酒。平四郎以從容又急促這等非常人所及的腳步走了約半町，才眼尖瞥到一家蕎麥麵鋪，但不巧沒開店。小平次輕輕開門喊店家，借了空酒桶出來。擋在鋪子正門口不妥當，小平次便將酒桶放在旁邊格子窗下。平四郎坐了下來。接著小平次又消失了，這回和看似蕎麥麵鋪老闆娘的女子一道，端著放了兩只茶杯的拖盤回來。

「請用請用，大爺，公務辛苦了。」

平四郎高興地拿起杯子，裡面是蕎麥茶。這種事小平次最在行。

「那麼，我先告退。」

小平次說著，速速離去。

「配合得眞是天衣無縫啊！」彥一佩服道。

「你和阿德還不是一樣。」平四郎取笑他。「阿德烤星鰻烤得臉都皺起來了。」

「哦！」彥一的臉綻放笑意。「多虧如此，這陣子每天都吃星鰻飯。吃得這麼好實在該惜福，但心口有些灼熱。」

眞教人羨慕。

「這兒風沙大，倒挺適合說些外人不宜耳聞的話。那，怎麼了嗎？」

彥一將茶杯舉到嘴邊，沉默不語。

「是阿峰嗎？找到了？」

彥一點點頭。

「大爺前往川崎那天，約是日落後吧，政五郎頭子派人來。」

由於當天只是查出阿峰的所在，因此翌日彥一便去找政五郎，兩人一道前往。

「沒告訴阿德吧？」

「是的。政五郎頭子說，得確認阿峰狀況。」彥一吞了口口水。「至今也還沒告訴阿德姊。」

我想也是。

據政五郎表示，阿峰的前夫仙吉講了幾個阿峰可能投靠的男人，要找出阿峰應該不費事。

「阿峰現在受以前熟客的照顧。」

「角屋的熟客？」

「是的。這位客人與最初提供線索的客人一樣，也曾光顧石和屋，是商家退隱的大老爺。」

這並不是天下太小的緣故。儘管江戶再大，能夠請人外送餐點在煙花船上玩樂、隨意上餐館的有錢人畢竟有限。有餘力如此揮霍的人們，僅止頂層那一小撮而已。

「所以，政五郎頭子才越過阿德姊，先告訴了我。」

這位退隱的大老爺是個年過六十的老頭，似乎不缺錢，而且往日曾覬覦阿峰。這麼一來，便圓了他當初的心願，因而此刻阿峰雖如籠中鳥，日子卻過的頗爲安樂。

「果然堅強。」平四郎嘆息。半是佩服，半是不恥。

「男人都是傻瓜，頭髮花白了還是一樣傻。」

平四郎不禁脫口道。

「不過，既然大老爺幸福、阿峰也幸福的話，別人也管不著。」

聽退隱大老爺說，阿峰半個月前來投靠。當時她眞是落魄潦倒，自稱已三天沒吃飯了。

「大老爺一五一十全招了？」

「是的。政五郎頭子一提，其實是有人擔心阿峰的行蹤，設法在找她，大老爺大概以爲要帶走阿峰吧，連忙表示阿峰是自願待在這裡的、她想和自己在一起——急得臉色一陣青一陣紅，把一切全都供出來了。」

果然是傻瓜，無可救藥。

「因此也願意將我們前去拜訪的事保密。」

「那當然，就算拔了他的舌頭，也不會告訴阿峰吧。不對，拔了舌頭就沒辦法說話了。」

據說來投靠退隱大老爺時，阿峰已身無分文。但她丟下小菜館時，明明帶走了所有的錢。

「用到哪裡去了啊。」

難不成眞如平四郎所料，爲救晉一而不惜撒錢嗎？

「關於這件事，大老爺也不知道。」

但平四郎放心了。如此一來，就不必再爲阿峰操煩。

平四郎最怕的是，阿峰不但變得身無分文，還淪落爲流鶯或在旅棧當私娼。再不然就是短期內弄壞了身體，害了病，即將成爲倒路屍。若眞是這樣，阿德知道了，肯定不會袖手旁觀。

既然阿峰由有錢的退隱大爺金屋藏嬌，舒舒服服地過日子，就不必擔心了。事到如今，阿峰本人也沒有再回幸兵衛雜院重掌小菜館的意思了吧。要是有，早回去了。

「那麼，該怎麼對阿德說？告訴她實情，好好念個兩句，叫她別掛心阿峰了嗎？還是告訴她，雖找過卻沒找到？我倒覺得兩者皆可，反正不必擔心阿峰會出現在阿德眼前。」

要是出現了，就到時候再看著辦。現在既然知道了阿峰的下落，也曉得她的生活情形，應付方法多的是。阿峰靠著這退隱大老爺吃香喝辣的期間，卻是由阿德照顧著被她丟下的阿桑和阿紋。阿德是基於同情，看不下去才好心照顧她們的，不是爲了什麼好處。平四郎心想，到時以我這奉行所公役的身分，出面替阿德說話，好好嚇唬嚇唬阿峰就行了。

「對阿德姊怎麼說……小的也認爲說實情也好，可是……」

彥一有些欲言又止。

「這樣一切都解決了，不是很好嗎？」

「但，就這麼放著阿峰不管，似乎不太好。」

平四郎睜大眼睛。彥一一手握緊茶杯，視線落在指尖上，囈語般一股腦兒道：

「對阿峰來說，那不是幸福。她有做菜的本事，年紀也還輕，卻被那種好色老頭當玩物包養……」

「喂，彥一。」

「當然，她或許稍稍走錯了路，但我認爲菜做得好的女人，沒一個是壞到骨子裡的。」

「喂喂，彥一。」

「那個色老頭爲了讓事情順自己的意，當然會說阿峰很幸福，但那是不可能的，大爺，因爲阿峰大白天就猛喝酒……」

「彥一，」平四郎在他面前砰地拍了一下，「醒來！」

彥一一副眞的從睡夢中醒來般眨了眨眼。平四郎往他面前湊過去。

「你見過阿峰了？」

彥一身子後仰，避開平四郎。「沒、沒有，沒見到。」

「但你看到她的長相了吧！你們不是去看過她的狀況？」

「那個，一點點……隔著牆。那老頭，只肯讓我們這樣看。」

阿峰是個美女。愈毒的花愈美，愈傷腸胃的果子愈甜。

「這件事你跟政五郎說過嗎？」

「說、說過。」

「政五郎一聽，就叫你在告訴阿德前來找我，是吧？」

「是的。」

政五郎肯定和現在的我一樣，又好氣又好笑，肚臍都扮起鬼臉來了。

天底下眞有所謂的毒婦，阿峰就是。彥一光隔牆瞧見，就著了她的魔。

「算了吧，彥一。」

「可是，大爺……」

「阿峰過著好日子卻仍藉酒澆愁，不是被色老頭包養覺得委屈，而是忘不了以前的情夫。她那情夫根本是個惡棍，是我和政五郎合力逮到的，絕對錯不了。那樣沒天良的男人，阿峰卻愛得死心塌地，還拿錢倒貼。」

彥一微黑的臉變色了。

「那傢伙不久就要斬首了。」

「罪這麼重？他做了什麼？」

「殺人。騙色詐財，女人成了累贅後就拋棄或解決掉。他便是這種人。」

彥一臉色慘白。「那阿峰呢？阿峰也上當了吧！」

平四郎在內心仰天長嘆。啊，我也是傻瓜，說到殺人就該住嘴的，全抖出來反而讓彥一又同情起阿峰了。

「話是沒錯，但阿峰是自願上鉤的。」

「那是對方設計騙她的啊！才害她淪落到今天這個地步。」

彥一太激動，滑了手，杯子掉在腳邊，蕎麥茶滲進沙地裡，他也不撿，雙眼焦點飛到遠方。

「要想辦法……幫幫她，得有人照顧她。」

「阿峰已經有色老頭照顧了。你該幫忙的，是阿德的鋪子。是你自願要當阿德幫手的，難不成忘了嗎？」

平四郎拉高了聲音，路過的叫賣小販往這裡看了一眼。

「鼓勵阿德、勸她接手小菜館的，是你。如今你又想幫阿峰？別開玩笑了。」

彥一的下巴微微顫抖。

「右手阿德、左手阿峰，你要怎麼顧？告訴你，別想讓那家小菜館有兩個老闆娘，那是行不通的。難道你不管阿德的鋪子，要回石和屋當總廚？若不這樣，你是照料不了阿峰的。」

平四郎一個勁地講個不停，路上行商模樣的男子和跑腿回來的小學徒不禁停下腳步。平四郎往那邊一看，兩人又急急忙忙邁開步伐。

「我只是……」

深深垂著頭的彥一，顫抖著低聲道：「很替阿峰擔心而已。」

「再可憐，都是她自作自受。明知道卻要往那條路走，沒人逼她。那不是阿峰可憐，是你可笑，快去沖沖水醒來吧。」

拳頭軟弱地又握又鬆了好幾次，捏住自己的冷汗後，彥一囁嚅道：

「但，若放著阿峰不管，包養她的退隱大老爺很快也會遇到難題吧？」

莫名其妙。平四郎睜大了眼睛猛眨。

「退隱大老爺有孩子也有孫子，還有店鋪。阿峰纏著大老爺，也會影響店家做生意吧？那種女人好像很花錢。」

平四郎一開始傻眼，接著生氣，聽到最後還是只能傻眼了。什麼跟什麼？彥一這是哪門子話？

「才見過那麼一次面，你就操心起那色老頭和他的身家財產了？這閒事也管太多了吧。」

「退隱大老爺是石和屋的客人。」

「你要辭掉石和屋了不是嗎？」

彥一不作聲，平四郎瞪著他那垂下的窮酸面孔，等他回答。

「讓阿峰成了家、過正經日子，她就會重新振作的。」

聲音雖小，但那語氣像沒煮好的米飯，裡頭的芯還是硬的。虧他是個一流的廚師。

「所以你要和阿峰成家嗎？啊？是不是這個主意？」

彥一吸了口氣才回道：

「不行嗎？」

彥一凜然抬頭。「這樣阿峰能振作起來，我也能重新來過。」

平四郎屏住氣。接下來呼氣的時候，就是二擇一，看要破口大罵，還是哀嘆一聲。

結果，平四郎笑了出來。明知彥一的臉僵了，卻止不住笑。

「啊～啊！」他紮紮實實地笑過一陣後，總算嘆了口氣。「男人眞是沒用啊！」

平四郎將手揣在懷裡，弓起背。風吹過來，有點兒冷。

「彥一，我猜得或許有些過分，但能告訴我嗎？」

眞不知該如何開口問，要是弓之助在就好了。

「你身上是不是發生了什麼事？這事不是最近才發生的，早在你想辭掉石和屋的時候，就不太對勁了。」

哦？看樣子雖不中亦不遠矣。彥一瘦削的肩膀鬆動了。

「你對阿德說過，不管成爲多高明的廚師，都無法讓自己的親人吃石和屋的料理，不想再做那種東西了，所以羨慕起阿德的滷菜鋪。」

彥一畏怯地點頭。

「阿德也明白你這種心情，但她很擔心，說若因爲這樣就不要石和屋的工作，是冒失鬼才會做的事，你將來一定會後悔。」

「是嗎……」

「但你想辭掉石和屋的理由，應該不光這點吧？我從剛剛就覺得很奇怪，怎麼說呢？你好像一心急著告別過去，想改變自己，似乎只要有地方可逃，哪裡都好。會異想天開地要跟阿峰成親，其實追根究柢，是有其他讓你煩惱的事吧？」

這回眞的說中了。彥一兩手緊緊握拳。

「沒聽錯的話，你剛才說『我也能重新來過』，究竟是什麼要重新來過？就我看來，不，阿德也一樣吧，你沒任何非得重新來過的錯處。」

彥一身子繃得緊緊的。平四郎在手中滾動空茶杯，默默不語。

「阿德姊的眼光厲害，大爺更不愧是大爺。」

講這句話時，聲音和方才不同，慢慢回復爲平常的彥一了。

「阿德姊也訓過我好幾次。」

——你到底在急什麼？雖然很感謝你不計得失地幫忙我們這些非親非故的人，但這樣眞的好嗎？你簡直像做了什麼壞事，後頭有人在追趕。因爲受不了這種折磨，才拚命地幫我們好贖罪。

嗯，阿德果然有看人的眼光。平四郎想說的，就是這樣。

「大爺剛剛也見過我師兄花一。」

「嗯。」

「口氣差，講出來的話也不好，您說是吧？」

「是啊。」

「他以前不是那樣。曾是値得仰仗的師兄，性格好、手藝好，眞是無可挑剔的廚師。」

「他會變成那種小心眼的人，是因爲生了病嗎？我看他一副大病初癒的樣子。」

彥一搖搖頭。「那臉色是喝酒的緣故。他原就愛酒，但毫無節制地亂喝，是這一年來的事。」

「石和屋燒掉的關係？」

「不。」彥一輕輕吸了口氣後，說道：「是我獲選爲石和屋總廚後的事。」

每家料理屋只能有一位總廚，是地位最高的廚師。

「是嗎，原來你超越師兄了。」

彷彿連點頭都痛苦，彥一的臉糾成一團。「決定總廚人選的，是老闆和老闆娘。雖然沒立場多說什麼，我還是再三婉拒，不希望越過花一師兄位居上位。但老闆和老闆娘都表示，無論手藝或客人的口碑都是我比較好，不肯答應。」

於是，花一就這麼自甘墮落了？

「看到師兄那樣，我實在受不了。」彥一幾乎話不成聲。「原本體面的師兄，變得那麼小心眼，總說那種小鬼頭鬧脾氣的話，加上酒喝太多影響了手藝，漸漸管不動廚房裡的師弟們，也失去了客人的信賴。一天比一天沉淪……」

「眞看不下去。」說著，彥一單手按住眼睛。

偏偏這時候，石和屋遭火災波及燒毀，廚房眾人暫時解散。

「我想，這一定是老天爺的指示，便有了離開石和屋的念頭。等店面蓋好——石和屋對我有栽培之恩，不能在店裡有難時說走就走——我打算跪在老闆、老闆娘面前，請求離開，讓花一師兄接掌總廚，開始新的生意。」

彥一果然是在逃。逃離石和屋，逃離花一，逃離越過師兄、意外當上的總廚之位。

「只是，我在滷菜鋪店頭對阿德姊講的話，並不是隨口胡說。在我當上總廚前，心裡就一直有那種想法。餐館廚師做的，說穿了只是服侍一小群客人而已。無論手藝多麼精進高超，世上絕大多數的人還是與那些菜無緣。有時我會突然像從酒醉中清醒般，覺得這工作眞是孤單。」

「但光爲了這點，你不會想離開石和屋，對吧？」

彥一閉上眼睛，垂下頭。

不知不覺間，平四郎學章魚嘟起嘴。弓之助偶爾也會有這種表情，是被他傳染了嗎？

「呼——」的一聲，平四郎自章魚嘴中吐了口氣。

「你的人生、你的生計、你要怎麼過日子，都由你自己決定，旁人管不著。」平四郎說道，

「但彥一，我還是覺得你的想法不對。」

若是阿德，她會怎麼說呢？平四郎思考著。

「你心裡認爲花一會變成那副德性，是自己的錯吧？覺得對不起師兄。」

「因爲以往師兄那麼照顧我！」

「那是那，這是這。師兄照顧師弟本來就天經地義。」平四郎斬釘截鐵地說。「花一被你追過而心有不甘，向下沉淪，那是他的選擇。變得小心眼、酗酒，也都是他自找的，不是你害的。」

彥一高聲插話：「但要不是我當上總廚……」

「凡工匠職人，應該都明白手藝有高下優劣之分，就算是晚進門的師弟、用心關照過的人，都可能趕過自己。但花一好好一個大人、好好一個廚師，花了一年還想不通。這怨不得別人，只能怪他自己。」

懷抱著丟臉、懊悔與不甘的情緒，現下該如何自處，將來又該如何是好，只能由花一自己想明白，誰都無法代替，也無法由彥一一肩挑過。

「你就是這裡想錯了。花一是花一，你是你。石和屋的老闆和老闆娘很清楚，所以選了你。老闆和老闆娘就是知道花一身為廚師，卻看不透這點，才會要你當總廚的吧！」

平四郎也認為或許他們想藉此磨練花一。若真是如此，花一便是辜負老闆與老闆娘的用心。

「阿峰的事也一樣。」平四郎繼續道。「這話我說過好幾次了，那女人會落得那種下場，是她自找的。但你卻因花一的事感到內疚而眼花了，在阿峰身後看見花一的臉，才會對那種自甘墮落的女人，生出為她做些什麼的短見。」

「但，我倒是鬆了口氣。」平四郎笑了。彥一驚訝地抬頭看他。

「你要真昏了頭愛上阿峰，就沒救了。還好不是。你看見的不是阿峰，而是你的內疚。」

「我的……內疚。」

彥一一時傻住了，愣愣地複述。「內疚是嗎？」

「對，不然還會是什麼？」

平四郎彎下腰，撿起掉落在彥一腳邊的茶杯，也拿了自己的，站起身。

「花一有花一該做的事，他得設法挽救他的信譽；你有你該做的事，你得設法揮別那份內疚。雖然辛苦，仍得好好幹。唯有這個，是誰都幫不上忙的。」

然後，平四郎停下腳步，他想到一個主意。

「不過，萬一你覺得孤單寂寞，我倒是有個好辦法。」

剛才平四郎的腦海裡忽地浮現阿六的面孔。

「我知道一個好女人。雖不如阿峰嬌媚，但性情好又勤快，也會做菜。嗯，一定能和你結成一對好夫婦。只是啊……」

他說到這裡，搔搔頭。

「帶著孩子。」

「孩子……是嗎？」彥一完全為平四郎折服。「有幾個？」

「兩個，都是可愛的女孩。」

阿六一個女人家養育兩個孩子。彥一想拿出男子氣概幫人，這是個能讓他有所發揮的對象。

「有這個意思就跟我講一聲，隨時都能安排你們見面。」

丟下這句話，平四郎便到蕎麥麵鋪還茶杯。剛才那位老闆娘出來，滿臉堆著笑說「啊，大爺，您談完公事了嗎？剛才您笑得眞開心」。平四郎應道「嗯，開心開心」，走出鋪子。

他沒回頭看彥一，抬腳就往幸兵衛雜院走。他並不打算說什麼，只是想看看阿德的臉。

但，還沒走到，就先看到另一張臉了。

那人正在奔跑，隨時會往前撲倒似地跑著。原來是弓之助。他緊繃著活人偶般的臉，氣喘吁吁地奔來。

「姨、姨爹，姨爹！」

平四郎也雙手前伸奔了幾步，弓之助一頭撞進平四郎懷裡，緊緊揪住。

「啊！太好了、找到了！不得了啦！」

失去血色的弓之助抓住平四郎的袖子猛搖。

「姨爹，請和我到芋洗坡去，馬上，求求您！」

「什麼？發生了什麼事？」

平四郎用力按住劇烈晃動的弓之助。他身體雖然不搖了，頭卻還停不下來。

「阿、阿初妹妹她……」

「阿初怎麼了？」

「被、被扶走了！」

弓之助舌頭轉不過來似地說完，又叫著「啊，不對不對」，猛跺腳。「被、被……」

「被擄走了，大爺！」

又來了一個，是政五郎。他也是跑來的，氣息雖不亂，卻滿頭大汗。

「弓之助的腳程好快。」

「阿初被擄走了？」

平四郎怒喝般問道，政五郎點頭。

「在法春院不見的。」

那是學堂，她還在上學嗎？

「杢太郎在搞什麼？」

「這些待會兒再說。」弓之助一個勁往上跳，「姨爹，我知道阿初妹妹被帶到哪裡了。一定不會錯！」

「眞的嗎？」

「眞的！」弓之助不但沒了血色，眼裡還泛起淚光。

「我也知道是誰下的手。姨爹，請趕快，一定要設法救人。」

都是我不好，不該拖拖拉拉的——弓之助說著，像陀螺似地轉來轉去。平四郎從沒見過如此慌張的弓之助，於是再一次，牢牢地抱住他。

「我已經派出手下。」政五郎盡責地說道。「與杢太郎一起趕過去了。」

「去哪裡？」

「葵夫人的宅子啊，除了那裡沒別的可能了。姨爹，我們快走吧！」

十七

讓弓之助坐在膝上，由轎子晃著，趕往芋洗坡。平四郎覺得，這簡直在重演佐吉被當成葵命案凶手、遭到逮捕的那一晚。一樣地心慌意亂，連眼睛都跟著花了，卻仍弄不清整個情況。

「我眞的太粗心大意了。阿初妹妹要有什麼萬一，都是我的錯，再怎麼懊悔都懊悔不完。」

弓之助哭喪著臉咬袖子。照這樣，恐怕還沒到那邊就會咬破了。平四郎從他嘴裡拉出袖子。

「你有空胡言亂語，不如好好向我說明。」平四郎以嚴肅的語氣命令。「你很能幹，不該慌成這副德性，免得事後回想覺得丟臉。」

弓之助老實答了聲是「是」，拚命地吸氣吐氣，讓自己鎭定下來。

「阿初是在法春院不見的吧？你確定？」

「是的，沒錯。」

「她一直有在上學？」

「李太郎兄隨時跟在她身邊。上下學都是，連在教室也黏得緊緊，原本應該不必擔心的。」

這天，中午就放學了，但晴香先生八刻（下午兩點）起，要女孩子們來學做女紅。從以前便偶爾如此，阿初也都會參加。於是李太郎先帶阿初回家，八刻前才又到法春院。

「運針的練習在七刻（下午四點）結束。」

到此爲止，平安無事。李太郎與阿初一起縫抹布。

深秋日短，天空也染上薄薄的暮色，不久太陽就要下山了。李太郎催阿初回家。阿初卻說她想上廁所。學堂沒有茅廁，是借用寺廟正殿後面的，李太郎便帶阿初到那裡。因爲阿初怕羞，李太郎便到旁邊的小路等。

等了又等，阿初都沒出來。

李太郎一陣不安，進到茅廁，卻不見阿初的身影。他連忙去了學堂，晴香先生正在收拾。阿初也不在那裡。

「李太郎兄於是連滾帶爬地回到自身番。」

話說，當初李太郎決定跟在阿初身邊保護時，凡事細心的政五郎派了個手下到芋洗坡的自身番，因爲李太郎若要隨時跟在阿初身邊，就無法兼顧其他工作。這手下是爲了幫忙做事，及萬一出意外時，能立即向政五郎通報。

政五郎的手下斥喝慌得六神無主的李太郎，安排好尋找阿初的事宜，便奔回本所。

「那時候，我剛好在政五郎叔家裡。」

弓之助與大額頭正湊在一起動腦筋。

「聽到消息，我馬上明白發生了什麼事，便拜託政五郎叔，要他請手下趕到葵夫人的宅邸，因爲阿初妹妹一定是被帶到那裡了。」

搖晃的轎子中，弓之助差點跌倒，平四郎連忙扶住他。

「這麼說，當時你已經解開葵的命案了？」

弓之助點點頭，輪廓完美的腦袋跟著轎子的搖動一上一下。

「只是，還沒決定怎麼揭穿凶手。這實在很難……我有的全是推測，沒任何證據。」

弓之助按著雙眼，呻吟似地出聲。

「就是這份猶豫壞了事。我該早點採取行動，別讓阿初妹妹上法春院的。可是這麼一來，又怕晴香先生會起疑。」

「學堂的先生？」

「是的。晴香先生警戒心應該很高，我怕如有什麼風吹草動，她察覺後會逃走。所以，才認爲直到緊要關頭前，最好讓阿初妹妹繼續去法春院上學，假裝什麼事都沒有。心想既然杢太郎跟著，一定不會有事。」

平四郎默默讓轎子搖了一陣，讓耳朵剛聽到的事情沉澱。

「弓之助。」

「是，姨爹。」

「依你剛才說的，像在懷疑晴香先生，我聽錯了嗎？」

弓之助的身子瞬間繃緊。「姨爹，您沒聽錯，凶手就是晴香先生。勒死葵夫人、離開芋洗坂那幢大宅時，被阿初妹妹撞見而心生不妙，便勒住她脖子加以脅迫的，是晴香先生。現在帶走阿初妹妹，恐怕會將她滅口的，也是晴香先生。」

平四郎無話可回。

弓之助仍雙手遮臉。

「三天前，聽姨爹提起連枝薰蓀草，重新整理與大額頭到處打聽來的案子後，我想通了這些事。直到昨天，才確信這番推論沒錯。」

如同訴怨，弓之助說得又低又快：「到昨天那個階段，我想過該不該稟明姨爹和政五郎叔，再通知杢太郎兄。可是，剛才也說過，我有的只有推論，沒把握大家會立即相信。」

還在想辦法——講這些話時的弓之助沮喪極了——便沒立即稟告姨爹。

平四郎想問的事很多，腦筋也很混亂，而且被「嘿呵、嘿呵」地晃著，思緒無法集中。

「姨爹，對不起。」弓之助轉頭看平四郎。「沒好好照順序解釋，您一定聽得滿頭霧水吧？」

「嗯，老實說，我完全聽不懂你的話。爲什麼晴香先生會是兇手？」

「不過啊，」平四郎摸摸弓之助的頭，「我相信你的腦袋，所以別說沒把握，告訴我你的想法好不好？」

「好。」弓之助轉頭面向前方，在轎內平四郎膝頭上這侷促的空間裡，盡可能挺直背脊。

「先前，我就認爲葵夫人命案是中邪的人幹的，是一場意外。」

「嗯，我知道。」

「這是場不幸的意外。那麼，是什麼樣的意外呢？」

弓之助懷疑，當時發生了某種偶然。

「殺害葵夫人的兇手，應該與葵夫人沒有恩怨。只是，那天坐在芋洗坡那幢大宅、那個房間裡的葵夫人，面對後來成爲兇手的人物時，多半有什麼舉動刺激了對方。」

平四郎問道：「那是個訪客吧？」

「是的。阿六姨正忙的時候，那人經過大宅的前方或近旁，碰上了葵夫人，便被請進房內坐。恐怕是繞過庭院，自緣廊上到屋裡的吧。那幢大宅的構造讓人輕易便能出入內部房間。」

這點平四郎也曉得。

「葵夫人與那人相談甚歡。這是個臨時上門的訪客，又沒有必須久坐的事要談，葵夫人便沒特地喊阿六。」

於是，事情就在這種狀況下發生了。

弓之助說，此時的關鍵便是手巾。

「葵夫人傷風喉嚨痛，圍了手巾。凶手抓住手巾用力一拉，勒住葵夫人脖子。這也是意外。」

但這手法在弓之助眼裡非常重要。

「我和大額頭到處去問，以前是否發生過相同手法的命案。」

這個夏天發生的肖像扇子命案，平四郎聽弓之助提過好幾次。那案子重現了過往的命案與手法，弓之助是從中學到的。

「爭吵到最後，一時衝動勒死了對方。拉住對方圍在脖子上的手巾，激動忘我。」

弓之助做出抓住手巾、用力拉扯的動作。

「我啊，很早就推測這回和肖像扇子的命案一樣，都是往昔案件的重演。但和肖像扇子的差別在於，這次不但手法相同，連凶手也是同一人。」

「這是……什麼意思？」

平四郎依然理不出頭緒。

「殺害葵夫人的人，也就是當天的訪客，過去肯定殺過人。當時大概是怒火攻心，失去理智，勒住對方的脖子……」

意思是，同樣的情形也在葵這邊上演了？

「當天，不知是那個房間，還是葵夫人的話、態度或身上穿的衣服，讓凶手想起了過去那恐怖不祥的罪孽，內心因而極度不安。加上葵夫人與往日自己殺害的人一樣，圍著手巾坐在眼前。」

弓之助說，那就是讓當天的訪客——即殺害葵的凶手——中邪的元兇。

「你怎麼會想到這些？而且還一開始就想到。」

弓之助微微偏頭。他這一動，腦袋便擦過了平四郎的下巴。

「我向您說過，葵夫人遇害的現場太過乾淨吧？」

「嗯，你說過。」

「葵夫人沒有遭到殺害的理由。不管驅使凶手殺人的是什麼，都與葵夫人無關。那既不是錢也不是仇恨，那東西完完全全位於凶手心中，所以葵夫人沒必要懼怕。一直到遇害當下，葵夫人都毫無不安、懷疑，現場自然也不會淩亂無比。」

淩亂的，是凶手的內心——弓之助斷言。地獄只在心裡，那是一個人的地獄。

「能讓人如此心神大亂、不顧一切的東西，便是往日犯下的罪。再努力隱藏、忘卻，那都是下手的人一生都無法擺脫的重罪。我認爲一定是這樣。」

實際上，四處訪問的過程中，弓之助發現在爭吵中失去理智，而錯手殺害親兄弟、夫妻等近親的命案意外地多。

「在姨爹面前談這些，眞是班門弄斧。但這些案子多半都會被壓下，暗中解決吧？」

「嗯，凶手不會被送上御白州的，因爲親人也不希望家醜外揚。」

「就是這樣，我才會認爲這次的凶手，很可能有不爲人知的過去。事情發生了，卻沒受到公開制裁。凶手背著這樣的罪——被當成從不存在的罪。」

然而，做過的事情不會消失得了無痕跡，情感會留下。有內疚，也有後悔。

「我相信一定找得到這樣的前例。」弓之助繼續道。「我以爲這就是眞相：當天葵夫人身上，有什麼令眼前這位來客想起以往的罪過。葵夫人明明一無所知，但這人卻方寸大亂，舉止異常。」

害怕自己回想起的事情，同時，深恐自己沒來由地慌亂會讓對方奇怪，問起「究竟是怎麼了」。

「到此爲止的推論都很順利。可是，姨爹，我對行凶的手法及脖子上圍著手巾這件事太過執著了。我再怎麼打聽，都打聽不出家庭爭執中，以手巾爲凶器的命案。」

姊姊殺死妹妹、女兒殺死母親、丈夫殺死妻子，這類案例很多，卻沒有以碰巧圍在身上的手巾行凶的例子。

「所以，我換方向思考命案發生的原因。那可能不是手巾，而是葵夫人不經意說的話、做的事——當然，葵夫人沒有惡意。不過，要是如此，便很難查出來了，因爲這太不著邊際。」

這時，出現了稀有的菸草連枝薰。

「啊，就是這個！我覺得眼前的霧完全消散了。」

湊屋給葵的蓮枝薰，放在菸草盆裡。葵因傷風不抽菸，仍拿出來招待，客人高興地取出菸管。罕見的、馥郁芬芳的煙在房裡繚繞——

「我將錨頭轉向找菸草。命案發生時，現場充滿了稀奇的菸草香味——我和大額頭再度到處打探，也重新思考過去聽來的案子，想找出以往是否發生過這樣的案子。」

結果找到了。

「事情發生在十五年前。」

地點是牛込一家很大的舊衣鋪。「店名不能講。」弓之助說道。

「牛込開了很多家舊衣鋪，那商號也算是其中的老字號。不僅賣舊衣，也經辦戲服，是間名店，家財萬貫。」

舊衣鋪有三個女兒。

「雖想說是友愛的三姊妹，但很遺憾，實在算不上。不知哪裡不對盤，三人感情很差，老二和另外兩個姊妹尤其合不來。更糟的是，母親與二女兒也處不好，動不動就只凶她。」

不管是父母兒女還是兄弟姊妹，有時候沒什麼道理，就是合不來。並非哪一方不對，但正因血脈相連又近在身邊，一鬧僵反而難以收拾。

「有一次，不知要出門上哪兒，三姊妹一起準備時，爲了爭和服，又吵了起來。一旦扯上穿著打扮，女人就會變了個人。這點連我都懂。」

嘰嘰喳喳、哇啦哇啦，又哭又喊地大聲吵鬧，女傭來勸阻也平息不了。這場架愈吵愈烈，情況演變成長女與三女聯手對付中間的次女。這三姊妹的爭鬧經常以此種形式落幕。

「這當中，做母親的生氣了，」弓之助的話聲沉下來，「但若三姊妹一併責罵也就沒事……」

長女串通三女，向母親告狀起因都是次女任性。遭告狀的次女更加氣憤，惡言怒罵，不明就裡的人便覺得她最是不該。

「於是，母親只把次女叫進房裡，狠狠斥責。」

一切都怪妳的劣根性，每次吵架總是妳挑起，不體諒姊姊、不禮讓妹妹，怎麼會這麼自私，只顧自己？

次女挨罵時，長女與三女打扮得漂漂亮亮出門了。只有次女一人倒楣。

於是，不幸發生了。

「一味受到痛斥的次女忍無可忍，拿起房裡長火盆上的鐵壺，發狠往母親丟過去。」

鐵壺裡的水正咕嘟咕嘟地沸騰著，與其說是擲鐵壺，不如說是潑滾水更正確。對遭姊妹誣陷、獨自背黑鍋的次女而言，這或許是當下最能洩憤的報復之道。

聽到驚心動魄的尖叫聲趕來的眾人，眼前只見抓著燙爛的臉痛苦不堪的母親、蒸騰的水氣，及癱坐在倒地掙扎的母親身邊，面無血色喘著氣的次女。

「房裡則充斥著母親責罵次女時邊抽的菸味。」

那是極為珍奇、芬芳如香的菸草。水氣一蒸，濃得嗆人。

那就是連枝薰。三姊妹的母親是個喜愛唐土船來品的奢華貴婦。

遭燙傷與發燒折磨了兩天後，母親在痛苦扭動中死去。

「這件事雖沒列入公案，但因實在太慘，辦案的大爺們都心知肚明。為了封住大爺們的嘴，便由當地的岡引出面斡旋，詳情也就這麼留傳下來。」

不久，次女被斷絕關係，趕出家門。聽這位岡引說，好像是由遠親收養，但之後如何便不得而知了——我不曉得你們爲什麼要打聽這些，但可不能把這種事再挖出來，明白嗎？小弟弟。

「那家舊衣鋪後來怎麼樣了？」平四郎低聲詢問。

「照樣開著。長女招了贅，所以不能講出字號。」

講出此案的岡引還表示，至今那家鋪子仍視菸草爲大忌，因上一代老闆娘的死狀實在太慘了。

——香一般的菸草味，和肉燙焦的臭味混在一起，讓人想忘也不忘了啊。

不知轎子已到何處？轎夫的吆喝聲一成不變。

「姨爹。」

「嗯？」

「那個次女的名字，叫阿春（註）。」

「我猜大概也是。」

再來就問本人吧——平四郎說完，輕輕拍了拍弓之助的臉頰。臉頰是濕的，弓之助哭了。

十八

芋洗坡的空屋裡燈火通明，燈影晃動。想必是將手燭、燈籠都取來照明了。和佐吉被捕那晚一

註：阿春的發音爲oharu，晴香爲haruka，相當類似。

樣。平四郎他們的轎子一到，便有一名男子穿過微暗的前庭跑來。是缽卷八助頭子。

「井筒大爺，這究竟是怎麼回事？」

他眼珠子骨碌轉動，瞪得大大的，似乎隨時都會掉下來。

「就這麼回事。阿初在這裡嗎？晴香先生也一起吧？」

「在吧？」弓之助上前，一副要揪住八助袖子的樣子，讓他有點驚嚇。

「在、在啊，在原本供女傭住的房間，躲進壁櫥了。」

據說杢太郎正守在壁櫥前苦勸。

「阿初妹妹沒事吧？」弓之助簡直要口吐白沫了。

「還聽得到她的哭聲……」

「啊，太好了。」弓之助說著便無力軟倒，平四郎連忙抱住他。

「學堂的女先生怎麼會做這種事？」

「原因很複雜。拜託，這裡能讓我作主嗎？」

「沒問題，先前就答應過了。但不要緊嗎？那女人身上帶著刀啊！搞什麼，這是一個當孩子榜樣的先生該做的事嗎！」

八助很不高興，但看來並非不滿旁人沒告知詳情就要他到一旁涼快，而是一心爲阿初擔憂。平四郎鬆了口氣，八助畢竟是個岡引。

「弓之助，振作點，要到裡面了。」

正當平四郎往腳步不穩的弓之助背上用力拍時，又來了一頂轎子。轎簾一掀，大額頭衝出來，接著政五郎下了轎。

「抱歉來遲了。阿初呢？」

「在裡頭！」

大額頭一語不發地跑來，拉住弓之助的手。「快、快！得趕快進去！」

弓之助空洞游移的眼珠，這才總算回到定位，答了聲「是」。大額頭拖著他直奔。平四郎等人鞋也沒脫，便跟上去。

奔過走廊，平四郎穿過好幾個敞開的房間，一面向弓之助的背影問道：

「喂，你怎麼知道晴香先生把阿初帶到這裡？」

「只有這裡！」弓之助邊跑邊大聲回答，「這幢大宅是起點。晴香先生在這裡對葵夫人下手時，叫出了封在體內十五年的心魔。」

政五郎衝得太快，撞上紙門。紙門大聲脫框倒下。

「在這裡的不是盜子魔，是晴香先生的心魔。」弓之助的聲音已超越清脆，變得像剃刀一樣銳利。「所以晴香先生要殺人只能來這裡，否則下不了手。」

晴香先生的心魔——舊衣鋪阿春的心魔。

狹小的女傭房中，擠了六、七個男人。其中有平四郎認得的，也有不認得的。一進門便是撲鼻的男人臭味。

六席房的盡頭有一座寬六尺的壁櫥，杢太郎弓著碩大的身軀牢牢守在前面。聽到平四郎等人咚咚躂躂地闖進來，便回過頭。整張臉滿是淚水。

「辛苦了。抱歉，借過一下。」
男人們讓開路，弓之助和大額頭到前頭。政五郎找著手下，那手下立即上前向平四郎致意。
「小的趕到這裡時，先生抓住了孩子，人在灶下。」
「阿初被綁起來了？」
「沒有，只是手腕被先生抓住拖著走。晴香先生一發覺小的等人便往後逃，最後躲在這裡。」
「晴香先生，晴香先生。」
杢太郎又開始向壁櫥哭喊，聲音嘶啞。
「求求您，和阿初小妹一起出來吧，您這麼做一點用處都沒有啊。先生被壞東西騙了，要不然就是病了，沒人會怪先生的。我們也一樣，不是來抓先生的。我們怎麼敢呢！先生是阿初小妹的先生，不會對阿初小妹亂來的。先生也是我的先生，一定肯聽我說的話吧？」
「請您出來吧。」杢太郎伏拜似地叫喊。
弓之助緊緊握著大額頭的手，低語幾句。平四郎彎下腰湊近耳朵，聽見了他的話。
「是嗎？雖然帶阿初妹妹到這兒，還是無法立刻殺害阿初妹妹。」
弓之助是麼說的。
「晴香先生也在和心魔奮戰。」
平四郎往緊閉的壁櫥看，裡面隱約傳出孩子的啜泣聲。
「姨爹，」弓之助一臉蒼白地仰望平四郎，「可以麻煩您請杢太郎兄以外的人離開這裡嗎？」
平四郎還沒開口，政五郎便清楚明確地低聲發出指示，男人們移動了。然後，他悄聲對平四郎道：「爲防萬一，我要人守住每一個出口。」

「好。」

弓之助走向前，將手輕輕放在杢太郎寬大的背上。杢太郎回頭仰望，弓之助對他耳語後，深吸一口氣，以和剛才判若兩人般沉著而溫柔的聲音，對壁櫥說話。

「法春院的晴香先生，我是杢太郎和阿初妹妹的朋友。」

阿初的啜泣應聲而止。

「因爲擔心阿初妹妹，趕來此處。先生和阿初妹妹都沒受傷吧？」

壁櫥毫無回應。

弓之助吸了口氣，再呼出來，又說：「把先生和阿初妹妹抓來關進這裡的，是牛込舊衣鋪的女兒阿春姑娘吧。」

壁櫥沒有動靜，裡面的人似乎被鎮住了。是平四郎的錯覺？還是希望造成的錯覺？

「晴香先生一定能說服阿春姑娘的。事到如今，傷害阿初妹妹，讓她成爲不歸之人，沒什麼好處，事情只會更加惡化。若是先生，一定能這樣說服、安撫阿春姑娘的吧？」

房裡只有弓之助的聲音毫不停滯地在燈火圈中流過。外頭天全黑了。

突然，壁櫥內的阿初哭了出來。咚！裡面有人踢紙門。杢太郎彈起來，平四郎做好準備。

壁櫥的門輕輕開了。

僅拉開了三尺——阿初從那裡撲出來。說時遲那時快，壁櫥又唰地一聲關上。

杢太郎攫住般抱起阿初。阿初放聲大哭，拳打腳踢，嘴歪眼斜，扯著喉嚨大喊大叫。杢太郎就這麼抱著阿初跑出女傭房。

平四郎正要硬闖壁櫥，弓之助卻攔住他。「姨爹，不可以。」

「但是……」

「現在開門，晴香先生會死。」

然後，他揚聲向壁櫥說道：

「謝謝您。阿初妹妹已平安由我們照顧。先生，這都是您的功勞。」

竟讚揚起對方來了。

「先生平安無事嗎？阿春姑娘沒爲難先生吧？」

走廊外傳來阿初的哭鬧聲。但在這裡，平四郎卻覺得沉默到令人窒息。

「不要管我。」

壁櫥發話了，是女人的聲音，不抖不啞卻遙遠。分明是深度不到三尺的壁櫥，聽起來卻像在很遠的彼方。

「晴香先生？」弓之助喊。

「我說不要管我。」

聲音較方才強了些。

「我們很擔心先生的安危。」

弓之助的聲音和表情極爲逼眞，彷彿晴香先生眞的遭賊子綁走當作人質。

「阿春姑娘想殺害先生嗎？」

大額頭看看壁櫥，又望向阿初的哭鬧聲源處。那聲音雖較剛才遠，卻仍有如尖叫。一顆頭忙碌地轉來轉去。

「這樣就好。」

晴香——阿春的聲音如此回答。

「我要死在這裡，請讓我死。」

別說出人意表，根本太不是時候——弓之助美麗的臉蛋笑了。那是足以令女人酥軟，甚至動人心魄的笑容。

「不，我不會讓這種事發生的。我一定會保護先生，將先生救出來的。」

平四郎瞬間感到一陣暈眩，弓之助正在討好躲在壁櫥裡的女人。

「我要在這等，和阿春姑娘比誰有毅力。我對先生的心意比阿春姑娘更深更強，一定不會輸。」

說完，弓之助便當場正襟危坐，面露微笑。

平四郎更暈了。這場景簡直像一對要好的男女因細故拌嘴，女方氣得哭了，躲進壁櫥裡。男方苦笑著說「真傷腦筋」，一面安撫女方，討她歡心，等她認輸出來和好。

平四郎回過神，弓之助正使眼色叫他。爬過去，美形外甥將嘴湊近馬臉姨爹耳邊：

「姨爹，有一事相求。」

「啥事？」平四郎也悄聲回答。

「請您現在去拜託湊屋老爺，借出那幻術戲班。天亮前要請他們幫忙。」

什麼？

「還有，也請阿六姨過來。需要一個熟悉葵夫人生前模樣的人。」

「但你……」

「這是弓之助一生的請求。若晴香先生此時被搶走，我會內疚得活不下去，只能出家當和尚。」

那井筒家就無後了。

「知道了，我會設法的。」

事後回想起來真難堪，當時平四郎是以醉酒般的蹣跚步伐走出女傭房的，只覺天旋地轉，暈頭轉向。政五郎守在走廊轉角，由他扶著，平四郎才回過神來。將弓之助的請託告訴他，老練的岡引也不由得揚起濃眉。

「少爺想做什麼？」

「不知道。但既然是他一生的請求，就無法拒絕了。」

湊屋由平四郎去比較好辦事，阿六則由政五郎的手下前往迎接。兩人商量好，平四郎來到前庭，只見轎子等著。政五郎留下了剛才的轎子，要轎夫在那裡待命，真是細心。

杢太郎抱著阿初癱坐在右手邊的小房間。平四郎停下腳步。阿初緊緊抓著杢太郎，大額頭正比手畫腳地向她說話。

「我，是，」說著右手手心往高高隆起的額上啪地一打，「上次，見過的，大額頭，三太郎。」然後踏著一擺一跳的步伐，繞過杢太郎背後，自另一端探出頭。

「阿初，小姑娘，是否，認得我了？」

又往額頭上一拍。轉了一圈，露出遮住的臉。

「出來了，出來了，這個大額頭。這年頭，人人愛的，好兆頭。阿初小姑娘，快來看，愉快的，舞步吧！」

剛才哭鬧得快發顚的阿初，現在軟軟地由杢太郎抱著。急促的喘息也已平靜下來，眼睛因淚水仍紅通通的，但大額頭跳舞那滑稽的模樣，完全吸引了她的注意。

「嘿依喲、嘿喲、嘿喲！」轉圈圈跳著奇特的舞步，抬起一隻腳，單手砰地拍額頭，三太郎笑容滿面地擺出壓軸舞姿。

「沒事了喔！」

聽到這句話，阿初嚶嚶啜泣。這和剛才不同，脫了力、安心而溢出的淚水，沾濕了她的臉頰。

杢太郎抱緊阿初，一起跟著哭——啊啊，太好了、太好了，阿初小妹，眞是太好了啊！

「沒想到還挺管用的。」政五郎說道。

「嗯，眞是個好演員。」

平四郎飛奔上轎。

總右衛門不在湊屋，據說昨日便爲商務離開了江戶。

留守的是宗一郎。他過來要敘禮，平四郎粗魯地打斷。

「有沒有聽過你父親養的幻術戲班？」

「幻術？」

宗一郎不知道嗎？正想著萬事休矣時，小老闆的眼角綻放笑意。
「是，聽家父提起了。家父怕他不在時，井筒大爺得用上，便告訴了在下。」
太好了！平四郎握住宗一郎的雙手。「請馬上叫他們來，有事無論如何要請他們幫忙。」
宗一郎雖對平四郎這突如其來的舉動感到莫名其妙，卻立刻站好答應。「明白了，在下親自帶過去。是在芋洗坡葵夫人住過的大宅吧？」
「對。到自身番去問，我會叫他們爲你指路。」
囑咐完，平四郎便立刻折返。趕得如此急的轎子他是頭一回坐，這種搖晃對腰本來就不好，但此刻他毫不在意。
回程路上，他突然想起一事，便要轎子繞到本所的幸兵衛雜院。平四郎砰砰敲打阿德的店門。
「做什麼啊，吵死人了！」
阿德手持頂門棍開門，睜圓了眼睛說「哎呀，原來是大爺」。
「阿德，麻煩妳煮飯救急！」
「咦？什麼？沒頭沒腦的。」
「救急當然是突然的。拜託了，飯糰就好。愈多愈好，叫彥一送過來。地點在……」
平四郎特別叮嚀，因爲得走夜路，一定要叫彥一送來，然後又飛奔上了轎子。
回到芋洗坡，弓之助還在女傭房的壁櫥前奮鬥，朗聲不知在背誦什麼。
「那小子在幹嘛？」
「論語啊，大爺。」

自杜子後窺看的政五郎，似佩服似驚詫地，聲音難得地變了調。

「弓之助在背誦論語，說自己學的是如此，這樣解釋正確嗎？請教先生的高見。」

膽子再大，到這個地步，與瘋狂也只有一線之隔。弓之助真的豁出去了。

「晴香回應了嗎？」

「這倒沒有。不過還活著，偶爾傳出微弱的聲音，也仍有動靜。」

她會說「不要管我」、「讓我死」之類的話。

「不過剛才她對弓之助講，像你這樣的孩子不可以這麼晚還待在這裡，趕快回家。」

簡直像學堂裡的先生。啊，晴香確實是先生。政五郎的眼角帶笑。

「看樣子，是弓之助少爺占優勢，鎮住了妖魔。」

杢太郎已帶阿初回家。缽卷八助著急地叨念著：衝上去打開櫥門，拉先生出來便沒事了。她身上有刀的話，一把搶過來就好，何必在這裡磨蹭？

「這就是所謂的策略。等著看吧！」

儘管平四郎如此說，他自己也看不出弓之助的打算。叫來幻術戲班，究竟要做什麼？

「對了，八助。」平四郎想起一件重要的事。「晴香先生有家人吧？」

據說對方擔任法春院的檀家總代。多半是牛込那不幸舊衣鋪的親戚，就是當初收養阿春的地方。

「晴香先生變成這樣，她家遲早也會收到消息。不先採取行動，恐怕不太妥當。」

他們極有可能嚷嚷著「你們想對我家寶貝女兒幹什麼！晴香做了什麼！」前來抗議。

「這時候應該要託佐伯大爺幫忙。請你跑一趟。」

八助有些煩惱。「這種蠢事，叫我如何解釋？」

「我來寫。」

平四郎取出隨身筆墨匣，潦潦草草地盡快寫封信。「聽說佐伯大爺不住八丁堀，你知道地方嗎？」

「這個當然。」

「拜託了。官差少不了好岡引。」

八助一走，阿六跟著到了。她雖是自己走來的，但完全不明所以，心情一定與被拐來的差不多吧。這向來能幹的女子也惶惶不知所措。平四郎將阿六帶到灶下，催她煮水烹茶。讓她做平日習慣的事最好。

「馬上會有人送吃的來，到時候也請妳幫那邊的忙。」

接著約過了一個時辰，平四郎正覺似乎有輕輕的手拉車聲，便看到宗一郎了。來的比預期還早，眞是個能幹的小老闆啊。手拉車有兩台，都由高大強壯的男子拉著。這兩人雖是一般村民的打扮，卻不怕冷地將衣襬紮在腰上，理著光頭。不笑也不招呼，只默默行禮。

手拉車整輛以布蓋住，看不見堆了什麼。但似乎不止東西，戲班的人也躲在裡面。

宗一郎也抓著手拉車的一端。

「大爺，這樣行嗎？」

「哦，多謝、多謝。你可以回去了。」

平四郎也不幫忙卸貨，反客為主地說道：

「戲班的各位，辛苦了。我是八丁堀的井筒平四郎，透過湊屋總右衛門老爺的關係，請你們來這一趟。」

「請問，大爺……」

宗一郎拉他的袖子。平四郎回頭看著他說道：「既然你還沒走，那正好，去叫弓之助來，他在裡面。對了，領班是哪位？」

井筒平四郎與湊屋宗一郎並肩而坐。

兩人坐在女傭房隔壁、熄了燈的房間。由於榻榻米已掀起，成了間木板房，而且還塵埃遍布。女傭房與這裡相隔的紙門縫隙透出一絲光亮，兩人這才看得見自己伸到眼前的手。

「請不要亂跑亂動、打擾戲班的人。」

弓之助這樣交代，因此平四郎與先前被他下逐客令的宗一郎待在一起。這回他自己也被下了逐客令。

「大爺，」宗一郎壓低聲音問道，「大爺的外甥要戲班子做什麼呢？」

平四郎沒好氣地將手揣在懷裡。

被趕進這房間前，他待在廚房。彥一趕來了，所以他在那裡吃飯糰。彥一說平四郎若不先吃，眾人都不敢動手。平四郎雖推說沒胃口，但一嚐之下很美味，便吞了好幾個。他也叫宗一郎吃了，再叫手上沒事的人輪流來吃。

然後，他將事情的來龍去脈告訴宗一郎。宗一郎對葵遭到殺害的眞相似乎仍有些難以置信。

幻術戲班一到，弓之助立刻出來，與他們商量了好一會兒。到頭來平四郎不知道誰是領班，也沒見著當家花旦，從頭到尾都由弓之助一手包辦。

「我也不曉得，靜觀其變吧。」

平四郎板著臉這麼說時，灰塵自頭頂紛紛落下，與宗一郎不約而同抬頭一看，原來天花板稍稍掀開，從那裡透進細微的亮光。

「對不起。」

一名男子低聲道歉，大概是負責道具的吧。好像是爬進天花板裡，正在設機關。

「可否請哪位爺將那紙門再稍微打開一吋？」

宗一郎搶先一步，開了紙門。

「好的，謝謝您。不通風機關就動不了，還請勞駕移一移，別擋在紙門前。」

平四郎與宗一郎對望一眼，各自挪動了坐處。

女傭房中，弓之助仍對著紙門說話。這回是在講解「大日本史」。

「戲班一到，在下前去知會時，」宗一郎小聲說，「令甥向壁櫥請示：先生我肚子餓了，可以去吃個宵夜再來吧。一副理所當然的樣子。」

弓之助確實會裝這種傻。他一出來就與幻術戲班子商量事情。他到底要請戲班子演出什麼幻術呢？打算怎麼對付晴香先生？

「那位禿頭岡引趁令甥退出房間時，嘴裡叨念著太溫吞什麼的，想靠近壁櫥，被令甥狠狠地瞪了一眼。」

八助頭子嚇得差點沒腿軟。

「令甥說，爲了救出晴香先生、逮住妖魔，絕不能打開這座壁櫥，嚴厲得不得了。」

弓之助凶起來是非常恐怖的。要是這樣八助頭子還不肯退下，只怕弓之助會動手把他摔出去。

「教導我的佐佐木先生提過，」在女傭房的弓之助活潑地講著。

「古來都說武田信玄的兵法擅長攻山城，但這未必正確。甲斐國確實多山，即使有城也都是山城，但城與水必不可分，因此多沿川湖而建。斷絕水路的效用，遠勝海城，而這又關乎守城的士氣……」

講到這裡，他「呼哈」地打個呵欠。

「啊啊，軍記和兵法好難，我喜歡陰柔一點的故事。《太平記》真有趣呢，先生。打敗詛咒神州的怨靈，這樣的故事不管聽多少次都令人興奮。」

遠處似乎傳來了鈴聲。是錯覺嗎？平四郎凝神細聽。此時，弓之助站起身。

「我想去解手。先生，可以嗎？我馬上回來，請別擔心。」

弓之助離開後，壁櫥前一個人都沒有，唯有燈光搖曳。

此時，燈火形成的光圈突然變暗了，黑暗滲進女傭房的四個角落。

平四郎察覺有種味道。

像香一般的濃厚香味。那不是錯覺，能清楚地聞到。

「大爺……」宗一郎正要開口，平四郎伸手制止，看著他的眼睛，點點頭。

感覺得出有東西正在靠近，就在旁邊走廊上。嘶、嘶，衣物摩擦的聲音。

卻聽不見腳步聲。

女傭房與走廊間的門檻上，出現了一道人影。光線照不到，看不清楚。

人影向前踏了一步，進入了房內那圈燈光中。再往前一步，衣物又輕輕摩擦滑動。

菸草的煙輕輕自僅開了一吋的紙門縫中飄進來。香味變濃了。這是連枝薰嗎？平四郎心想。

宗一郎倒抽一口氣，平四郎抬起頭。

透過紙門縫，能窺見站在女傭房裡的女人身影。看到側臉了。梳理齊整的頭髮上雖雜著白髮，但白皙而豐潤的臉頰與下巴，仍十分嬌豔。

她身上穿著桔梗圖案的和服，還帶有那令人心醉的菸草香。

是葵，葵出現了。那張臉，平四郎見過的那張死去的臉直接活過來了。

葵一扭身，微微露出背後打得精緻漂亮的腰帶，面朝壁櫥。

「晴香先生。」

她朝壁櫥發話。那聲音嫵媚動人，聽在耳裡宛如熟絹輕撫。

「哎呀，晴香先生，辛苦了。」

平四郎凝神細看——壁櫥門有沒有動靜？

「妳在那種地方做什麼呢？先生，出來呀，沒什麼好怕的。」

壁櫥門關著。葵的衣袖輕輕搖動。她手裡拿著菸管，這香味便是從那兒散發出來。

「先生妳也知道，我呀，在這裡成了亡靈。」

葵的語音明朗，猶如笑聲。

「先生眞是的，差點把我給嚇死了。不，眞的嚇死我了。」

她空著的那隻手拿起袖子，按住嘴，發出像被呵癢時的笑聲。平四郎拚命壓抑陣陣冷顫。那是葵。不，不是葵，是幻影。

「但，先生，我本來就是個罪孽深重的女人，即使壽終正寢，也必下十八層地獄。所以呢，像這樣去不了陰世，成了亡靈留下來，也未嘗不算幸福。」

「而且也趕跑了盜子魔……」說著，葵像散花取樂般，舉起雙手。「由我取而代之，成爲這裡的主人。主人換人做，我所等候的主子，卻還在人世裡。啊啊，唯有這一點教人傷心。」

她絞著手、搖著身子，模樣像年輕女子在鬧彆扭。這時，平四郎看到了。眼前的葵——葵幻影的脖子上，有道清楚得觸目心驚的手巾痕。

「好了啦，晴香先生，出來吧！又沒人會把妳扭去送官。亡靈一出，活人都將睡著。」

平四郎微微膝行向前，對準紙門縫，往女傭房裡一看，吃了一驚。弓之助和大額頭坐在門檻處，仰望著天花板，張嘴睡得正熟。連在他們身後的政五郎都支撐不住似地往前傾，發出如雷鼾聲睡著了。

「喏，先生。」

葵才出聲，便伸出手來，打開了壁櫥門。門「磅」的一聲撞上柱子，勢道猛得回彈。

有個身穿深藍和服，臉色發青、髮髻凌亂的女人，縮著身子窩在壁櫥下層，抬起瞪大的雙眼望著葵。

這就是晴香——阿春的模樣。她雙手僵握著一把小刀，應該是女人藏在領口的防身小刀吧。

「哎喲，做什麼？還拿著這種危險的玩具。」

葵以責備的語氣說完，像孩子般淘氣地一彎身，搶走了晴香手裡的小刀，講了句「不行喔」就將刀子往走廊扔。

刀子落地無聲，彷彿被吸進了黑暗。

「好啦，先生，出來吧。」

葵向晴香伸出手，抓住她那遭奪走小刀後懸在半空的手。

「哎，好冷！」葵感嘆著，俏皮地笑道，「比我這個亡靈還冷呢！」

晴香嘴角顫抖，衣襟凌亂，腰帶也鬆了。眼周因疲勞而泛黑，淚痕猶在。

「先生，妳知道嗎，這裡可是我的屋子。」

葵用力拉晴香的手，將她半個身子拉出壁櫥，一邊說著。語氣像在教導孩子。

「因爲先生那麼做，我就離不開了。不過，待在這裡也不壞，我倒不介意。待在俗世一樣是煎熬，這樣反而落得清靜。」

晴香半張著嘴，頻頻搖頭。

「所以呀，先生，要是妳死在這裡成爲亡靈，我可就頭痛了。我不喜歡讓人借住在家裡。而且先生怎麼看，都不像阿六那麼能幹，當不了女傭吧！我也不想使喚先生這等飽學之士。」

晴香終於出聲了。「妳、妳是……」

「先生，妳不認得我了呀？」葵睜大了美麗的鳳眼。「哎喲，那我可眞要叫屈啦！」

晴香有氣無力地往榻榻米上倒，但仍盡力抬起頭來。那張臉別說血色，連生氣都褪盡，在平四郎眼裡，彷彿有兩個亡靈。

「是啦，我是連這樣死都怨不得誰的女人。」

葵低語，嘟起嬌豔的嘴嘆了口氣。

「可是，先生太也不盡人情了。我做了什麼冒犯先生的事嗎？」

晴香發起抖，下巴打顫，伸長手指想摸葵。但葵的下擺一縮，拉開了兩人的距離。

「或者，這是我該受的懲罰呢？」

葵思索般將頭一側。

「難不成是我在人世間所作所爲的懲罰，以這種方式報應在身上？既然這樣，先生就是佛陀的使者，來降罪於我的囉？」

葵俯視著晴香。晴香緊摳著榻榻米。

「先生，妳可不能變得跟我一樣。」葵說道。「妳還不能死。因爲先生還無法逆來順受地視死爲懲罰，心甘情願地成爲亡靈。這樣的人，在世上的擔子還太重了。」

葵轉身背對晴香，踏出一步似要離去，卻又改變主意，回過頭。

「喏，先生，我和先生的娘長得很像嗎？」

晴香雙手摀嘴，無聲尖叫。葵心疼地皺皺眉，直瞅著她。

「先生，妳對我下手時，嘴裡叫著娘呢。我不知道發生過什麼事，但妳是不是和娘鬧翻了？」

葵聳聳肩，開口——就原諒妳娘吧。

「我想妳娘一定也原諒妳了，所以先生也別再露出那種見鬼般的可怕表情了。」

這回，葵眞的要離晴香而去，轉身面向走廊。

「我也很思念兒子，說不恨先生是騙人的。」

像是要講給腳邊的晴香聽，葵的話從上頭落下。

「但，這也是我該得的報應吧！所以我就來說說教，要先生別像我這樣，算是小小報復吧。」

桔梗圖案的袖子輕輕揚起。

「那麼我走了。先生，妳可要早些回家。」

葵邁開腳步，平四郎的視線跟隨著她的背影。一步，兩步，三步。那婀娜多姿的身影穿過狹小的女傭房。

愈是前行，身影愈是模糊。

眼看著她經過熟睡的弓之助與大額頭身旁時，形影已消失一半。走過政五郎身後時，連肩頭都不見了。

接著來到走廊，好似燈油燃盡的燈火，愈來愈微弱，最後無聲無息地消逝。

「鈴鈴鈴……」不知何處又傳來鈴聲。

芬芳的煙消散。

晴香抓著榻榻米哭了起來。

「啊，先生。」

弓之助突然醒來，政五郎和大額頭也跟著驚醒。

「怎麼搞了，不知不覺竟睡著了！」

弓之助顧不得驚慌的政五郎，高興地跳起來。「晴香先生平安了！晴香先生平安獲救了！妖魔走了，先生！」

弓之助抱住失聲痛哭的晴香，大額頭東張西望不曉得如何是好，政五郎站著摸下巴。

平四郎正想起身拉開紙門，手卻被宗一郎抓住。只見他眼睛大睜，忘了要閉上。

「那是——」

他的眼睛仍朝著葵消失的走廊暗處望。

「那正是葵夫人本人。」

惡鬼退散，福氣滿堂

井筒平四郎躺在房裡。

但他不在八丁堀的宿舍，而是在佐吉位於大島的住處。分明初次造訪，但所謂「把別人家當自家」便是如此。

面向緣廊的拉門全敞開，老實說，是有點冷。但隔出小小後院的那面牆後，有著圍繞武家宅邸的樹林，其中一半還殘留著紅葉，另一半則已凋零，滿是空寂意境，形成別具風情的景致，所以平四郎忍著寒意欣賞。

佐吉剛才還掃著後院，現下則撿了落葉枯枝，在那裡烤地瓜。阿惠也勤快地做事，幫平四郎的腳蓋上鋪棉短掛後，才總算坐了下來。

「眞是個清幽的好所在啊。」

講的像來到什麼遙遠的地方，其實這裡也是深川境內，只因他心情輕鬆自在，才會這麼想。然後，平四郎將晴香先生的事說給佐吉與阿惠，告訴他們那一夜發生在芋洗坡的種種情況。說完時地瓜也烤好了，阿惠泡了熱茶。

「那麼，這回弓之助的推論又全盤皆中了。」

佐吉瞇起眼睛。明明燒著枝葉的火堆已不再冒煙，淡紫色的煙也都快消散了。

「從頭到尾，沒一件事料錯。」

出了芋洗坡女傭房壁櫥的晴香先生——阿春，被移送到自身番後，坦白了一切。

當天，她真的只是到葵房裡坐坐而已。

「那件事情發生前半個月吧，有可疑男子盯上了女傭阿六的孩子，阿六非常擔心。當時我曾聽阿六提起，也見過大宅裡的貴夫人——葵夫人。」

可見，葵是認識晴香先生的。

「那天我剛好經過大宅，聽到阿道或阿幸唱著皮球歌的聲音，忽然想起之前聽說已不必再擔心那個可疑男子。由於不知其中詳情，便臨時起意，心想正好能順便找阿六問問後來如何。」

阿六在屋裡忙。晴香邊找阿六邊走進牆內，穿過庭院，來到葵獨處的房前。

打過招呼後，葵說「在那裡不好講話，請進」，晴香先生便進了房，開始閒話家常。

當時葵正鬧傷風。「哎呀，您傷風嗎？」「是啊，眞讓人提不起勁。」

——阿六正在忙，沒法子過來招待，不知道先生喜不喜歡菸草？

我這兒有種挺稀奇的菸草呢！香得教人陶醉。

那就是連枝薰。

「以往的罪過——那個我親手造成的無可挽回的遺憾，在我腦中甦醒了。」

葵驚訝地發現晴香的臉色變了，擔心她是否身體不適。晴香流著冷汗，陣陣發抖，彷彿轉眼間得了冷熱病。那模樣確實不尋常。

「我現在也還記得，葵夫人是這麼說的。」

——哎呀，先生怎麼了？臉色發青，簡直像見了鬼似的。

此時，平四郎問晴香：「莫非葵和妳失手誤殺的母親長得很像？」

但晴香搖搖頭。

「不像，先母不是那麼國色天香的美人。只是……」

那一瞬間，在小小的自身番裡，晴香的眼神令在場所有人終生難忘。不是瞪視，不是怨恨，而是明知那東西就在那裡，明知那東西執意緊跟著自己不放，長久以來卻仍逃避、退卻、視而不見，如今終於勇敢面對的眼神。

「只是當時，家母穿著桔梗圖案的和服。我也是直到那一刻才想起。」

聽她這麼說，平四郎背後爬過一陣寒意。

葵遇害時，房間衣架上正掛著新縫製的桔梗和服。

而幻術戲班所變出的葵幻影，確實也穿著桔梗和服。

那是葵——借用宗一郎的話，那是「葵本人」，但同時也是阿春加害的母親嗎？

桔梗和服與連枝薰香氣。當天在那間房裡，阿春的罪孽甦醒了。

見到晴香方寸大亂，葵不禁感到奇怪。儘管為那甦醒的罪孽驚慌失措，失去判斷能力，但晴香心中仍明白，此時葵若起疑，將危及她好不容易才得到的生活，和身為法春院晴香先生的身分。

「我不能讓夫人懷疑我——不曉得這會不會種下什麼禍源，引夫人追查我的過去。」

不能讓葵發現眾人敬仰、喜愛的法春院晴香先生，其實是弒母的阿春。

因此，她極力保持鎮定。但葵是個飽經世故的女子，儘管配合著晴香，眼神卻已有所不同。晴香也看出來了。

「我心想，不能放著不管，一定得設法掩蓋才行。」

於是，她假裝要離開房間，並趁隙對葵下手，抓住脖子上的手巾用力一拉，接下來便激動忘我，什麼都記不得了。

之後逃離大宅時，晴香遇到阿初。她正好跑腿完要回家，走在那條小路上。

接下來的事，就如眾人所料——

在平四郎看來，幻術戲班的精采手法讓阿春吐露一切，也讓她輕鬆了些。

至於，讓葵的幻影穿上桔梗和服，平四郎原以爲是弓之助的主意，但事後一問卻不是。

「直到聽阿春姑娘提起，我才知道阿春姑娘的母親遇害時穿著桔梗和服啊。」

據說這提議來自扮演葵的戲班女伶。

——女人殺了女人，而現場有和服。既然如此，那和服一定有什麼意義。我就穿這身和服吧。

這眼力也眞是驚人。但很可惜，平四郎爲了收拾善後忙得像隻無頭蒼蠅，終究沒能見到那位女伶，連領班長什麼樣子也不曉得。

「阿春現在怎麼樣了呢？」

佐吉一面細心踏熄火堆一面問。

「多半被送回養父母家了吧。」

「多半？大爺不清楚嗎？」

「嗯。我們只求能查出殺害葵的凶手，當初原本就答應剩下的交由佐伯大爺和八助接手。」

既然能擔任寺院的檀家總代，收養阿春的一定是地方上有頭有臉的人家，肯定會如同湊屋對佐吉般，暗中將事情壓下來。這一點平四郎早料到了。

佐伯錠之助不知是怎麼跟阿春的養父母說的，總之實在高明。直到平四郎等人徹底向阿春問完話，擔任法春院檀家總代的家裡都沒出面干預。

當晚，平四郎臨時寫信託佐伯居中斡旋，佐伯回了一封短箋。打開一看，正中央寫著一個字：

「承」

翌日中午過後，平四郎將阿春交給八助時，又來了一封。這回也是一個字：

「安」

是萬事已料理妥當，儘管安心的意思嗎？或指要掩蓋此事，不費什麼勁？實在難以揣測，平四郎笑了笑。

今早，平四郎正要到大島，臨出門時第三封信來了。又是一個字，寫的是：

「佛」

「所以阿春大概出家了吧。」

平四郎向佐吉和阿惠說。

「我倒覺得對那位先生而言，這懲罰比蹲苦牢、斬首都痛苦，這樣想是不是太天真啊？」

小夫妻對望一眼。

然後，佐吉小聲說：

「那麼，晴香先生還是會活下去了？」

「嗯，是吧。」

「承受這一切？」這回換阿惠自言自語般地問。

「自己做過的事會永遠跟著自己，逃也逃不掉。」

對不起啊，佐吉——平四郎仍一派慵懶地躺著道歉。

「這樣你心裡的氣一定很難平息吧。」

佐吉直視著平四郎。「不，沒這回事。大爺，我、我……」

佐吉說不出話，夫妻倆又對望一眼。佐吉在阿惠身邊併攏雙膝，兩人深深一拜。

「謝謝大爺。」

別這樣——平四郎笑了，依舊懶散地躺著。

「其實啊，我有點後悔。」

「後悔？」

「嗯。當我明白弓之助是要那幻術戲班演葵的幻影時，想著要是把你也叫來就好了，讓你也看看葵的幻影。」

那是活著、會動會說話的葵幻影。大可拜託戲班，要那幻影對佐吉說聲抱歉。

「可是啊，我一提就挨了弓之助的罵。他說，別人就罷了，絕不能讓佐吉兄看那種幻影。」

——姨爹，幻影就是幻影。無論多像，都不是真正的葵夫人。佐吉兄被欺瞞了這麼多年，不能在最後一刻還以幻影哄騙他。

——要不要原諒葵夫人，得看佐吉兄。到了這種時候，絕不能用假的葵夫人矇騙。

平四郎大感羞愧，反省了一番。

阿惠低著頭，拿袖端按住眼睛。平四郎對她笑道：

「妳的臉變尖了些哪。」

阿惠猛一抬眼。

「不過，只看臉型不準。人家說肚子尖生男孩，肚子圓生女孩，但男女都行，健康就好。妳現在可是千金貴體，要多保重啊。」

小夫妻紅了臉。「您怎麼看得出來？」佐吉問道。「就連我也是昨天才聽說的。」

「喜事我都看得出來。」

佐吉家要生孩子了——告訴細君的話，她一定會高興得縫起尿布。平四郎夫婦沒有兒女，所以細君對小孩就更加疼惜了。

「宗一郎少爺怎麼樣了呢？」

「他很好。用心經營生意，與他母親住在一起。」

「少爺真的打算離開湊屋嗎？」

「這就難說了，他還在猶豫。因爲宗次郎的病情還是沒有起色，想走也走不了吧。」

看了葵的幻影後，宗一郎好幾天都不太對勁。所以，比起晴香的事，平四郎反倒更擔心他。

然而，就在前天，宗一郎來拜訪平四郎。不但帶了滿滿一盒可口糕點當伴手禮，還鄭重其事地問安，簡直累壞了平四郎。

他說，託您的福，拜見了難得的奇景。

「幸虧如此，湊屋裡的迷霧也散了，家父很高興。但是大爺，在下相當在意那位阿春的過往，總覺得很難置身事外。」

宗一郎喃喃說著，即使親如父子、母女，也有種種難處。平四郎沒作聲，因這話隱含的意味太複雜，無法輕易回答。

「然後，宗一郎離開時，」平四郎是躺著目送他的。「我大吃一驚，差點跳起來。」

「怎麼了嗎？」佐吉皺眉問。

「我一直目送著他，卻發現他走路的姿態與湊屋總右衛門一模一樣。」

「喂～喂～」門口有人喊。

「大爺，時候差不多，該走了。您話可說完了？」

阿惠應聲而起。平四郎扭身想回答，卻痛得臉都皺了，佐吉連忙伸手去扶。

「大爺，您不要緊嗎？這時候還特地來，該叫我們過去的。」

「沒什麼。」

平四郎忍痛笑道。一整晚在轎子裡晃得太厲害，後來還是閃了腰，到哪兒都得躺著。

「我很想嘗嘗躺擔架的滋味啊。」

這一路，平四郎是躺在病人專用的擔架，由政五郎的手下們扛到大島的。

「任性也要有個分寸。」

跟著一起來的小平次氣還沒消。

「大爺，僅此一次，下不爲例了。」

他邊生氣，邊說受弓之助少爺之託，誠心地向官九郎的墓合掌一拜。

佐吉和阿惠送躺在擔架上的平四郎到半路。佐吉小心呵護阿惠，深怕她在小徑上絆倒。那情景讓平四郎會心一笑。

不過，眞是舒服，躺擔架會上癮。躺著仰望青空，到哪裡都有人抬著去。

要是每個人天天都能這樣過日子，該有多好。

但，這是不可能的。

一天又一天，好似天天堆疊起來。

只能靠自己向前走，靠自己的本事塡飽肚子。

人人都是這麼生活的。

既然過一天就是一天，應該再容易不過了，但爲何有時就是會出錯呢？

推倒自己而堆起來的日子，是爲了什麼？

硬是要將推倒的東西復原，又是爲什麼？

「哈、啾！」

抬擔架的人打了個大噴嚏，擔架顚了一下。腰又閃了，平四郎大叫：

「喂！饒了我吧！」

這回休養了近半個月，平四郎的腰才痊癒。

即使如此，還是趕上了阿豐的婚禮。

十一月裡的一個好日子，阿豐喜氣洋洋地出嫁。白色的綿帽裡，露出豐盈的臉頰。新郎官執起阿豐那雙美麗的手時，不禁感動得落淚。

平四郎也受邀參加喜宴。伴在身旁的細君向河合屋的姊姊借來禮服，盛裝打扮了一番。

據說，阿豐家認爲婚禮等開了年再辦也不遲，但紅屋的小老闆很著急，片刻也不想離開阿豐。會場是移除了三間房的隔間打通的，在座的賓客最少也有五十人，還說這樣不算鋪張，有錢人的想法眞是嚇人。喜宴由阿德的店包辦，是阿豐的主意。阿德又嚷著這麼盛大的宴席我做不來，還是彥一拍胸脯接下的。

「可是要怎麼做？五十人份的宴客菜，光我們人手怎麼夠！」

「我從石和屋找幾個年輕的過來。」

彥一胸有成竹地這麼說。似乎是要讓石和屋的年輕廚師暫時在阿德店裡幫忙，一同工作，以此衡量心中的迷惘，看看哪一邊比較重。

「還有，大爺。」

「幹嘛？我可不會做菜。」

「能請阿六來幫忙嗎？」

彥一幫忙送飯糰到芋洗坡大宅，因而認識阿六。爲了製造葵的幻影，弓之助吩咐熟悉葵生前樣貌的阿六前來，所以兩人的相識並非出於平四郎安排。但阿六俐落勤快的模樣感動彥一，對她的容貌似乎也有些心動。若兩人眞湊成一對，這便是井筒平四郎漫長的公役生涯中，首次作媒成功。

「別問我，去問本人啊！笨蛋。」

而這會兒上菜一看，豐盛極了。細君睜大了眼，直盯著一道道盛了佳肴的華麗器皿。
「相公，這就是你平常老愛去打混摸魚的，滷菜鋪阿德姊的料理嗎？」
打混摸魚是多說的。
等新人喝過交杯酒，接下來就要大肆慶祝。酒上了臉，席間也熱絡起來。這時，平四郎驚訝地發現，席下傳來熟悉的聲音。
「今天眞是恭喜了。」
拜伏在地的是身穿禮服的政五郎。
「在下是本所元町蕎麥麵鋪主人政五郎。平日多承新娘阿豐姑娘愛顧，今天特地趕來祝賀。」
幾句話說得大方得體。這男人當起岡引氣勢十足，換了打扮，竟也有大商賈風範。
「爲了祝福兩位新人百年好合，手下的年輕人願獻上一段表演，娛樂嘉賓。現已獲兩家許可，候在此處。若能博君一笑，便是無上光榮。」
席間響起掌聲。下頭的紙門無聲無息地開了。原來後頭還有房間。
「看官，看官！」
只見弓之助臉上搽了白粉，穿著上下兩件式的禮服，端坐在繁花錦褥裝飾的舞臺。
平四郎看得張開了嘴，細君驚呼「哎呀」。
「豐姊姊出閣，今日大喜、大喜，無上之喜！」
「哎哎～」
還以爲是誰呢，原來臉上同樣搽了白粉的大額頭就坐在臺緣幫腔，手裡還抱著三味線。

「哎呀！」細君又驚呼一聲。「那額頭要用掉不少白粉吧。」

「新郎家可是紅屋哪，多的是白粉。」

平四郎總算擠出了這麼句話。

「兩重三重，為新人獻上七重祝福，再一重祝兩人繁榮昌盛，化為八重瀑布——」

弓之助右手一舉，八色的碎紙片自他雪白的指尖繽紛落下。

頓時滿室驚嘆。為了看清楚些，阿豐掀起綿帽，新郎官也在一旁幫忙。

「弓之助，哇，真美。」

「豐姊姊更美！」

這回弓之助揮動左指，於是金絲銀線劃出一道圓弧。大額頭鏘咚鏘咚地撥弄著三味線，歡快地唱道「嗨嗨～～緣是金色絲～」。

平四郎看呆了，同時也覺這戲法似乎在哪兒看過。這華麗的手法——這三味線的音色，我知道的、我聽過的。

轉呀轉地揮手又舉掌，弓之助載歌載舞。每一動作，便自指尖颳起陣陣紙片、花瓣旋風，滿座歡騰，充滿了笑聲、歡聲與掌聲。

「看～哪看哪看哪！」

雙手大大舉起，左右指尖再度拋出金絲銀線，弓之助優雅地轉了一圈。大額頭也讓三味線的柄轉了一圈。然後，臺上冒起白煙，兩人消失了。舞臺花飾的正中央，出現了一名全身雪白，黑髮如漆、朱唇含笑，宛如天女下凡般的美人。

「爲這場可喜可賀的婚禮，左請花仙童子，右招月仙童子，獻歌亦獻舞，不知各位嘉賓可還滿意？」

迷人的嗓音這麼說著。分明只是說話，聽來卻如歌如詠，莫非這是天籟？

「花仙童子，月仙童子，還請回來，爲眾位祈福，與我同歸天界。」

女人飄飄鼓起白長袖，剛才消失的弓之助與大額頭立刻出現在她左右。那一瞬間，天女的眼眸凝視平四郎，豔光四射。

這女人——

三人一齊深深行禮，頓時，不知從何處紛飛而出的雪白紙片包圍了他們。三人以行禮之姿，緩緩昇天。接著，紙門拉上。

滿室盡是叫好喝采聲。新娘與新娘也站起身，相擁著拍手。

「啊，我知道了！」

平四郎跳起來。

「那是已死的第三代白蓮齋貞洲！」

而且——也是葵的幻影。剛才盈盈笑望平四郎的那臉蛋，絕不會錯，正是那一夜的葵。

原來，那幻術戲班因戲法過於巧妙遭官府逐出江戶後，便爲湊屋照顧，藉此隱瞞身分。

原來，心心念念只願親眼再看一次、一次就好的那戲法，早已在平四郎面前上演。

「弓之助，你幾時拜貞洲爲師的！」

只聽耳邊響起女人愉快地輕笑與耳語：

——大爺，要保密喲！

這也是幻術嗎？還是幻聽？

「相公眞是的，別丟人現眼了。」

井筒平四郎連細君捏他都感覺不到。

（全文完）

解說 陳柏青

弓之助的第二課

（本文涉及故事結局，未讀正文者請愼入）

第一課是……

做爲系列作的開端，在《糊塗蟲》裡，美少年弓之助總是穿著鑲上圖釘的草鞋，走到哪，叮噹響。據他說，乃是以此來量度距離。這是一個很有趣的意象。在那樣一部「像被蒙了眼，帶到各處去」的小說裡頭，身爲一個法度的維持者，主人翁平四郎被眾多謎團帶著兜兜繞轉。直到弓之助出現了，他協助平四郎，腳下踏出聲音，量度出世間的距離，而後直直走，走進鐵瓶雜院，走進事物的核心，也帶領我們走出迷霧。

《糊塗蟲》本質上是一部空間的小說。以「鐵瓶雜院」爲故事舞台，人物依次出場，案件傍地緣而起，眞相隱藏於地層之中。以牆爲隔，以家爲單位的大雜院，原來均質的開闊空間，被一連串事件擾動了。角色們在空間裡奔波，試圖恢復原有的秩序（值得一提的是，對管理人而言，這意味著把人們找回來；對犯罪者而言，卻是把人趕出去，一種秩序有兩種作法）。但眞正的解決之道，卻是「空間的考古」，從空間邁向時間，朝下深掘，向地殼下挖，也向風化累積的時間層中掘，我們試圖爲空間定型，首先必須理解時間。

做爲續作，《終日》是一次向時間的飛躍。時代的繪卷徐徐向前舒展，我們熟悉的人物持續活躍，他們離開了鐵瓶雜院，但空間裡曾經織就成型的，成爲《終日》裡隱藏的資本，豐厚的投注（例如阿德和佐吉雖搬離了雜院，仍與平四郎維持關係），那因空間而形成的人際關係持續牽動故事的發展，從空間中考掘出的過去，則將繼續影響未來的時間。只是，這一次，事情不再是「量度出距離」這麼簡單了。

於是，《終日》中，平四郎發現姪子弓之助不再套著釘鞋四處測量。而弓之助則回答，他的老師佐佐木道三郎認爲，他必須要進入下一個階段、下一課，去量度那些「無法測量的事物」。

Lesson Two，第二課。那是屬於弓之助，也是平四郎的人生課題，更是《終日》中書寫的核心所在。關於「無法測量的事物」，我們的第二課是……

宮部美幸的降靈術

《糊塗蟲》卷末，是「幽靈」之章。鐵瓶雜院將被拆除，這時，一位神祕的女子來訪了。面對旁人的詢問，女子掩嘴呵呵笑道，也許自己是「幽靈」喔，沒想到卻招來阿德一頓修理。對掌握故事發展的讀者而言，已猜到這名「幽靈」的身分。《糊塗蟲》中，小說家筆鋒數翻，讓佐吉的母親「葵」由生到死，又由死轉生。分明是活著的人，因著種種不可說的原由，被當成「鬼」，於是她自嘲是「幽靈」，乃至被潑了一身溼。阿德這酣暢淋漓的一潑，是小說家的神來之筆。事物的眞相，不只在「解開謎團」，而是能活人體軀，使人復生。甚至，瞧瞧，知道了眞相又如何？我們還能給她來上那麼一壺的甜湯呢！

那麼，「幽靈」到底是什麼？是指已死之人，還是未散之鬼？宮部美幸小說中觸及「幽靈」的篇章不少。或者，有論者能就此開一主題，研究宮部美幸小說中的鬼魅書寫也未可知。而在《糊塗蟲》和《終日》中，「幽靈」的存在遠超出我們原來的想像。「幽靈」分明是人，卻被掩蓋了形跡。實存，而又似若未存。

讓我們試著來抓出「幽靈」的形跡吧。

《糊塗蟲》裡，「幽靈」驚鴻一瞥，在小說尾巴，留下一個濕淋淋的滯痕。我們由此可知，「葵」是湊屋老闆的影子情人、幽靈情婦，也是鐵瓶雜院中種種懸案的根源所在。而在《終日》中，「幽靈」卻貫穿全書。短篇〈討厭蟲〉裡，「葵」身為佐吉生母，是佐吉心中的「幽靈」，不過是在對話中稍稍現身，便已大大動搖、影響他的生活，因而有佐吉和妻子的一番細故。〈盜子魔〉一篇中，「葵」是大宅中僕役阿六的主母，設下巧計驅走了糾纏阿六的惡徒，但她卻表明「我比盜子魔更壞」、「阿六，我啊，是個幽靈」。而在長篇〈終日〉中，「葵」真的死去了，但死亡並不使她退居幕後，反而使她向上一躍，成為整個故事的「幽靈」。她為何而死、被誰所殺，成為故事的重心，牽引平四郎投入調查。直到最後，仍須請出葵的「幽靈」助陣，始能解放真兇緊鎖的心門。

這是宮部美幸的降靈之術。《終日》裡淨是「幽靈」魅影纏繞，在此特別為「幽靈」加上引號，賦予其比原始字面更多的含意。「幽靈」是一種悲傷的存在狀態，看得見卻又看不見。於是葵成為隱藏的愛人、隱藏的母親，乃至隱藏的「人」，始終是不完全的存在。「幽靈」是人們心中黑暗的投影，一旦沾附，終會在某個片刻遭逢，嚇出一身汗，甚至惹出事端。小說裡人人心裡藏著「幽靈」，有時追著它們跑，有時讓它們附體，做出恐怖的事情。「幽靈」是時間，人們總被看不見的「過去」糾纏。幽靈是記憶，幽靈是太過癡纏的愛，是遺恨……

所以，小說裡的幽靈這麼薄透、輕靈，無從得見，「無法測量」，乃至必須尋找。但「幽靈」又這麼重、這麼厚，以爲沒事了，一抬頭，才發現它正坐在肩背上，幽幽凝視著我們。跑不掉。

宮部美幸的除靈術

那麼，如何對抗幽靈？

或者，把話題拉遠一點，應該先問：太陽底下，有新鮮事嗎？

希臘哲學家赫拉克利特說：「一個人不能跨入同一條河兩次。」他的意思是，河有流動，而人恆有變。此時再探身的河水，已不是當初的水流，而這涉足的人，也不是往昔那一刻的人了。

相當有趣的是，在《終日》中，弓之助念茲在茲的一件任務，便是幫助善於記憶的大額頭「建立記憶的索引」。小說中數樁案子的眞相，從〈本事〉裡的畫師命案，而至〈終日〉裡的葵之死，都依靠記憶術，或做橫向連結，或做縱向追索，考其根源，查其因由，借鑑其經驗，而有所發現。這是「記憶」的「技藝」，更進一步，不如說，這是宮部流的偵探養成術。《糊塗蟲》中，量度距離是第一課，是爲了知道事物的本質。而到了《終日》，成了一種歸納法與演繹法的運用。從這裡能看到現代思維的運作，違背官府「禁止測量繪製地形圖」的命令，意味著「追求知識、開拓理性的眼光」，在「時代」中醞釀了「現代」的發端。

這也構成了一個有趣的悖論：「一個人不能跨入同一條河兩次」，然而曾經發生的事情，仍可能再次發生。我們總能從已發生的事物上發現徵兆，而由正運行的事件裡尋覓出過往的形跡。換個方式說，那不正是一種「幽靈」的現形嗎？事物的重疊、人心的可能，教書的晴香先生與失手傷害母親的阿春，因爲一點香味而連結，過往復甦，幽靈重返人間，此般種種，便構成《終日》的曲折和謎底。而宮部流的除靈術，正是發現「幽靈」的蹤跡，與這些幽靈對決。

也由此，我們看到小說家書寫中最美麗而柔軟的地方。小說中，平四郎雖身爲官差，但在發現命案眞相後，並未以執法者的公權力強行介入。眞正精采的部分在於，其他官差讓弓之助「狠狠瞪了一眼」退開了，弓之助等人巧妙地變了一場戲法，以「幽靈」對抗「幽靈」，成功救出人質。這裡無疑有雙重人質，一是晴香先生綁架的小女孩，另一則是讓心魔抓走的晴香（或阿春）。那由幕府和體制打造的公權力，就算強制介入，也無法眞正除靈降魔。在那個看不見的戰場上，只有人能拯救人，被拯救回來的，也才是「人」。必須要還原柔軟的心。

生活。過日子。

也許，這便是《終日》中提出的大哉問。固然，命案眞相終究得以解開，風波終將過去，但如同平四郎思索的：「既然過一天就是一天，應該再容易不過了，但爲何有時就是會出錯呢？」「推倒自己堆起來的日子，是爲了什麼？」「硬是要將推倒的東西復原，又是爲什麼？」

亦即，關於生活，我們如何去過日子？而日子怎會就這樣歪斜、傾倒了呢？

那些「無法測量的事物」：時間、人心以及生活，也許便是生命中永遠的課題。小說裡將它們做為一則無從破解的謎題，也像是對人生的解答。關於弓之助的第二課，也是我們擁有的，每一個時刻。

本文作者簡介

陳柏青

現就讀臺灣大學臺灣文學研究所。曾獲全球華文青年文學獎、時報文學獎、臺灣文學獎等。以閱讀爲終生職，期待臺灣推理的黃金世代降臨。

宮部美幸

作品集／27
Miyabe Miyuki

終日（下）

家圖書館出版品預行編目資料

日（下）／宮部美幸著；林熊美譯. -- 初版.-- 臺北市：獨步文
：家庭傳媒城邦分公司發行, 2019〔民 108〕
；　公分. --（宮部美幸作品集：27）
譯自：日暮らし（下）
ISBN 978-957-9447-27-0（下冊；平裝）

61.57　　108000320

書名／日暮らし（下）・原出版者／講談社・作者／宮部美幸・翻譯／林熊美・責任編輯／詹凱婷（二版）・編輯總監／劉麗真・
・行銷／陳紫晴・徐慧芬・總經理／陳逸瑛・榮譽社長／詹宏志・發行人／凃玉雲・出版／獨步文化 城邦文化事業股份有限公司 台
中正區信義路二段 213 號 11 樓　電話／(02) 2356-0933　傳眞／(02) 2351-6320; 2351-9179・發行／英屬蓋曼群島商家庭傳媒股份有限
城邦分公司 台北市中山區民生東路二段 141 號 2 樓・讀者服務專線／(02)2500-7718; 2500-7719・服務時間／週一至週五：09：
2：00、13：30-17：00・24小時傳眞服務／(02)2500-1990; 2500-1991・讀者服務信箱 e-mail／service@readingclub.com.tw・劃撥帳
19863813 書虫股份有限公司・香港發行所／城邦（香港）出版集團有限公司 香港灣仔駱克道 193 號東超商業中心 1 樓／(852)
86231 傳眞／(852) 25789337 E-mail／hkcite@biznetvigator.com 馬新發行所／城邦（馬新）出版集團 Cite (M) Sdn. Bhd. (458372 U) 11,
n 30D/146, Desa Tasik, Sungai Besi, 57000 Kuala Lumpur, Malaysia 電話／(603) 9056 3833 傳眞／(603) 9056 2833・封面設計／蕭旭
排版／游淑萍・印刷／中原印刷傳媒股份有限公司・2019 年（民108）2月二版・定價／330 元
ted in Taiwan　ISBN 978-957-9447-27-0

邦讀書花園
ww.cite.com.tw

獨步文化
APEX PRESS

廣 告 回 函
北區郵政管理登記證
台北廣字第000791號
郵資已付，免貼郵票

104台北市民生東路二段 141 號 2 樓

英屬蓋曼群島商家庭傳媒股份有限公司

城邦分公司

請沿虛線對摺，謝謝！

獨步文化
APEX PRESS

書號：1UA029T 書名：終日（套書） 編碼：

請於此處用膠水黏貼

獨步文化 APEX PRESS

讀者回函卡

謝謝您購買我們出版的書籍！

請費心填寫此回函卡，我們將不定期寄上城邦集團最新的出版訊息。

姓名：＿＿＿＿＿＿＿＿＿＿＿＿＿＿＿＿ 性別：□男 □女

生日：西元＿＿＿＿＿＿年＿＿＿＿＿＿月＿＿＿＿＿＿日

地址：＿＿＿＿＿＿＿＿＿＿＿＿＿＿＿＿＿＿＿＿＿＿＿＿＿＿＿＿

聯絡電話：＿＿＿＿＿＿＿＿＿＿＿＿＿＿ 傳真：＿＿＿＿＿＿＿＿＿＿

E-mail：＿＿＿＿＿＿＿＿＿＿＿＿＿＿＿＿＿＿＿＿＿＿＿＿＿＿＿＿

學歷：□1.小學 □2.國中 □3.高中 □4.大專 □5.研究所以上

職業：□1.學生 □2.軍公教 □3.服務 □4.金融 □5.製造 □6.資訊

□7.傳播 □8.自由業 □9.農漁牧 □10.家管 □11.退休

□12.其他＿＿＿＿＿＿＿＿＿＿＿＿＿＿＿＿＿＿＿＿＿＿＿＿

您從何種方式得知本書消息？

□1.書店 □2.網路 □3.報紙 □4.雜誌 □5.廣播 □6.電視

□7.親友推薦 □8.其他＿＿＿＿＿＿＿＿＿＿＿＿＿＿＿＿＿＿＿＿

您通常以何種方式購書？

□1.書店 □2.網路 □3.傳真訂購 □4.郵局劃撥 □5.其他

您喜歡閱讀哪些類別的書籍？

□1.財經商業 □2.自然科學 □3.歷史 □4.法律 □5.文學

□6.休閒旅遊 □7.小說 □8.人物傳記 □9.生活、勵志 □10.其他

對我們的建議：＿＿＿＿＿＿＿＿＿＿＿＿＿＿＿＿＿＿＿＿＿＿＿＿

＿＿＿＿＿＿＿＿＿＿＿＿＿＿＿＿＿＿＿＿＿＿＿＿＿＿＿＿＿＿

＿＿＿＿＿＿＿＿＿＿＿＿＿＿＿＿＿＿＿＿＿＿＿＿＿＿＿＿＿＿

為提供訂購、行銷、客戶管理或其他合於營業登記項目或章程所定業務需要之目的，家庭傳媒集團（即英屬蓋曼群島商家庭傳媒股份有限公司城邦分公司、城邦文化事業股份有限公司、書虫股份有限公司、墨刻出版股份有限公司、城邦原創股份有限公司），於本集團之營運期間及地區內，將以mail、傳真、電話、簡訊、郵寄或其他公告方式利用您提供之資料（資料類別：C001、C002、C003、C011等）。利用對象除本集團外，亦可能包括相關服務的協力機構。如您有依個資法第三條或其他需服務之處，得洽詢本公司服務信箱cite_apexpress@cite.com.tw請求協助。相關資料不提供亦不影響您的權益。

□我已詳讀權利義務之相關條款，並同意遵守。

請於此處用膠水黏貼

宮部みゆき